借月留光

我这个人，一身官司，

满身陷阱，你敢吗？

"嗯。"

"嗯？"陈纵像是没听清。

"有什么不敢。"白夜笑了。

陈纵他也笑了。

叶林下 以中

借月留光

唯刀百辟 \ 著

四川文艺出版社

图书在版编目（CIP）数据

借月留光 / 唯刀百辟著. -- 成都：四川文艺出版
社，2025. 4. -- ISBN 978-7-5411-7184-0

Ⅰ. I247.5

中国国家版本馆 CIP 数据核字第 2025G8S426 号

JIEYUELIUGUANG

借月留光

唯刀百辟 著

出 品 人	冯　静
责任编辑	姚晓华
特约编辑	蒋彩霞
装帧设计	Insect　孙欣瑞

出版发行　四川文艺出版社（成都市锦江区三色路 238 号）
网　　址　www.scwys.com
电　　话　0731-89743446（发行部）　028-86361781（编辑部）

排　　版　长沙大鱼文化传媒有限公司
印　　刷　天津睿和印艺科技有限公司
成品尺寸　145mm×210mm　　　开　本　32 开
印　　张　9.5　　　　　　　　　字　数　272 千字
版　　次　2025 年 4 月第一版　印　次　2025 年 4 月第一次印刷
书　　号　ISBN 978-7-5411-7184-0
定　　价　42.80 元

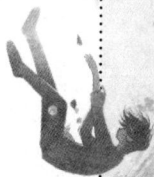

目
录
—
MU
LU

第一章

放纵的纵

——这会儿谭天明多半已经带着陈老师在看前两期节目了。

——明天上午，陈老师过口岸去组里补录明星观察嘉宾的反应，下午还要赶回去上课。我看了他们学校的课表，下午三点他有两堂课。

——在本部大楼。

——这简直天时地利人和啊，陈纵，不趁机和陈老师合个体都说不过去吧？

——明天你跟我一块儿去港市吧，在陈老师课上混个脸熟。他总不会是个脸盲，上午刚看完节目，下午就忘了我俩是谁吧？

——趁热打铁，咱俩再合体出个港市 Plog（全名为"photoblog"，也就是图片博客——用图片记录生活）。

——第二天节目播出时微博同步放送，应该能攒一大波流量。

陈老师就是陈子夜。

钟颖同节目总导演关系好，总导演和金牌经纪人谭天明相熟，谭天明是陈子夜的朋友，也是为数不多能和陈子夜搭上线的圈内人。节目组原先请的明星观察嘉宾突然间塌了个房，谭天明在两岸圈子里都很吃得开，于是资方央求他请了陈子夜来补录。

因着这盘根错节的人脉关系，但凡有关于子夜的动静，钟颖总是第一个知道。

钟颖本身就是个网红。节目还没播，目前数她粉丝最多。她愿意带陈纵玩，就等于免费给陈纵引流。陈纵当然感恩戴德。

001

陈纵的手机搁在桌上，保持锁屏状态。

陈纵的微信消息没设隐私限制，信息一条一条在锁屏界面蹦出，全是钟颖发来的。

屏幕亮一下，陈纵就低头瞥一眼，脸上没什么表情。

陈纵的注意力全在餐厅壁挂电视上，里头正播着街头采访。

港市无新事，名人屁大点家事也能做文章。近年更是少有新人涌现，家喻户晓的老一辈名人数来数去还是那些，且一年少过一年。当年的"六大才子"，最年轻的一位也已经是悬车之年，一个个都是此地繁荣的缩影。才子之首陈金生，幸还健在，早起饮个早茶，也被内地路人访谈。短短十几秒的视频，卖给翡翠台，又流传到网上，火了好几天。

举手机的人声音很年轻："令郎又接了一档内地节目？或有进军娱乐圈的打算？"

陈金生穿着马褂，吃着芒果布丁，形容古典可爱，乐呵呵地回答路人："他嘛，讲义气，朋友有难自然要帮。"

翡翠台主持人点评："足见兄友弟恭，父慈子爱。"

网络上年轻人热评："陈老真是亲切和善，没有半点架子！"

陈纵发出一声冷笑，拿起手机，在短信框里编辑短信。

这时，钟颖的微信视频适时地打了进来——

陈纵思绪被扰乱，沉思片刻，点了接通。

天际通开的临时流量包信号不太好，半晌手机屏幕画面才稳定下来。

钟颖显然已经看了一阵她这头的背景画面——她周遭有人讲粤语，背后有外国人穿梭。

钟颖皱着眉头想了会儿，问："你在港市？"

不等陈纵回答，她立刻又是一句："你去港市做什么？"

显然已生出不满。

钟颖是节目里五位录制女嘉宾中和陈纵关系最好的一位。

但短短数月相处，不代表她们已经熟到必须让对方悉知自己行程的程度。钟颖对她的友善，或者说，控制欲，已经透过屏幕喷涌出来。

不知为什么，陈纵好像从小就有这种气质，很容易让亲近的人对她产生控制欲。

在当前的文化环境下，有时爱就是控制，控制就是爱，大多数时候无甚差别。

爱操心也是控制欲的一种表现形式。

陈纵深谙此道，或者擅长于此，并不觉得被冒犯，乖乖报告："我来见一个老朋友。"

"哦，这会儿一起吃饭呢？"

"没，还没见上呢。"

"男的女的啊？"

"男的。"

"怎么回事啊这男的，不尽地主之谊，还让女孩子等？"

陈纵摇头："我还没跟他讲我来了。"

"怎么不讲呢？"

"太久没见，紧张。"

"哟，真稀奇，陈纵竟然也会紧张？"

"很多年没见了，不知如何开口，"陈纵拿叉子搅着土豆泥，"这世上也就这么个人会叫我紧张。"

钟颖一听就知道是什么事，渐渐笑了，问："你有他的联络方式吗？"

"有。"

钟颖想了想，给她支招儿："来，我教你。你打电话给他，说身上没有现金，然后计程车又没有更新付款方式，刷不了八达通和信用卡。接着报个地点给他，叫他过来帮你付。"

陈纵渐渐展露笑颜，说："好，我一会儿就去海港城外头找计程车。"

钟颖这会儿正跟几个 PD（Producer & Director，制作人兼导演）多线聊天，也没把这事放心上。连着视频，她随口感慨道："不知道陈子夜神仙下凡，透过节目看我们这种芸芸众生谈恋爱，会作何点评。"

陈纵随口答道： "也许会觉得蠢？"

钟颖笑了： "求求男神，点评女孩子时温柔点。"

陈纵试着回忆了一下，印象里他一直很刻薄，刻在骨子里的凉薄，很难对众生温柔。

视频框最小化到右上角。陈纵斟酌片刻，在短信框内飞快打字，点击发送。

屏幕正上方，短信收件人的备注名称是——最深的夜。

谭天明这会儿的确正在拜访子夜。

八年前，两人一道买了学府阁的房子，做了几年邻居。

子夜八年不挪窝，屋中陈设一如往昔。

用来投屏的手机，软件更新了一大半，还需十来分钟，多半也是不知从哪个犄角旮旯里翻出来的陈年老物。

刚认识子夜时，谭天明以为他惜物、恋旧。其实不然，他只是懒得与时俱进。在这人人追赶潮流的时代，偏他这样特立独行，难免吸睛，自有一番说不清道不明的魅力。

气质鲜明的人物，资方自然喜欢。

分明只是个素人，各大节目微博评论区却总有不少人问制作方——下一季能不能请陈子夜？

谭天明经手这档节目，也经由他找到了陈子夜。

子夜是谁，现代谪仙一样的人物，在流量市场属于有市无价。

结果资方找上门时，竟说什么子夜和那劣迹艺人"同类型"。

那种小偶像，自小去国外上学，没读完高中，汉字都写不利索。

脸——脸也就那样。不笑时尚能看，一笑，填充物呼之欲出。讲话更是尴尬，属于谭天明一天到晚都会劝其闭嘴的绣花枕头之典范。

哪里同？

大概也就性别相同吧。

饶是谭天明需靠昧着良心吹捧这类人挣钱，也没法昧着良心说赞同这等荒谬之言。

子夜——子夜倒是真好。

朋友的忙，子夜自然肯帮，倒白白便宜了这档节目。

那小明星已经参与录制了两期。为免人物形象画面造成不必要的审核麻烦，制作方要求由子夜紧急补录明星观察嘉宾的反应。

子夜不了解个中规则流程，谭天明怕他讲话踩雷，白白因旁人的事被坑害，便自请上门解说这两期节目。

等待手机更新的时间里，谭天明在他屋中游走。

看看这，摸摸那。谭天明在餐台后拿了瓶霞多丽开了，问子夜明天有没有课。

得到肯定的回答，他拿了个杯子走到沙发上自如落座。

他没问子夜最近有没有新书在写，或者有没有每周两次去教会协会冥想。

两人心照不宣，一同沉默，等投屏的光亮起。

谭天明从子夜手中接过手机，打开邮箱下载好视频，点击播放。

这是一档近几年很时兴的恋爱综艺。

录制地在深市和港市交界的海滨别墅。参与录制的嘉宾要么出生在两市，要么是在两市工作学习的海外人士或归国留学生。素人嘉宾交流以普通话为主，也偶尔穿插少量广东话或者英文。为了配合节目调性，明星观察嘉宾也以会讲广东话的大湾区明星为主。

节目总共十期，每期时长约两个小时，总共有五男五女，十位素人嘉宾参与录制。第一期上线三男三女，第二期四号女嘉宾登场，第三期轮到四号男嘉宾登场。节目过半，全员到齐。

听总导演预告，这一季进展又快又激烈，很有看点。制作方找上门来时，谭天明也看了两期，深以为然，否则也不会让子夜参与这类无聊节目。

第一期没什么亮点，故谭天明以二倍速播放，顺带同子夜讲解一些录制心得。

"女二钟颖最漂亮，是 MCN 公司推荐来节目刷脸的。女三 Amber（安柏）是节目组选的新舞剧演员，从小跳古典舞，所以节目组提供给她的服装也带一些这方面的元素。节目面向海外，所以制作方也邀请了外籍嘉宾，主打宣传中式古典文化。

"制作方主推的是女一张雅骢——她从全球排名前十的高校毕业，毕业后一边继续深造，一边和国内研究所进行学术合作。

"而几个男素人嘉宾都是节目组通过简历层层海选出来的，比较懂节目套路，网红见多了，见到张雅骢耳目一新，知道追她讨喜、有看点、有结果，多半都选她。最受欢迎的男三号周正歧也最喜欢张雅骢。"

张雅骢自我介绍是金城人，她个子不高，胜在清新可爱。开场落座，她道："我中文名字不好记，你们叫我 Arya 或者骢骢都好。"

其中德混血的二号男嘉宾立刻应了一句："骢骢你好，我是 Chris（克里斯），在英国出生，高中毕业后到港市。讲语言好多，普通话……都还在学习。"

张雅骢道："我们互相学习。"讲罢莞尔一笑，酒窝、虎牙俱有，很是吸睛。

节目组也很懂，立刻给了三个男素人面部大特写。

当晚，六位嘉宾拎包入住深市市郊有名的海景大 House（房子），距两市市区通勤时间都是两个小时。

六位素人一起做了晚餐，周正歧掌勺，张雅骢熟练地帮厨。

两人都有留学经历，共同话题很多，渐渐圈出了自己的小世界。

另外四人各有心思，几度试图帮忙，最终作罢，黯然退场。

谭天明插了一句："节目组主推女一 Arya 和男三周正歧，据说会很甜，热度也会很高，往后会有一大拨 CP 粉。而且因为张雅骢乖巧可爱，人设讨喜，观众爱先入为主又爱代入，所以 CP 粉也基本是女一粉……所以，你录节目时要注意避雷，不要讲不看好这对 CP 的话，容易挨骂。"

子夜笑笑，说知道了。

果不其然，接连两期投票，张雅骢和周正歧众望所归，斩获所有异性选票；其余各路俊男靓女黯然收场。

子夜问："这节目有剧本吗？"

"你问到点子上了，有一个大的框架，但没有细节。每个参与录制的嘉宾会有个人 PD，PD 会引导嘉宾做一些选择，但最后还是由嘉宾自己决定。"谭天明尽量让子夜有多一些参与感，"你也觉得嘉宾选票难以理解是不是？但其实他们深谙节目规则。尤其男三，会圈很多粉。"

子夜说："倒还好。常听网上人说现在的综艺都有剧本，有些好奇，故问问看是不是这样。"

谭天明笑了："你最近网上得不少嘛。"

第二期前半段也很无聊，谭天明怕他生倦，很快将节目快进了一段。

剧情依旧没有太多悬念。

男一许瑞提前买好晚餐回来，没想到男三周正歧也打包了晚餐。

两人买的还都是张雅骢昨天偶然提到过的最爱的一家湘菜馆的外卖。菜色重复，桌上几乎摆不下。

吃不了辣的外国人男二 Chris 和女三 Amber 守着桌上唯一一碗番茄汤，吃出了一种难兄难弟的情调。

当晚，Chris 和 Amber 惺惺相惜，友情互选，其他四人仍没变动。

紧接着来到了礼拜六，三位女嘉宾一早被邀请离开别墅，到市区饮早茶。

镜头切回别墅——

周正歧早起给大家做 brunch（早午餐）。

接着，其他男嘉宾陆续起床，循着香气抵达厨房。

众人发现女嘉宾均已出门，一番猜测，得出结论——

一定是男四号出现，女嘉宾收到节目组通知，提前出门见新人了。

说话间，敲门声适时响起。

谭天明忽然出声："你看。"

他旋即取消二倍速。

放慢的话语声里，男一许瑞起身开门，门外女孩柔声道谢。

而后，一个穿白衣长裤的女孩进了门，脱下高跟鞋，推着行李箱，赤着脚进屋。她冲起身来迎的 Chris 点点头，侧身穿过长廊，和倚在吧台旁的男三周正歧打了个照面。

镜头随周正歧的视线，落到新来女孩的正脸上。

五官被张扬的眼妆点缀，纤长肢体配合轻手轻脚的肢体动作，使她的气质浑似一只轻灵的猫。

三位男嘉宾在她跟前很好玩地一字排开，正不知怎么讲开场白。

女孩子轻轻开口："大家好，我叫陈纵，是四号女嘉宾，金城人，最近来深市工作。"

男二 Chris 试图秀一秀中文："哪个 zong？'从众'的 zong？"

女孩淡淡道："'放纵'的纵。"

男嘉宾难免心惊，对视一眼，意想不到外形温柔乖巧的女孩会有这样离经叛道的名字。

相顾无言，一阵沉默。

男一男二将自我介绍接了下去。

陈纵转头看向倚在吧台的男三周正歧。

周正歧从厨房端出一碟早午餐，隔着餐吧递给陈纵。

陈纵伸手接过，道了谢。周正歧又问："茶还是咖啡？"

陈纵说："咖啡，谢谢。"旋即又说，"你像个乘务。"

众人都笑了。

周正歧接梗："可惜现在不让说职业。"

他端着咖啡过来，在她面前放下。

四人围坐在沙发上喝咖啡，这会儿既不能聊职业，也不让聊年纪，一时相顾无言，三位男士不知如何开口，镜头语言更是放大了尴尬。

就在这时，陈纵很自如地将两条腿收了起来，盘膝坐在了沙发上。

三位男嘉宾的眼神开始飘忽，镜头语言更是放大了心猿意马。

谭天明按下暂停键："就是这里。"

他将视频退回去几十秒，重新播放了陈纵盘腿的动作。

她长得不算出挑，论甜美远不及张雅骢，但胜在皮肤与发质极好。

瓷白肌肤，漆黑长发，像釉色极好的瓷器。

一举一动又极尽松弛，欲语还休。

起初以为她是个小明星，所以才不惧镜头，结果不是，是纯得不能再纯正的素人。第一次面对镜头，能做到这种程度的松弛，本就是种魅力。

更何况，她做了一个从男性视角看，极具吸引力的动作。

谭天明第一次在制作公司看到这个片段时，也流露出一种心荡神摇的姨母笑。那位小偶像，更是在节目上险些失去表情管理。好在他的片段之后会被剪掉，换成子夜的 reaction（反应），否则定然成为下一个网络流传花痴表情包。

同时，谭天明又很好奇子夜的反应。

故播放片段时，他不时回头打量子夜的表情。

两人都没有开灯。这会儿正值年关，落地窗外港口正燃放烟花贺岁。子夜坐在沙发里，剪影安静地嵌在整片海港焰火中，脸上始终没什么表情。

直至节目画面里，陈纵整个盘腿坐在沙发上时——

子夜冷淡的眉眼，一瞬间微微生动起来。

枯木逢春，难得有了点生机。

谭天明心道，果不其然。

终于，谭天明喃喃下定论："这个女的很厉害啊……"

子夜有点愣怔，问："什么？"

谭天明反问："看到这里，你对女四的观感如何？"

"对陈纵？"子夜想也没想，脱口道，"有些乖巧，有些叛逆。"

"她讨喜吗？"

"有反差感，自然有魅力。"

子夜给出了一个典型文字工作者的反馈。

谭天明点点头表示肯定，旋即给出了一个圈内人的点评："她的观众缘应该会很差。"

子夜虽不理解，却没多言，洗耳恭听。

谭天明开始解释："她不是投简历海选来的，也不是推荐来的。是郑导去美国时，在拉斯维加斯街头碰到的。

"当时有两个男的为一个女的打架，其中一个男的郑导认识，是组里的摄制，预备要结婚了，这趟出来就是他婚前最后一次单身旅行。

"你说娱乐圈摄制，什么仙女没见过？分明要结婚了，在异国他乡几天时间，忽然就经受不住诱惑，为个女的搞得头破血流。更何况，要说多美，也算不上。郑导想她定有过人之处，这一季，说什么也要把她找来。"

子夜笑问："现下观众不喜欢这种？"

谭天明道："这个女孩子……很会，我也承认她很有女性魅力。但节目受众毕竟是女性，观众缘这种东西，强求不来。在竞争关系里，她不太会顾忌别的女性的感受，是现在网上小女孩很讨厌的所谓'雌竞'人设。

"加上她们觉得感情应该讲先来后到，她是女四，在竞争关系里没有半点优势，网络观感可能极差。兼之她背景不算很干净，经不起深挖。

"郑导拿她当卖点，等和其他女嘉宾竞争起来，她很容易被骂上热搜……总之你讲话注意些，别因为这个踩雷。"

"这么多门道。"

"是啊，我综艺王的名头可不是白混的。"

节目继续播放，男三周正歧这才终于自我介绍："我叫周正歧，方正的正，歧路的歧，申城人，在港市工作。"

颇有点压轴的意思。

陈纵正不知如何接话，男一在旁边莫名嘀咕了句："方正的正，放纵的纵。"

男一男三竞争女一，男一情场失意。这会儿情敌与新人看似要擦出火花，男一看在眼里，话讲得多少有点酸。

场面一时有些尴尬。

陈纵接话道："像电影里的老道士跟女妖怪，听起来完全不搭嘎。"

"女妖怪。"子夜看笑了。

谭天明本以为这差事会令他无聊，心里始终过意不去，这会儿也松了口气："有时闲着没事，看看别人谈恋爱，也挺好玩。"

子夜看得专注，闻言"嗯"了一声，脸上仍挂着若有似无的笑。

投屏里陈纵轻描淡写化解了尴尬，围坐的男嘉宾皆松了口气，微微笑着看她。

男二 Chris 带起话题，询问众人最喜欢的电影。

男一说："《星际穿越》。"

周正歧说："《信条》你们看了吗？"

四个人顺理成章地去了公寓里的电影放映室看《信条》。

电影看到一半，三位女嘉宾回家了，寻人寻进电影放映室。

小小的幽暗的空间，三个男人闲适地坐卧在地上；一个陌生女孩抱着抱枕坐在较远一点的地方，闻声回头笑了一下，又低头和身边的人讨论剧情。气氛自然融洽，仿佛一群熟识的老友。

女嘉宾们有了一丝危机感，三人商议了一阵，一同进去观影。

电影本就不好懂，这会儿半道入场，三人看得越发满头雾水。几人交头接耳，张雅骢试着从熵增和祖父悖论的角度给两位女士解释电影，收效甚微，以至于将两位漂亮女士在镜头前逼出了连天的哈欠。张雅骢终于闭嘴了。

这时，陈纵转过头讲："简而言之，不算恰当——你们就把它当作一部时下最流行的'兄弟情'电影。两位主角，也就是男主和他的好朋友，打个比方，以免剧透——一个顺着时间的河流而下，一个逆流而上。时空错位，也注定了情感上的 bad ending（坏结局）。"

张雅骢想了一下，觉得这番解释并不妥帖，也不到位。她张了张嘴，似想说点什么。

女二钟颖道："本来没兴趣，你讲得我都想去刷一遍了。"

女三听到最后眼泪都要下来了，很不好意思："我怎么哭了？"

于是，张雅骢适时地闭上嘴。她回过头，发现周正歧正坐靠在不远处，一瞬不瞬地盯着陈纵。

陈纵讲完话，无所谓地扭过头去。昏暗的小屋，黑底白字的鸣谢在她洁净的小脸上飞快地、安静地滚过。她披着毛毯，绾着丸子头，留给镜头一个毛茸茸的背影。

子夜开口："这不挺好的？哪里不妥？"

"这里是看不出什么，"谭天明眯着眼睛快进，"你猜猜第一夜她选谁？"

子夜摇头："我想不到。也许周？他做的早午餐，选他以表感谢？"

谭天明留了个悬念。

"你再看这里。"

说罢，他快进到女嘉宾宿舍夜谈。

钟颖友好地询问陈纵："你刚来没一会儿，应该都不太熟悉。名字能对上号吗，会不会选错人？"

"你们都美得很有辨识度，我都记得。但那几个，我就说不好了……"陈纵笑着扭过头，漫不经心地问张雅骢，"Arya，你选谁？"

两位女嘉宾慌忙阻止："这个不兴问的。"

谁知，张雅骢力排众议，很笃定地讲："我选周正歧。"

陈纵确认了一遍："男三？"

张雅骢点头。

子夜："这个应该不能播？为什么剪进去了？"

谭天明笑："对后续情节有重大推动作用。"

谭天明快进到最终结果公布。

周正歧仍坚定地选择了张雅骢。

子夜有些不解："为什么？"

"我说过，他很聪明，也很笃定，"谭天明道，"因为圈粉。"

子夜笑了一声。

说话间，节目又播了一段。张雅骢也异常坚定地反选了周正歧，其余四人并无悬念。

而进度条走到陈纵的选择时，一个大大的红心箭头指向了周正歧。

屏幕将这三角关系放大再放大，以至于有了震撼的效果。

剧情终结。

子夜脱口一句白话，语气微愠："搞乜鬼（搞什么）？十五分钟前，名同人都对唔到（名字跟人都对不上）。十五分钟后，人哋拣乜佢又跟住拣（别人选什么就跟着选）……考试抄答案呀？"

谭天明没接话。

他有点诧异。

子夜不爱讲白话，谭天明常年在内地奔走，国语也全无口音，故两人在一块儿，不太讲白话。

而且，子夜此人人如其名，冷静得像能吞食一切声音的子夜，不太有什么情绪起伏。

这会儿急急讲出这么一句，只能说，他是真的有些着恼。

子夜代入了。

只能说天意难测，又或者这女孩子真的很厉害。饶是他铺陈了许多她的缺点，子夜不知为何还是代入了她。

片子是预录制的，没有片尾和预告，放完即止，子夜的公寓也就在这种突兀的结束中陷入黑暗。

那条短信也就是在这个时候进来的。

手机连接了音响，短信提示音有如天外来音，将正在神游的谭天明吓得不轻。

正因如此，也很难不注意到屏幕上方的消息。

南北：哥。

哥？

子夜是陈金生的独子，这世上谁会这么称呼他？

表亲？陈家直系亲属子夜尚且不常与之往来，遑论旁人。

南北：我在港市，没有现金，付不了车费。

"哥"这个字，至亲至疏。

谭天明明白过来，亲姐妹叫他"天明哥"；工作往来的人也会套近乎叫他一声"哥"——故发信人要么和子夜极亲近，要么完全不熟。

南北：你住哪里？

南北：我叫司机开过去，你帮我付一下好吗？

南北：我不认识别的什么人……

眨眼的工夫，"南北"的消息接连进来三条，看得出真的很急。

谭天明转头看向子夜。

子夜盯着投屏，很宁静地看了一会儿，方才弯腰，拿起手机回复。

谭天明移开视线。

"叮"的一声，伴随房间一亮，谭天明终是忍不住回头去看，发现是一条短信发送失败提醒：

您尝试发给用户"南北"的"在哪儿？"信息发送失败。

还附带一则官方温馨提醒：

对方已将您屏蔽或加入黑名单。

谭天明是很坦荡的人，见惯了子夜受人追捧，这会儿免不了幸灾乐祸，说："你也有今天？"

子夜脸上无甚表情。过了一会儿，他却笑了，有些自嘲的意味。

很快，"南北"很贴心地分享了一则位置信息，显示为——加拿芬道的利嘉大厦。

至此，谭天明已然好奇心爆棚，想见识一下这个"南北"究竟是什么来头。

于是，谭天明试探着问了句："若不想见，又担心对方处境危险，不如我替你出面去应付。若对方之后还纠缠，我也可替你打发。"

子夜又安静地坐了一阵，不知在想些什么。

成年人的世界总是异常疲惫。半晌，子夜像终于找回些许社交力气，答道："不用，我可以应付，谢谢你。"说完，他起身，随意套了件风衣出了门去。

风衣搭日常衣裤——还好，不是什么太重要的人。

谭天明得出这样的结论。

尖沙咀这一带多老街。礼拜六晚上八点大约是个好时辰，狭小街道上又设置了地铁站出口，单行道上车辆近乎寸步难行。

红白色的的士停在街边，后车门开了一扇。女孩子站在车门不远处，机车外套与黑色骑士靴之间是纤长的腿，肤色是本地少有的白；上衣下沿露出若有似无的短裤边缘，主打一个下装消失术，着装是本地少有的花里胡哨。

兴许是内地网红——从地铁站出来的行人十有八九回头打量着她，多半都这么想。

陈纵站着等了一阵，裸露在外的两条腿一会儿就没了知觉。

她像不知道冷，有时半个身子探进车里同的士司机闲聊两句。这司机是个尚算英俊的年轻男人，在此地耽搁了有二十分钟，竟没着恼。他还有工夫递上名片，叫她与朋友下回来港，可打电话给他——做生意与搭讪漂亮女孩两不误。

两人已然聊了一阵，一人粤语、普通话掺杂，一人拿着翻译器大音量播放，惹路人频频发笑。

这会正说到她朋友："你嘅（的）朋友……喺大学读边课（在大学念什么书）？"

陈纵以夹生的广东话自信地回应："佢（他）……教书，唔喺（不是）学生。"

发音到底古怪了些。司机偏了偏头，有些发蒙。

陈纵掏出手机，拿粤语翻译器翻译后文，正准备播给司机听。一瞬间，像有名人出街被人认出，人声忽然喧嚣，间或有年轻人打招呼的声音。

"陈生晚上好。出嚟买夜宵（出来买夜宵）？"

那人闲适地答了一句："夜宵甘早（夜宵这么早）？"

015

话音略显沙哑，有别于从前。陈纵也没听过他讲广东话，却顷刻间辨认出，抬眼往人群中一望，又触电一般收回视线。

对方已然寻到目标，径直往街边的的士走来。

侧镜映出橙红车道，映出正靠近的修长人影。陈纵心有所感，没有动弹。

司机却似乎认出他，试探地打招呼："陈子夜陈生？"

陈纵让开些许，背靠车窗，尝试与他对视。

来人在近前停驻，视线轻轻落在她脸上，没什么表情。

如果这一幕是一部三俗电影，导演一定要在这镜头上挖空心思——灯光就位，群演定格，背景在霓虹闪烁下渐渐模糊；特写镜头给到两张脸、两双眼，一眼万年，演员眼神交汇的瞬间如同念诵史诗；还要播放情感战歌，好让观众声泪俱下。

可惜任谁看来这都不过是再寻常不过的一次见面。两人面上皆波澜不惊，和见街上陌路人无甚分别。

的士司机以为他要搭车，抱歉地讲了句："唔好意思，阵间要去尖沙咀交更，过唔海（不好意思，待会儿要去尖沙咀交班，不过海）。"

于是甚至连一句寒暄也没有，男人就已移开视线，同司机闲聊起来。

子夜答："唔紧要，我接人，唔搭车（不要紧，我接人，不搭车）。"

司机随他话语又看向陈纵。

俊男靓女站一处便是风景，过路人也早已将二人频频打量。

这风景另有微妙之处。儒雅青年和机车少女——两人风格如此迥异，颇有反差，却又在某种程度上十分相像。

不是说外貌，外貌并无相似之处。

也不是着装，着装风格更是全然不同。

是一种极为雷同的剔透气质，由斯文的谈吐间不经意流露。

司机也很好奇，自然而然地问出了这个问题："佢喺陈生细妹（她是陈先生的妹妹）？"

子夜被问得愣了一下。

"表妹？戴小姐？"司机旋即看向陈纵，揣测她身份是定居海外的知名女性文学畅销书作家陈沪君的小女儿，年纪也对得上——难怪不讲白话——顿时有些刮目相看的意思。

陈纵不答，看向子夜。

子夜答："唔喺（不是）。"

对方又问："女朋友？"

子夜仍是那句："唔喺（不是）。"

司机不敢再多八卦，笑着打哈哈："我走漏眼，唔好意思（我看走眼了，不好意思）。"

气氛对陈纵来说有些尴尬。她垂眼听闲谈，没有多话，也没想着将自己从这"不知道是陈生何人"的尴尬身份里摘出去。

沉默时分，陈纵才接过话："刚才他也问我你是什么人。我说……"

她故意卖了个关子。

子夜也很好奇："你怎么讲？"

陈纵按了手机播放键——

"佢喺中文绑教书，上堂时课室塞到爆（他在中文系教书，上课时教室学生塞到爆炸）。"

熟悉而机械的谷歌翻译腔在最大音量下放送。

像看了什么无厘头电影，司机骤然大笑起来："不错。陈生好靓，真人靓过上镜，教得功课，写得好书。"

"多谢。"子夜自然道谢，递去车资，又问："和朋友吃哪家？"

陈纵意识到后头那句国语是对她讲的，望一眼街边漆黑的店面："约好在翠华见，谁知歇业了。"

早歇业八百年了。

"係咪傻仔（是不是傻子）？"子夜无语。

陈纵没听懂，偏了偏脑袋。

司机跟着笑了起来。

子夜没解释，又问："换家餐厅？"

过口岸换了手机卡，联系不便，餐厅也只能在这附近找。

司机倒是好奇："依家（现在）好多人礼拜日坐车去深市吃喝玩乐，嗰边好食又唔贵（那边好吃又不贵）。"

"有几间唔错（有几家还不错）。"子夜仔细想了想，"或者，银龙、陶源？"

"附近冇乜好茶餐厅（附近没什么好茶餐厅）。"

也是，这片多印度餐厅。

司机绞尽脑汁，灵机一动："或者 Home Sister Family？价钱合理，任食打边炉唔过 500 蚊（打边炉随便吃不会超过 500 元），可以去试下。"

陈纵立刻说："你带我过去？"

子夜说好。

过了上一趟地铁到站的人流高峰，这会儿街上人已少了些。子夜走得很快，向来也没有等人的习惯。陈纵也没急着跟上，落下一程，视线长久地落在子夜身上。

子夜觉察到她的目光，没多言，渐渐放慢脚步。

等她跟上，子夜方才讲了句："这两年好很多，但仍旧不如内地便利。"

陈纵没应。

子夜静静地等了一阵，久没等到她出声，主动问："想说什么？"

陈纵笑道："你就不想说点什么吗？"

问候对你来说太俗，你大可随便说点什么，我分明提供了很多素材，才敢来找你。

对我如今的人生、恋爱，你半点都不好奇吗？

你对我这个人，就不好奇吗？

子夜亦笑了："我该问什么？"

陈纵难掩失望，整张脸耷拉下来。

"问你为什么一直盯着我看，"子夜偏过头，"为什么？"

陈纵语塞。

半晌，她才开口："我想喝便利店的饮料。"

听语气好似半夜被只流浪小猫碰瓷，子夜失笑，领她进街边便利店挑饮料。

便利店在放内地仙侠剧，老板听见声响，从柜台后抬起头，道："陈生晚上好，一共卅七蚊（一共三十七元）。"

这一路谁与他仿佛都很熟，也许子夜看她，与过路人也无异。

子夜付钱时，陈纵终于没忍住讲了句气话："陈生陈生，人人都认识陈生，不愧是住热搜上的男人。"酸溜溜宛如一个不得志的前任。

冷言冷语出口，她冷着脸，不让翻涌的情绪表现在脸上。

子夜却没理她，低头翻找什么东西。

半晌，他将什么东西，连同手中的椰青水、葡萄乌龙、蜜瓜豆奶……花花绿绿的饮料，一道给她。

陈纵垂眼，发现是一沓港币，大额、零钞都有。

子夜解释："下次过来，记得多带点港币，不要忘了。"

陈纵故意气他："要是又忘了呢？"

子夜脸上没什么情绪起伏。

他垂头瞧她，半晌无奈地笑了，如应付什么难应付的后生。

"那就打给我。"

"我还能找你吗？"

子夜道："记得提前移除黑名单。"

陈纵脸上神情松动，原本攒着的劲叫这句话卸了个干净，内在的柔从眼里流泻而出。

她一瞬不瞬地看着他，似也想看破他面具下的别样情绪。

子夜八风不动，示意她进店里："外面冷。"

陈纵没舍得立刻就走。

子夜却毫不留恋，讲完这话，转身，过街，进地下停车场，很快消失在视野中。

陈纵在外头站了一会儿。

街上风很大，双腿冻得通红，她却没什么知觉。

她转头踏上台阶，整个人恍恍惚惚，只管下意识地往前走。

直至侍应生到嘴边的"请问几位？"变成一句关切的："你还好吗？"

陈纵伸手抚脸，摸到一手滚烫，还觉得困惑。

自己怎么哭了？

她想开口说话，却一个字也说不出。

泪水随之滚滚而下，渐渐地再也止不住。

自知失态，她就近寻了个空位坐下。

侍应生也没多言，由着她胡乱坐下，替她清空餐台上的脏盘，随后又去厨房端来一碟芒果布丁、一杯热鸳鸯，以及主厨做多的一份车仔面，轻声安慰："你听好，今日再大的事，来日也不过是沧海一粟，没什么大不了的。"

邻座客人也关切地问道："还好吗？"

"怎么了？"

陈纵摇摇头，答不上来。

她用了很多天来消化这一晚，直至某天钟颖突发奇想，问起这一夜她与故人重逢的感受。那时，她只剩一句平平淡淡的："我以为他那样一个人，长不成这样一个正常人。"

子夜，终于长成了一个情绪稳定的大人。

陈纵试着从很多角度来切入这个离经叛道的故事。

是从十二岁的炎炎夏夜，她结束了市里暑期文艺演出，带着滑稽浓妆，穿着亮晶晶的芭蕾裙，跟在爸爸身后走进那间小院讲起？

是从她意识到自己懵懂爱意的那天讲起？

还是从二十岁彻底断开一切联络那天讲起？

都不对。

准确地叙述，应当是一句对如今的陈子夜最简明扼要的描绘：他终于长成了一个不好不坏、无甚稀奇的正常人。

第二章

看我骄纵

　　第二天，陈纵并没有如约和钟颖去陈老师课上打卡，而是借口着凉，比上课时间晚到一刻钟。

　　她跟随旁听生，在门外的长廊上坐着，在他隐隐约约、略喑哑的声线中，模模糊糊地听了半堂文学理论课。

　　恍惚间，陈纵几乎以为时光倒退了十余年。港市的阳光和金城一样充沛，本部大楼和爸爸盖的"门"形小院有些雷同，天井里头也有葱翠的热带植物。子夜在窗前温书，话音平仄有序，她在芭蕉树下打盹，那场景像诗一样。

　　这首诗从十六年前延续至今，搁笔待续。

　　陈纵想让它继续书写下去。

　　前来参观校园的游客，当陈纵也是学生，好奇地问她这是哪位名师的课，怎么这么多人？

　　愣怔间，已有好心人替她作答："当然是陈先生的课呀。"

　　"陈先生名叫子夜。"伶牙俐齿的中文系女学生接着解释，"因这一层，中文系必修书目《子夜》常年无休，被借到线装书命悬一线，简装本开枝散叶。也不管陈生名字是不是出自这二字……足可以证明，至少在这所学校，陈生人气高过《子夜》。"

　　说话间，下课铃响，子夜一刻不停留，娴熟地穿过人群，恰到好处地躲开了平日不用功、临期末想追问考试重点的学生。

　　游客起初还疑惑不解，直至震慑于陈老师的气质，一瞬间也懂得了他的课为何如此热门。

几乎所有人都在看陈老师，陈纵也是。

昨夜短暂重逢的悲怆早已烟消云散，陈纵脸上渐有笑意。

陈子夜不是这本《子夜》。

他万众瞩目，她默默无闻——这些年两人相处，似乎总是这种模式。但问这世上谁最了解子夜，陈纵自信不会有人比她知道得更多。

真好，哪怕只是因为气质卓著，至少在这所学校，已经没有多少人在意他是否是"陈金生独子"。他似乎已经可以脱离陈金生，独立地活下去。

陈纵"呵"地轻笑，抒出一口胸中郁气，站起身，随下课学生一道下了山。到的士站时，她才发短信给钟颖："我到了。去吃哪家？"

那个周末，陈纵和钟颖在港市随意地吃了几家网红推荐的热门餐厅，就潦草地结束了行程。

钟颖主要是来陈老师课上合影留念，陈纵的目的不在打卡，也都无所谓。

深市离港市近，两人约好下次得闲，提前做好功课，来港市短住几个礼拜，争取每日都有 Plog 放送。

子夜始终不曾联系过陈纵。工作的忙碌冲淡了些许失落，陈纵也常常自我安慰，不打紧，预料之中的，不是吗？

何况一切才刚开始。

钟颖也有得忙，直至第二个周末，节目播出前夕，才和陈纵见上面。

那天，周正歧邀众人去他的公寓一道吃饭，顺便一起看节目播出。

时间约在下午五点。

陈纵婉拒了几位嘉宾开车接送，提前两个小时去了图书城闲逛。

趁节目热度，子夜的书被搬到一楼大厅，被几名网红历史学家的书夹在中间，再被一圈花花绿绿的网络小说抢尽风头，显得像一排低眉顺眼的蒙尘古人。

陈纵一早问过，说这里还留有两本亲笔签名本。

她在那堆书里找了半天，没看到"作者亲签"的字样。她叫来书城管理员询问，才知道深市多文青，签名本不巧昨天卖光了。

陈纵只好随意挑了本《借月》普本，在柜台借笔，在空白环衬上写：陈——放纵的纵，赠周正——歧路的歧，不要客气。

旋即，她将书装进纸袋，乘公交车直达周正歧家楼下。

周正歧早早候在站台，脖子上还挂着围裙，在人群里颇惹眼。

陈纵一见他就想笑，一路从巴士站和他笑闹着进了公寓门。

屋里众人正围坐着看电视，门一开，一个个怨声载道："我们怎么没这待遇？"

陈纵问："怎么？"

男一许瑞道："他借口做饭，任谁来了，都叫旁人替他跑腿下楼开门。我第一个到，他竟叫我等别家住户回来了再跟随进门。"

大家都笑得不行。

陈纵自然而然地打趣道："我咁特别（我这么特别）？这招不得留着接 Arya 时再用？"

"别人三点就到了，"钟颖朝厨房努努嘴，压低声线，"被使唤到厨房干活了。"

陈纵咯咯直乐："朋友如手足喽，当然要重视些我。"

周正歧全然不理会，乖乖地站在门口拆陈纵带来的礼物，拆出一本书，拿在手中扬了扬，冲众人道："我对她多好呢，她倒好，头回上门，就送本书打发我？"

陈纵也有话说："你不是钟爱陈先生吗，难道叶公好龙？"

周正歧道："几岁了，现实些，我平生只爱好钞票——哟，连签名书都不是。上头写了什么？"

众人都探头去瞧。

周正歧大声念出："陈——放纵的纵，赠周正——歧路的歧，不要客气。"

"别人 Arya 带了瓶编号 1978 的 Richebourg（里奇堡，一款红酒），"钟颖比了个"六"，"这位数。"

陈纵道："她是谁，我又是谁？"

众人大喊陈纵鸡贼。

唯有周正歧笑容渐敛。

过了一阵，周正歧才好奇地问道："陈纵，你的陈字，怎么写得跟陈先生一模一样？"

陈纵愣住，往嘴里塞了一粒坚果，咀嚼了一会儿，才缓缓回答："……有吗？"

周正歧道："你等着。"

他转头走进卧室，寻了本《毗舍阇鬼》签名本出来，摊开两本书，放到众人跟前。

两个"陈"字虽大小不一，但起笔、转折、落点、轻重、大小、粗细，均如出一辙。

众人皆觉得好玩不已："这两个'陈'字，怎么会这么像？"

陈纵盘膝坐在沙发上，抱着零食盒，化身无情的吃干果机器人，懒散地答道："说明本人，我，陈纵，也有选入'二十一世纪最有潜力青年文学家'的潜质。"

众人放下书本，开始耻笑她。

唯有周正歧仍捧着两本书细细辨认着。

陈纵吃着干果，目不转睛地盯着他，脸上渐有警觉的神情。

彼时，张雅骢四下打量，见到陈纵，展颜一笑，凑到跟前，亲近地问："陈纵姐几时来的？都没同你打招呼。"

钟颖道："她也没大你几岁。"

张雅骢道："那也是姐姐。我看到她就亲切。"

钟颖的视线在两人脸上来回，险些脱口一句：光看脸看不出来。

陈纵立刻开口打断："我本来就是姐姐。何况我喜欢当姐姐。"

钟颖神色诧异，脸上表情分明是：真的吗？

陈纵又笑嘻嘻地补充了句："我这辈子还从没当过姐姐。"

钟颖就知道她没这么好对付，立刻扭过头去，狂笑起来。

时间临近夜里八点，终于有人发现十位嘉宾只来了六位。

张雅骢捧着菜，一一端上桌，远远地询问："还有几个人呢？"俨然女主人架势。

毕竟是一帮年轻人，这会儿正闹作一团，一时无人理会她。

陈纵收回神思，答了句："一个还在公司加班，晚点也不知能不能赶上地铁过来；一个这礼拜去维也纳演出了，另一个，当然是陪着一道去了；还有一个，好像是朋友婚礼，去哈瓦那过圣诞节了。"

男四张靖羿开口就来了句："六个人，只能凑出一对。"

许瑞环顾四周，更是语出惊人："一对半。"

张雅骢涵养再好，这会儿也做不到面不改色，脸上笑容一僵再僵。

张雅骢试图从周正歧那儿找回面子："阿歧，快八点钟了，要不要开饭？"

周正歧仍未答。

陈纵目不转睛，视线在两人身上来回逡巡。

半晌，周正歧终于开口："张雅骢，你来看，这两个'陈'字像不像？"

陈纵简直替张雅骢松了口气。

张雅骢瞧了瞧，"咦"了一声，说："陈先生的字真好看。"她回头看陈纵，"你仿过陈先生写字吗？"

张雅骢救了她，她爱张雅骢至死不渝！

陈纵展颜一笑，顺着台阶就下来了："是啊，以便过几年也成为另一位陈先生。"

张雅骢也顺势放下两本书，将周正歧的注意力带回餐厅，招呼大家："该拍照的拍照，该修图的修图，一会儿该专心吃饭，收看节目了。"

钟颖一早拍好集体照，借口透气，拉陈纵躲到楼下聊天。

"他俩怎么回事？"

陈纵有些发蒙："他俩怎么回事，我怎么知道？"

钟颖换了个说法："你们仨怎么回事？玩多角关系呢？"

陈纵咯咯直乐。

钟颖又问："张雅骢一早巴巴地赶来洗菜煮饭，给他打下手。周正歧一听到你来了，叫张雅骢去给众人当烧饭婆，自己急急地下楼接你……他怎么想的？"

陈纵道："他怎么想的，关我什么事？你问我，不如去问许瑞，他俩关系好。我哪里又知道他什么意思？"

钟颖拿手背打她一下："你还笑？不晓得避嫌？"

陈纵道："摄像头我都不避，还避嫌。我是周芷若吗，我问心有愧？"

钟颖语塞："搞不懂你们这些文青。"她拉起陈纵的手，"快开播了，走，回去吃饭。"

周正歧备了十个菜，各种地方特色菜，有辣有鲜咸，还点了份蒜香麻小，开了两瓶茅台。移动电视搬到餐桌前，节目中的明星观察嘉宾正互相介绍，桌前众人已小酌两杯，气氛正好。

明星观察嘉宾前往滨海公寓参观。滨海公寓人去楼空，但节目中的重要信物保留下来，留给明星观察嘉宾无限遐想。

电视机前的众人见到旧时记忆，或酸楚或甜蜜，也都有无限感慨。直至画面定格在书架上一条重要线索——《借月》的书脊上，左右两本网络言情小说《山上雪》渐渐模糊。

画面一转，来到了演播厅。

主持人介绍完前几季的常驻明星观察嘉宾，之后忽然道："——以及欢迎我们这一季的新朋友，港市大学中文系副教授陈子夜陈先生！"

电视机前众人闻声惊呼。

周正歧狂喜以至于失语，径直看向了陈纵。

张雅骢算不上陈子夜的铁粉，却表现得比周正歧还要雀跃，捂着嘴尖叫，一把抱住身边的人："周正歧？周正歧！你看到没有！"

钟颖早料到这一幕，已经举起手机，记录众人的反应。

周正歧敏锐得很，拿手挡了挡摄像头，偏过头质问陈纵："你一早就知道？"

陈纵淡定地坐着剥虾："也就上个礼拜。"

周正歧抓起抱枕起身就要打人。

陈纵反应也快得很，一瞬间站起来一蹦三尺远，戴着一次性手套，手上还抓着剥了一半的麻小。

众人都拉着周正歧："周哥，冷静，冷静。"

周正歧气得额头暴青筋，隔着一张桌子骂陈纵："你就这么对我？"

陈纵安抚道："这不是想给您一个惊喜吗？"

周正歧一个枕头就要砸过去。

陈纵生怕殃及她剥好的虾肉，忙不迭带着壳就塞进嘴里，两手高举："周哥，息怒，别脏了您的布艺家居。"

周正歧看着她就发不出火，又好气又好笑："我怎么就遇到了你这么个奇葩？"

钟颖看热闹不嫌事大，举着手机跟拍起哄："打起来，打起来！"

就那一瞬祸水东引，枕头准确地砸到了钟颖手上。

笑闹间，明星观察嘉宾的自我介绍已被众人错过大半。

众人转移阵地到客厅，坐在沙发上专心看节目。这一季节目组转了性，大发慈悲，首播直接放出两期。

第一期没有陈纵什么事，她只顾窝在沙发角落，间或发出一两声感慨："原来我来之前你们是这样的。"

大家都笑："你来之前，我们都束手束脚的，有点放不开。后来有你这么个垫底的，症状也就好多了。"

看到许瑞出场自我介绍，陈纵好奇道："Siri这名字不是你自己取的吗？我们什么时候开始叫的？"

许瑞"嘘"了一声："不兴剧透。"

就这么插科打诨到第一期临近收尾，三男三女投票前，在电影放映厅里有短暂夜谈。

"养猫还是养狗？"——很简单的一个话题，却也能深入浅出，很有讲头。

周正歧爱猫，钟颖养猫，许瑞和 Chris 养狗，张雅骢猫狗双全……几个人在节目上早已各抒己见，又从猫狗说到人，说到爱情——但蜻蜓点水，很快带过。

身为女四的陈纵和男四张靖羿没有参与过这个话题，现被追回答。男四因为是民航飞行员，即便爱猫爱狗，却也有心无力。

轮到陈纵，她说："我养了五只猫，三只狗。但是都在美国，没法带它们给大家撸。"

周正歧道："大户人家！"

陈纵乐了："你口口声声爱猫，你的猫呢？还说不是叶公好龙。"

周正歧正要回嘴，主持人忽然间 cue（提示、提及）到陈子夜，问他："子夜喜欢猫还是狗？"

众人皆安静下来，屏息听他回答。

子夜答道："都不喜欢。"

不及主持人发问，子夜又接了下去："喜欢也养不活。爱莫能助。"

其他明星观察嘉宾和电视机前的听众陷入一阵沉思。

钟颖问在座几位忠实粉丝："这是说宠物还是说人？"

连周正歧也犯糊涂："不懂。"

钟颖笑了："都怪陈子夜，长了张不论说什么都别有深意的脸。"

虽然是匆忙补录，但一期看下来，子夜作为点评嘉宾，几乎没太多存在感。

身为铁粉的周正歧难免失望："陈老师好 Calm（冷静）。"

明星观察嘉宾里有位港星和谭天明私交甚好，知道子夜第一次纯素人上镜，又一早被谭天明剧透，很难有什么让节目组满意的 reaction，立刻讲故事救场——

"早几年谭先生请众人去他家聚会，夜半两点玩到正嗨，忽然门铃声响。我和家英打开门，门口站着个英俊男子，就是脸色糟糕到好似要来索命……眼罩、睡衣，又颇为好笑。

"家英请他进来一起玩，他好似没听见，过了半天才从耳朵里掏出一只耳塞，问家英，'你讲乜嘢（你说什么）？'家英多社牛一女子啊，都将她吓到了。后来有回玩游戏，说输了做什么，我就讲，'输了叫家英去邻居家要电话号码。'

"他睡眠这样浅，谁吵到他，看起来多半会杀生。他不肯养，也算少些杀业。"

电视里众人都大笑不已。

主持人准确地抓住重点："黎家英想要子夜的电话号码？"

这大概又会成为本节目第一期热搜预定词。

女明星掩嘴笑："是我想要子夜号码，故才这么差遣家英……是不是，子夜？"

子夜适时帮腔："我记得不曾有人上门要号码。"

主持人道："当然，她们都说了——不敢。"

逐渐热络的气氛里，第一期节目到了尾声。三男三女的喜好颇为明显，基本没有人选错。

客厅的氛围顿时略显尴尬，众人纷纷低头看手机，检查微博粉丝增长情况。陈纵事不关己，拿手机拍摄心动连线图，准备发到群里："快，一人给我一百块封口费。"

钟颖扑上去将她摁进沙发里："老娘对你多好，微博 Plog 还 @ 你给你引流，你不好好转发微博感谢老娘，还要我给你钱……我告诉你，你提着砍刀上街去抢，钱来得更快。"

陈纵从沙发缝里探出一只手："让我看看涨了几个粉……哇，破万了，谢谢颖姐！"

她这样笑话旁人，佛系的许瑞都忍不住想要掸她："你先别得意，别人'正声雅音'超话都有一点二万粉。"

众人品味这个 CP 名："正，正歧。雅，雅骢。"

周正歧闻声低头去搜索超话名，而张雅骢的视线一直没有离开过手机，刷手机的同时还控制不住地微笑。

接下来一段比较平淡，也没太多观点的抒发。在座六人要么早已熟知剧情，要么对他人故事没多大兴趣，又都不是自恋的人。

习惯了熟知的人在镜头前的局促，大家这会儿关注点都不在电视节目里，而更注重当下的相处。玩了两回骰盅游戏，小酌几杯，两瓶茅台早已见底，又调了些琴酒喝，大家渐渐有些上头，讲话也更大胆。

彼时电视里正放到陈纵登场，剪辑有意无意地放大男嘉宾的微表情。

张雅骢熟知周正歧，也看出他面对陈纵时的反常。故广告时间里，她很直接地问周正歧："你在节目里说你的理想型是外表清纯小巧、乖巧会念书的女生——现在你觉得，我和陈纵谁比较像？"

另外两个男的怕周正歧尴尬，忙打圆场道："哇，不要聊这么尖锐的话题吧。"

周正歧却无所谓，很直接地给出答案："其实后面还有个但是——'但是反叛主义，勇敢追爱，与外在反差十足的女性。'我那时没来得及说，后来想说，却来不及了。"

张雅骢说："所以你言行不一，也喜欢表里不一的人。"

周正歧道："至少我在节目里始终奉行我说出来的话……我承认我是个伪君子。"

气氛逐渐凝重，许瑞适时岔开话题："嘘，小声些，陈先生讲话了。"

彼时节目正放到陈纵盘膝坐上沙发，摄像头捕捉到三位男嘉宾心神荡漾。观察室的两位男明星更是毫不掩饰地表示自己被她的举止所吸引，直言感慨："她非常非常有女性魅力！"

连钟颖都对陈纵刮目相看，对她随时随地盘腿的习惯性小动作进行批评："有这种绝杀技，怎么不教教我？"

陈纵喝到有些许微醺，抱着抱枕安静地坐在角落，眼睛亮亮的，无论旁人怎么奚落她，她只是认真看电视，不搭腔。

观察室里另一位以爽辣嘴毒著称的女明星江汀并不赞许这个行为，表示："但我感觉，这个姿态并不雅观。何况在陌生的异性面前脱鞋、光着脚……也并不十分得体。"

节目组邀请来的心理学专家适时补充解释："她这一举动，可以称之为女性'性张力释放'行为。这些极富魅力的行为，比如女孩子撩头发、抹口红时抿唇，更进一步，如邱淑贞发牌、李丽珍喝汽水……又比如男性扶眼镜、扯领带等等，都是一些性张力释放时刻。这些举动或有意，或无意，都在散发魅力。而是否要做出这类行为，取决于性张力释放的主体——"

江汀打断道："所以这个女孩子是在镜头前，选择了性张力释放这一行为？"

话锋渐渐对陈纵不利。

心理学家又补充说明："先前我举例的性张力释放行为，有些得体，生活中随处可见；有些却不得体。如何判断行为的得体性，有一个很简单的检测方法——你能否在餐桌上，在父母面前做出这一举动。"

几位明星观察嘉宾窃窃私语，讨论这一举动的"得体性"——在镜头前属于公共场合，也属于举止应当庄重的场合，又是面对陌生人，所以这一行为不得体。

就这问题始终不发表看法的陈子夜，这时却忽然笑了一声。

画面切到主持提问："刚刚这个画面过去时，我注意到子夜笑了一下。子夜，能跟我们说说你为什么会笑吗？"

子夜很快解释道："我想到我妹妹。她从小和爸爸长大，没人教她女孩子该是什么样子。不论去哪儿，不论吃饭还是看电视，双腿随时随地盘到椅子上。我母亲严格，又爱说教，总看不惯，常说她，'不要以后嫁了人，同婆家吃饭也将腿放到凳子上。'她好生气，说，'凭什么我活到可以嫁人的年纪了，还要看别人脸色？'"

大家都被这个有些童趣的故事逗笑了。

心理学家也笑着说："陈先生将这个举止的得体性合理化了。"

港星适时问道："这个妹妹，是指戴英小姐吗？"

子夜未置可否。

钟颖后知后觉地感慨："陈生借自己妹妹小时候的故事，在帮你说话哎。"

这段反应是主持人和港星二人陪子夜补录的，通过剪辑手段与其他嘉宾剪辑到一起的。子夜特意补充这么一句，足见其含金量。

连周正歧都转过头来对陈纵说："我真是好羡慕你。"

陈纵用抱枕挡着嘴，嗫嚅地笑了。然后，她将抱枕越举越高，挡住整张脸，不太看得清表情。

后半程节目，陈纵都有些心不在焉，看起来像是睡着了，实则也与睡着无异，一个抱枕盖在脸上，外面的世界与她无关，先前自己在节目里做了什么，也都跟她无关。

直至第二期票选环节播放完，陈纵都不知自己身在何处。钟颖提醒她该回家了，陈纵木着一张被压出睡痕的脸起身。

一场好戏散场，周正歧送众人下楼。

电梯中气氛凝重，钟颖讲了两个压箱底的笑话也没半点作用。大家也都不是社牛，努力一阵也就放弃了，任由这萧索气氛收尾一场好宴。

陈纵和许瑞、张雅骢顺路。周正歧送走另外两人，同这一车招呼都没打就上了楼。

一个向来绅士有礼的人一反常态，必有古怪。

待车启动，陈纵才开口问许瑞："他怎么了？"

许瑞道："你仔细想想。"

陈纵不解："我哪里惹到他了吗？"

张雅骢的声音在副驾驶座平静地响起："第二期票选，你跟着我选了阿歧。"她微微偏头，以一贯温柔的口吻问，"你可以解释一下为什么吗？"

陈纵这才回想起还有这回事。

情敌见面分外眼红，许瑞自然不敢随便插话，只顾做专职司机，方向盘却越抓越紧。

陈纵却没理她，掏出手机噼里啪啦打字。

张雅骢接着又问："你能回答一下吗？"

语气带着一种敌视和威压。

陈纵没答，键盘音在车里回响，点击发送。

许瑞和张雅骢的手机同时亮起，是微信消息提醒——来自节目嘉宾群"深港友爱不掐架"。

张雅骢又道："陈纵？"

这气氛让许瑞喘不过气，只好开口递台阶："张雅骢，好像是群消息。上高速了，看不了手机，你能帮我念一下吗？"

张雅骢沉默了。

陈纵搁下手机，微微笑起来。

这时，手机微信消息提醒又响起，来自群友"一行歧路上青天（备注：周正歧）"。

张雅骢这才点开微信。

三十八线炒CP专业户（备注：陈纵）：对不起啊诸位，第二期我刚来，人都认不全，就挑了个眼缘好的漂亮妹妹，跟着她选了。想着她眼光好，不会错。

三十八线炒CP专业户：何况我像她姐姐，她也像我妹妹。眼缘这种东西无解，我第一眼看见她就亲切。

一行歧路上青天：[微笑.jpg]。

气氛多半靠陈纵，成也陈纵，败也陈纵，收拾烂摊子也是陈纵。

天知道，E人（MBTI人格测试中的E，代表外向、外倾型）人设只是她的面具。

回到自己在近口岸租的单间公寓，陈纵终于卸下社交面具。她胡乱卸了妆，头重脚轻地栽进被子里，不多时做了很多零零碎碎的梦，每一个梦都与子夜有关。

梦里，子夜与她的故事从二十岁分别那天延续了下来，他们走在街头，成了一对无甚稀奇的怨侣。那日港市街头的陈子夜与梦境吻合，却无甚违和。就好似他落入凡间，才能和她相配；又好似无论子夜变成什么样，她都能接纳他的所有。

猝然醒来，她只觉得满足。

又一个梦境，她梦见自己不曾踏入那间长满芭蕉的院子，却如上帝一般旁观了一个女孩站在子夜床头，训斥身后调笑的大人："不要吵到哥哥睡觉。"

那女孩回头，却是一张稚嫩的不属于陈纵的脸。在那个梦里，她与子夜从未相识，却亲眼旁观子夜给那女孩带去一切苦乐。从此她寻寻觅觅，在红尘中回过头来，却是一张无悔的笑脸。

陈纵醒来，抓起手机查看，最近一条消息仍停留在一个礼拜前她发过去的加拿芬道定位。

她想也没想，毫不犹豫地打字，发送，一气呵成。

哥，我想你了。

世上再没有第二个人能让她这样。

情感暴露在男女关系里是大忌。陈纵怎能不知道这点，但还是任性而为，借此收获内心安宁与一夜好梦。

第二日天明，陈纵醒来，发现自己仍然维持着睡前紧握手机的姿势，好像随时准备好收发短信。

她忽然想起什么，解锁屏幕。

短信界面仍然维持着昨夜的画面，没有收到对方的任何回复。

节目这一季热度远高于前几季，除去"嘉宾颜值讨喜"的功劳，更多是托周正歧、张雅骢CP粉的福。节目一夜上了六七条热搜，多半都带着"周正歧""张雅骢""甜"这三个关键词。

零星有人摸到陈纵的微博，私信留言警告：*姐姐人美心善，麻烦离我家那两只远一点！*

但大部分观众对陈纵这个不速之客也还算温柔。也许有人在别处骂她，陈纵随手搜了一下，有一条头条文章拉踩女嘉宾气质，重点关注了她和张雅骢。具体说了什么她忘了，她只记得两句点睛之笔——"陈纵'应酬气'很重，不像张雅骢，有吃穿不愁的'贵气'。"

陈纵把这话抄在了小本本上。

虽说节目比前几季火，倒也没有破圈的迹象。

不够，远远不够。说实话，陈纵有些失望。

陈纵的爸爸陈自强听说她要上节目，一早叫了院里相熟的叔叔阿姨关注着。但陈自强显然没有好好收看节目，打视频给她只问："你们兄妹俩上了同一个节目，私底下有见过吗？"

陈纵回答爸爸："见过。"

陈自强又问："你周姨、王叔都一集一集看了，还关注了节目微博。听说小陈是后头替上来的，他是因为看到你在所以来的？"

陈纵道："我哪里知道。"

"你没问他？"

"他想说自然会说。"

沉默片刻，终究还是绕不过那个问题："他爸晓得他上节目吧？"

陈纵："他名气那么大，总要被抓着做些文章。"

陈自强"哦"了一声："你周姨说，节目里几个小伙子都还不错。"

陈纵笑道："能上这节目的，个个都含着金汤匙出生，赢在起跑线，所以才能年纪轻轻就比同龄人光鲜。"除了她，她没有任何身份背景，是个草莽。

陈自强道："你周姨说，可要抓住机会。院里那批小孩，就差你的酒没吃上了。看看人白小婷，每天骑电动车带两个女儿去跳中国舞。"

周姨的声音远远传来："别带上我，我可没这么说。"

陈纵道："我上头不还有个子夜，哪里轮到催我？"

陈自强说："没法与他比。"

这话叫周姨不欢喜："还不是我们看着一起长大的，哪儿就不同？大作家生的小孩儿，就比我们的多长根手指头？"

陈纵笑了："周阿姨，那是六指儿，畸胎。"

"陈金生生个畸胎，还不正常？"陈自强上了年纪，脾气越发古怪，对老情敌更是没半点好话，"那封建余孽，从建国初开始娶老婆，娶了几十年，三房太太没生出半个儿子，只要是个男娃儿，不是憨憨（方言，指智力低下），就是瘫痪。就像老王生物课上讲的，多半有什么Y染色体基因缺陷。五十九流年行大运，得了个陈子夜，还不好好惜福，给他造的。"

周姨："子夜生得是真好，从小又乖又聪明。"

陈自强夸夸其谈："要是我儿子，那小子岂止今天这个造化？"

周姨："我记得你那一年托关系，找了两个在市里旅居的很出名的台湾地区的国画老师，每个周末送他去昆城学画学字，那几个老师怎么说来着？说一般人读一流文章，写二流小说。他小小年纪，读二流文章，也有一流感悟，聪明得像个妖怪。"

"那几个老师原话是这样讲的，"陈自强吊书袋，"'多智近妖'，私底下还跟我说，'怪不得陈金生不高兴。皇帝当久了，自然喜欢好控制的。'"

"一家子都有病。"

……

陈纵挂断电话，拒绝收看周姨与爸爸倾情演绎的《伤仲永》。

她翻看了一阵手机——没有子夜的消息。

周正歧闹别扭，恋综群失去了仅有的话痨，难得沉寂了一个礼拜。

主动找上门的只有工作消息，除去老板催稿，黄总编二十四小时不间断地在工作群里输出：一，我不需要你们的世界观；二、不要强加你们自己的意识给角色；三、不需要文学性的东西。否则我们三个人每人一套自己的审美，三个大纲之间互不相认，等于白费工夫。

陈纵闲得没事，在黄总编每一则微信消息下都回复一个青蛙点赞的表情包。

另一个编剧小叶私聊陈纵：姐，你不跟她在群里吵架，我都不习惯了。

陈纵回复：这不节目播出，我涨了点粉丝嘛。人怕出名猪怕壮，她把握我一手黑料，为了我的偶像包袱，现在她是大爷，我是孙子。[溜了溜了.jpg]

小叶：[牛.jpg]

但私底下，她逆鳞照长不误。阳奉阴违使她快乐。

他们现在着手改的剧本是十五年前流行的仙侠霸总小言《重生之拯救我的仙尊老公》。虽古早了些，但有些闲笔灵气十足，让神仙也鲜活，难怪十几年过去仍旧有人惦记。岂料，黄总编宝刀一挥，将这些细节腰斩了个精光，美其名曰：去去水分。

陈纵不是书粉也能气个半死。她权力不大，手握四分之一剧本，不动声色地将那些使人念念不忘的小细节又补了回来。

其中一个段落她觉得很有意思：万古至尊的上神陨落之前，被彼时还是个小仙娥的女主偶然撞见，瞧见他"衣裳脏了"。

天人临终前有五种征兆：头上华萎，衣裳垢秽，腋下汗流，身体臭秽，不乐本座。

这是来自《法句譬喻经》里讲述的天人大五衰。

小说只有不到二十万字篇幅，故作者不多渲染，只写"他衣裳脏了"。但剧本有置景，需要在一个分段里写出这个场景的氛围，以及这个景里必须有的道具。然后，人物出场。

故，陈纵在这个场景里添置了白蓴花与钟、磬之声。随仙尊走过，鲜花渐次凋落，乐声、天光渐微渐远。小仙娥懵懂凝望，为这画面添置一道声音："尊上，您衣裳怎么脏了？"

如此种种，陈纵昼夜不分，至截稿日前勉强写完规定的部分。她和小叶私底下互相对了对，彼此觉得没问题，一齐邮件发给黄总编，并留了个心眼，抄送了老板一份。

两人免不了一通商业互吹。

陈纵：我写完自己的 part（部分）还沾沾自喜呢，还是你厉害，服气。北电高才生带飞我。

小叶：哪里，南加大巨巨您太谦虚，不要玩捧杀那套。我不过循规蹈矩，还得求老黄替我要署名权呢。

陈纵：呵呵，还巨巨呢，一个北电的，一个 USC 的，被一个买了五百块微信编剧大师课入行的玩弄于股掌之中。

小叶：［哭哭.jpg］

躺到床上正好晚上八点，陈纵给黑屏了不知多少天的手机充上电，电视调到《即刻恋爱》频道，听了个开场曲就睡到昏天黑地。

那梦特别美妙暧昧，梦里她化身小仙娥，和万古尊者来了场三世轮回、情欲纠缠的爱恨情仇之旅。其中让她记忆最深刻，在梦里也反复陷入的一个场景，依旧是她和原作者搭上脑电波的那一个——

仙人陨落前，从浴池中赤足走出。满室鲜花枯萎，声乐渐隐，仙人一步留下一个足印，浴水粘身，额发生汗，面容渐渐模糊。以前每一世，小仙娥都没有意识到这种征兆意味着什么。直至最后一次，小仙娥凝望他的面容，凝望沾了污垢的脸与衣裳，忽然轻轻出声安慰："别怕。"

话一出口，她将自己惊醒。

天已放亮，时间指向下午。

陈纵回忆了一下那个梦，揉揉脑袋，心想，我可真是敬业。

她翻身去寻手机，刚开机解锁，振动模式的手机立刻像上紧了发条的电动小马达，振得她手心发麻。

微信和微博都信息爆炸了，图标显示均为"99+"。

拇指徘徊片刻，她点开微博，又点击消息框，立刻就被满屏私信消息吸引。

她点开最上面的一条：不得不说你生对斗鸡眼，眼光倒真毒。可着热度高的那对蹭，准备引流出道了？

网友二言简意赅，颇具威严：搞雌竞？

网友三属于劝诫派：这么多镜头盯着呢，还是不要那么心机哈。

……

举例子一般举三个就够了。陈纵擅长归纳，对自己目前的网络形象已有大致的了解，也就不再过目。

她浅浅回忆了一下自己在昨晚播出的那一集都作了些什么"妖"：

应该是七个人分组约会，三人组划船游湖，四人组则去水族馆。周正歧和张雅骢因为得票多，首先占领了两个游湖坑位。游湖的第三个坑位，是我们的大美女钟颖。

而作为女四号的陈纵，拥有一票踢掉一名女嘉宾的绝对选择权。而后，在张雅骢再三恳请陈纵不要踢她的前提下，陈纵毫不犹豫地踢掉了张雅骢。

后来复盘时，钟颖讲，张雅骢听说自己不能和周正歧游湖，躲起来偷偷哭了好久。

许瑞说，周正歧听说这个结果，讲了句："我有点不想去了。"

这两段必然被收录进了正片。

游湖时，周正歧自然兴致不高，但还算绅士。钟颖起初喜欢周正歧只是因为她喜欢话多有趣的人，并不爱看人摆臭脸。一天下来，她发现厚脸皮的陈纵比臭脸的周正歧有意思多了，这恋爱谁爱谈谁谈，老娘不伺候，干脆只和陈纵聊天。

游湖那一整天，陈纵忙到不可开交，不止要应付钟颖的话痨，还要照顾周正歧的情绪，有事没事和他尬聊一两句。

"你平时喜欢干什么？"

"不干什么，在家宅着。"

"宅着干什么，打游戏？"

"做饭，看书，看电影。"

"我也是哎。你喜欢看什么小说？"

"当代小说，通俗一些的。"

"最喜欢哪位作家？"

"陈子夜。"

"好巧，我也是。"陈纵接话。

周正歧难得眼前一亮，问："你喜欢陈老师哪一本？"

"下一本。"

周正歧笑了一声。

陈子夜搁笔多年了，不喜欢别人催更。这么讲，非书粉所为。但张雅骢不一样，她很直接地说自己喜欢《借月》多一些，和周正歧一样。

再之后，游湖结束的当晚，每个人都要透露自己的年龄和职业。陈纵这个二十七岁硕士在读，碰上张雅骢这个二十六岁即将 thesis defence（论文答辩）的准博士，约等于以己之短攻敌之长，败得可以说是难看。

想到这里，厚脸皮的陈纵，棒打鸳鸯的陈纵，忽然也失去了独自收看节目的勇气。

好在微博粉丝倒是涨了些，一万三，但远远赶不上百万级的主页浏览量。

哪里像隔壁"正声雅音"超话，直逼两万粉。陈纵手贱点了进去，看见置顶的第一条博文就是：**集美们不要去隔壁给那女的刷流量了，要刷去给骢骢刷啊！**

那女的，骢骢。

网友偏心可见一斑。

陈纵收回给"正声雅音"贡献浏览量的手，轻轻哼了一声。

她闲着没事，刷了刷钟颖的微博。

钟颖的评论区也有沦陷的趋势，不少网友都叫钟大美人不要带陈纵玩，钟颖都没理会。

参加节目的十个人里，除了还没登场的那三位，仍数钟颖这位百万博主粉丝最多。第二梯队是周正歧和张雅骢，Chris 比这两人差一点，将将三万。Amber 身为舞剧演员，本身自带粉丝，这会儿差不多也有三万粉。

热度到陈纵这儿就断层了。

网友说得也没错，她就是谁流量多往谁那儿蹭。

至于这个节目真正的流量密码……

陈纵轻车熟路地点进子夜的微博。

他没火前，有时会在微博里分享一些山水花鸟画，活像个老学究。但笔法像是在复健，技艺比巅峰时生疏不少。他自己也知道多了做不到，所以常常附带一两行自嘲，也算平常心。

后来粉丝多了些，拥进来考古，不吝彩虹屁。

他失掉一个自娱自乐的清静地，渐渐也就不发了。

他近一年来都不太用社交账号，十条博文，多半是公事。最新一条是节目组的 @，他用网页端转发评论了一条"万分荣幸"，仅此而已。

此人评论区被迷妹攻陷，有些没眼看。他本人估计也不太看得下去，所以基本没有回复。

今天的评论区则和陈纵这个坏女人有关，陈纵随意择了一两条以展示画风：

——老公不要识人不清！

——知道你平易近人，但下次不许为别的女人说好话了，我生气不好哄！

很明显，他为她讲了不少好话。

陈纵脸上渐有笑意，想找陈子夜单人 cut 没找到，却看到两条关于他的热搜。

第一条关键词：陈子夜新书《想好再告诉你们》。

头条视频从陈纵和周正歧游湖聊天开始播放。陈纵说完"下一本"，画面别有用心地放大了周正歧作为铁粉略显嘲弄的微表情。随后跟上的，是一天前张雅骢使周正歧惊喜的那句——"我最喜欢《借月》。"

画面立刻切到明星演播厅。

子夜一本正经地道："这话也没错，我的确常常觉得我下一本书可以传世。"

众人都笑了。

整个演播厅明目张胆地催更："所以子夜要不要借节目宣传一下新书？请问书名叫什么，让我们也期待一下？"

子夜仔细想了想："等我想好再告诉你们。"

第二条关键词：陈子夜二十九岁无所事事。

素人们寝室夜谈，开始公布年龄。

轮到张雅骢："多伦多大学环境工程第四年博士生，马上进入第五年，将在今年十二月二十六岁生日当天进行论文答辩，已经收到美国马里兰州某大学研究所的博士后邀请函。"

她介绍完后，是一段视频，张雅骢手捧书本，行走在 UT 校园。

素人嘉宾、弹幕及演播厅整个都沸腾了，众人纷纷惊呼：这是恋综有史以来最高学历。

而就在这种沸腾的气氛里，陈纵平静地宣布了自己二十七岁的年纪，南加大电影导演系硕士在读的身份，以及目前休学回国，在某剧组跟随师父进行编剧工作。

介绍完后也有一段视频，是陈纵拜托老板，借了间办公室，又买了两杯咖啡，烦请黄总编和小叶帮她进行了一段长达十秒、拿腔拿调的摆拍。

直男许瑞非常不合时宜地嘀咕了一句："二十七岁，硕士在读……"

兼之 Chris 很好奇地问了陈纵："现在在写什么类型的剧本？"

陈纵放弃描述："仙侠小言。"

本来对陈纵有点好感的 Chris 顷刻间眼里都没有光了。

弹幕一片嘲讽，大概意思是：过两年毕业，以这个岁数回国发展的话，拿什么跟应届生比，何况还是导演圈最难发展的女导演，年龄职业都不占优势，除非爱惨了，不然在座的男士很难会选她吧……

这时，画面切回演播厅，子夜开口："她应该和我很像。我二十一岁从哲学系毕业，回港重念中文系本科，期间几度休学，同龄人人人快我几程。二十八岁拿到港市大学聘书，不知为何要走这条路，也一度十分迷茫。"

他想了想，随口说道："有人胎死腹中，有人乐天知命。有人二十而亡，有人老来顿悟。人各有其路，故各有其时，根本不必慌张。"

视频结束。

陈纵盯着屏幕，发了阵呆。

而后，她关掉微博，打开短信界面，沉思了一阵，在一星期前那条"哥，我想你了"后恬不知耻地加注沉没成本：今天你来深市录节目吗，有没有空一起吃个饭？

陈纵并不期待来自他的回应，心态如同领免费彩票，图的就是个"万一呢"。她又顺手给自己点了个外卖，钟颖的电话就这么适时地打了进来。

钟颖语气小心地问候："陈纵，你还好吗？"

陈纵两手正开牛油果，仿佛没听清："啊？"

"没有不开心吧？"

"没有不开心啊。"

"你一直没回消息，大家都有点担心你——不开心说出来没关系，最怕说没事的那种。"

陈纵仔细地想了想："嗯，被人骂，好像是有点伤心……不如今晚你请我吃饭？"

钟颖语塞："几个营销组小号在阿歧、张雅骢超话带头嗑CP，话题算是彻底炒起来了。反正迄今为止，我是没见过这种CP热度，往后CP粉不知多疯。你且嘴硬，我看你能贫多久。"

陈纵委屈："我今天还点进了他们超话，第一条就在骂我。"

"才第三集，就骂到我微博下头来了，你什么体质。"

"流量女王体质。"

"有那个大病……晚上吃什么？"

"肉多的。"

"和我单独吃，还是吃周哥做的？他一礼拜没吭声了，趁机让你俩见一面，把话说开？"

"行，"陈纵笑，"我要大鱼大肉。"

……

深市太潮，水土又不养她，在家窝了一个礼拜，陈纵只觉得脖子以下都要报废。

她约了推拿师父，坐上网约车就开始点奶茶。

陈纵觉得自己简直是时间管理上的天才，精确掌握外卖送达时间，运气好时，比如今天，能将外卖小哥截胡在大楼门口。

手机振动了两下。陈子夜的回复就这样毫无征兆地和外卖送达提醒一起出现。

陈纵垂头，点开，看见了来自子夜的回复：有空，你在哪儿？

陈纵发去推拿店地址截图，面无表情地喝饮料，轻轻哼起歌。

推拿店开在居民楼里，地段好，租金高，里头有几层都租给了商户。客流量大，两部按住宅设计的电梯显然不够使，繁忙如早高峰地铁。

排队等电梯的人，人手拎着街边小吃，顶着一张张社畜的疲惫面容。

陈纵走在队伍最后，一只手给钟颖发信息，明目张胆地爽约：晚上有重要的人要见。

钟颖没回，子夜的消息又进来一条。

——堵车，约一小时后到。

——正好，我约了一个小时的经络推拿，可能要等我几分钟。

——好。

又一部电梯到了，陈纵收起手机，被人潮推着前进，脸上忽然绽开笑容。

倒不是因为别的什么，只是想到子夜待会儿可能要挤电梯的画面，她就觉得好笑。

第三章

看我哗纵

推拿师傅给陈纵加了钟，说她经络堵得厉害，将她转到里间去推油。

子夜好不容易寻到地方，尚算准时。

等候室里零星两对情侣，里头一间狭长的屋子并了六张窄床，上头躺满了人。侧方两个紧闭门扉的小屋，期间不时传来年轻女子的哀号。

前台在柜台后头登记排队，闻见风铃声，瞧见来人。

这人真奇怪。

他一进来，莫名衬得老建筑层高低矮，还衬得批发来的桌椅廉价。

因此，前台愣了一下，方才开口问："帅哥，一位？推拿还是正骨？"

子夜说："我等人。"字正腔圆。

陈纵听见声音，清了清嗓子："哥，你再等我十分钟。"

子夜："不急。"

屋门外有一个茶几、两把椅子，子夜拣了一把坐下，瞧见面前的茶几上放着两杯喝完的同口味奶茶，标签上写着：**宇宙无敌美少女1/2、宇宙无敌美少女2/2**。

推拿师傅叹气："你这，腰肌劳损了都。"

陈纵勉强言语："嘶……我左边腰不太好。"

"哪止，肩周炎，腰肌劳损，坐骨——"

陈纵倒吸一口凉气。

"坐骨神经痛比腰还严重，平时坐一个小时就起来活动活动，感觉到了吗？就是这里。"

陈纵惨痛无比地叫出声。

子夜笑了。

十分钟后，师傅边走出来，边叮嘱陈纵："过几天我再给你松松，切忌久坐。"中年女人目光扫过子夜的脸，"哟，兄妹俩真像。"

陈纵从衣领口拎出长发，视线扫过子夜的脸，抱怨："霞姐，你看走眼了吧。我们俩分明是两双爸妈生的，哪儿像了？"

霞姐复又打量："是吗？猛地一看，也不知哪儿像得很。叫我细说，我又说不上来。"

子夜道："时常有人这么讲。"

霞姐忽然想到一个形容词："像那网上主播说的成色好的玉，成双成对，一样好看。"

霞姐又有客人来，被唤进隔壁屋去了。

"既然时常有人这么讲，"陈纵打量又涨价的收费表，叹了口气，"早十几年怎么不跟你做亲子鉴定，完事这辈子指着这份报告结果，赖上你混吃等死。"

满屋子人都被她逗笑了。

陈纵取下门口挂着的面包服外套披上，同前台说："我微信转账了，你收一下。"

出门左转便是电梯。陈纵问："上来时挤吗？"

子夜道："我走消防通道。"

陈纵脑中情景剧破裂，"哦"了一声。

这个点人少些，她第一次注意到老旧电梯里有一面老旧镜子。两人并排盯着镜子瞧：陈纵因为趴太久，脸有些浮肿，妆也脱了一些，有种难以名状的狼狈相；陈子夜从头精致到脚，对比鲜明惨烈。

陈纵问："究竟哪里像了？"

子夜道："怎么还在想这个。"

陈纵有些气馁，一拳打到棉花上的气馁。

她只好问："吃什么？"

"你定。"

"晚上要回去？"

"嗯。"

"地铁到十一点，方便吗？"

"要吃这么久？"子夜纳罕。

"按你时间来定餐厅。闲就吃慢的，忙就吃快的。"

"晚点我可以叫人来接。你想吃什么都行，想吃多久吃多久。"

"陪我？"陈纵琢磨了半天，忽然抬眼看他，"干什么突然对我这么好？"

子夜垂眸，正好与她对视，顷刻笑了，没答。

小时候爸爸说，难回答的问题，就不回答，笑就是了。而子夜从小就比别人心思深，百转千回的，因此你永远不知道他笑看你时，心里究竟在想什么。所以陈纵从小就学会了，应对子夜，要够钝够天然，否则像在凝视深渊。

陈纵讲道："那我就不客气啦。"

子夜说："好。"

过一个十字街口，转进写字楼间纵横交错的巷子。巷子深处有间私房火锅，潮汕朋友推荐来的。店面小，里头桌子不多，外头摆了几把椅子供等位用。

两人到时，正好有一对情侣起身进店。

陈纵和子夜并坐，陈纵望着闹市空巷，仍觉得像是在做梦。

"这礼拜录到哪儿了？"

"录到你掉马。"

"那你们今天录得还蛮多，"陈纵故意问，"我表现还可以吧？"

"正常发挥。"

"我就当你夸我了，"陈纵轻哼两声，"但你不要太爱，省得你老婆吃醋。"

"老婆？"子夜重复了一下这个词。

"老婆粉，"陈纵装作漫不经心，"看到那些评论，你女朋友都不会吃醋的吗？"

"我没有女朋友。"子夜明白她话里的重点在哪里了。

正主亲口承认的：没有秘密女友。

陈纵几乎难以克制嘴角的笑意："我都忘了，你是个寡王。这么多年都没一点长进的吗？"

子夜直接略过，非常自然随意地问道："你呢？"

"不单身怎么上节目？节目又不能剧透，"陈纵嘴角勾起笑，"自己慢慢看。"

不多时，两人被邀进店，在靠窗的角落坐下。店面狭小，故也什么都小小的——小小方桌，小小锅炉，精致杯碟，窗沿上搁着精巧绿植。

店主也是骨骼纤细的南方姑娘，戴着围兜出来，见到熟人陈纵，又见到她对面的男人，视线在二人脸上逡巡，顷刻间挂上暧昧的微笑，斟酌措辞："大美女的朋友也个个是人中龙凤。"

陈纵自嘲："别人年轻有为，早早聘上港市大学副教授，我这高龄学渣，哪里能比？"

"港大副教授？"店主惊诧非常，"我店里可是第一次有教授来吃！"

陈纵趁机道："这顿可要为教授打个八折？"

店主会做生意，答应："好好好！到时候请教授屈尊留个影。"

子夜被这两人你一言我一语的彩虹屁讲得局促，等店主走开，方才解释："港市大不如前，这两年走了不少人才，次一等的，如我，才不得不顶上。"

"中文系人才流失？"陈纵品了品，笑起来，"哥，世上就一个华语社会。中文系人才去海外，做什么，宣发？"

桌上有张手写便笺，上头写着牛肉各部位过汤时间。

手边是指节大小的计时器。

子夜仔细阅读了一遍，为陈纵潦草下锅的牛肉打开计时器。

他一面留意，一面说："流落去哪里，书评还不是照写。这圈子好就好在不拘于一个地方。"

陈纵想起自己有天看到他流传到网上的美学课片段。

第一堂课，他讲："中文系不培养作家。"

众人都笑了，他自己也笑了。这话中文系第一堂课都要讲，但由他讲来，总觉得不可信。

再后来上课，他不再讲这话。因为他的课及他的人名气都很大，再上课，新生几乎异口同声"中文系不培养作家"，就像开演唱会，歌手主动成全气氛，将副歌让给听众来唱。

走神间，陈纵面前的碗里已摞了满满一叠牛肉。

子夜讲："快吃，凉了。"

陈纵听话，埋下头，讲一句："你意外地很上镜。"

子夜也有点意外："其实本人很一般。"

有时候他的魅力就在于不知道自己魅力的鬼样子。

陈纵吃一口牛肉，就抬头打量他一下，略显肆无忌惮。小方桌短短距离，黄昏天光和头顶钨丝灯双重光影落下来，像极了小时候坐在亮了灯的院子里和子夜一道吃晚饭的场景。

他其实没怎么变。

因为过白而容易有痣，又或者因为过白，突显了痣的存在感。最显眼的两颗，一颗在眼尾，一颗在一侧下颌边缘，征兆多半都不好。现在痣比小时候好像更小了些，却因为他如今更少血色，而无法忽视。你光是看着他，就会想到月有阴晴圆缺。

如今上镜，镜头吃掉了他的缺憾，使他像个玻璃灯罩里的假人。

子夜由着她看了阵，方才问："我变了很多？"

陈纵回道："瘦了些。"讲完这话，立刻站起，将自己碗里的肉拨进他碗里，"快多吃点。"

"你自己吃，"子夜没料到她这一出，看着碗里忽然堆起的小山，先是一怔，继而慢慢笑起来，"……又管我做什么，顾得过来？"

谭天明循着定位追踪过来，在巷子里刚泊好车，见陈子夜好好地坐在窗边，长长地松了口气。

但立刻，谭天明就从那方窗框里，看到一幅奇异的情景。

子夜桌子那头，原本被墙体挡住的位置，探出个人影。

女孩子捧着碗，将自己碗里的牛肉，大半都拨给了子夜。

谭天明本可以期待一下子夜的反应，没想到重度洁癖如子夜，竟笑纳了旁人碗里的牛肉。

这画面着实稀奇。

他下了车，换了个角度试图看清那女孩子的面容，却猝不及防地与陈纵来了个对视，一瞬间两个人都有些愣住。

谭天明的视线长久地落在陈纵脸上，思绪千变万化，到嘴边的那句震惊的"陈纵"，变成了笃定的"南北"。

思索间，子夜也随着陈纵的目光偏过头来，与他打了个照面，神情淡淡的，倒也没太诧异。

谭天明却心里打鼓。

多耽搁多错，谭天明立刻三两步进店，想法瞬息万变，讶异、尴尬、语塞……渐渐都烟消云散。

等站到子夜跟前，谭天明已然是一张面不改色的脸。

子夜语气也波澜不惊："你怎么也在这儿？"

谭天明自如地解释："看到网友推荐，过来吃潮牛，没想到在这儿碰见你。"

一旁的陈纵腹诽，这么大的深市，这么小众的店，可不容易随随便便就看到推荐。

谭天明心态稳如泰山，明知故问："敢问……这位是？"

子夜面无表情，很冷淡地介绍二位："妹妹，陈纵。朋友，谭天明。"

陈纵起初不吭声，如同一个待激活的机器人等着他介绍。听见他给自己安上"妹妹"这个身份，她倏地站起来，十分搞笑地同谭天明握手："你好，天明哥，我叫陈纵。你有预订座位，或者在小程序上拿号排队吗？"

动作话语自然而然、一气呵成，社牛如谭天明在她跟前简直都要黯淡了。

谭天明呵呵直乐："怎么办，没有哎。"

陈纵接着语出惊人："既然这样，天明哥不如和我们一起吃，这样省得浪费时间排队。"

谭天明爽快道："好好好。"他就近拉了张椅子，在二人之间落座，眼神始终不曾离开陈纵。

然后，他就听见陈纵压低声音，小声同子夜商量："待会儿请你这位冤种朋友帮我们把账结一下。"

给子夜手机装定位这事，谭天明自有他的道理。可他这事做得阴暗，瞒着当事人，今晚等于被当场揭穿。可是场合不妥，他哑巴吃黄连，没法当场解释，又没法当场走开，只得在一旁听候子夜随时发落，如同等候那头顶的达摩克里斯之剑。

无论有意无意，子夜很懂拿捏人心，又或者有旁人在不好发作，所以始终笑脸迎人，全然看不出端倪。

于是，整顿饭都有种微妙的尴尬，自在的只有陈纵一个人。

她不住地打量谭天明，忍不住问道："天明哥这里……怎么有两撮白发？港市现在流行这种发式？"

子夜看一眼谭天明，替他解围："他少年白。"

谭天明忙不迭附和："是，家族遗传。"

陈纵更疑惑了："我看新闻上，你爸爸、兄弟姐妹，都满头乌黑。"

子夜为他开脱："他们定期染成黑发，独他比较叛逆。"

谭天明捋了捋白发："觉得不好看吗？"

陈纵摇头："像白古杨过，极富有故事感。"

谭天明笑看子夜："听见没有，故事感，平平无奇三个字，把我气质拿捏住了。"

过了一会儿，陈纵仍旧盯着谭天明，将他看得耳根发红，都有些不好意思了。

子夜替他开口："还想问什么？"

陈纵问谭天明："天明哥，请问，我哥是因为看到网上有人骂我，又看到后几期节目里我表现踩大雷，心生同情，所以才来看我的吗？"

没想到这回话锋转向自己，子夜听完怔住。

谭天明听八卦一般地问："哪里的话？"

陈纵仔细想了想："我一直觉得他很冷漠，对我这便宜妹妹爱搭不理的。"

谭天明"哈"地笑了："他对谁不冷淡？不冷淡不子夜。相信我，他死要面子，私底下看你节目，情绪起伏很大，不知多关心你。"

子夜回忆了一下，总觉得他描绘的画面和自己有点出入。

陈纵也讲："我想象不到他会'情绪起伏很大'。"

"你知道他擅长什么？擅长强撑。人前冷面男神'陈老师'，人后，躲在公寓偷偷抹眼泪——这谁能想象到呢？"

这场景将陈纵逗笑了。

子夜莫名看了谭天明一眼。

谭天明扫码买单，看看表："下集快播了。"邀请两人，"要不要去我公寓一同收看？"然后冲陈纵讲，"参观子夜'情绪起伏很大'。"

不待子夜出言阻止，陈纵一口答应："那自然好。"她高高兴兴地跟上，很自觉地坐到后座，问了句，"天明哥公寓在哪里？"

车一启动，自动播放经典华语老歌。

谭天明答："罗湖口岸附近，约莫半个小时。"没听到回应，他透过后视镜见陈纵笑得甜美，免不了又问，"罗湖怎么了，嫌太远？"

"就是好奇。"

"好奇什么？"

"别人都说，早年你在罗湖买公寓，养好几个女朋友。是不是呀？"

前座两位男士都笑了。

谭天明道："喂，喂喂，我像这种人？"

他不在意节操，子夜替他在意，出言撇清："他做人还是很有节操的，一次只交一个女朋友，总数两只手应该数得过来，只是不爱同媒体争论。"

陈纵接着问："那哥你呢？这些年交了几个女朋友？"

等红绿灯时，谭天明望向子夜，缓缓开口："他呀……"

谭天明周围莺莺燕燕无数，对子夜感兴趣的很多，鼓起勇气尝试主动接触他的也有，但无一例外无疾而终。

有个厉害的，曾回来跟谭天明哭诉："……他（子夜）养不熟焐不热，像黑洞洞深不见底的深渊，无论投什么下去，永远听不到回响。"

谭天明那时心想，哇，"性冷淡"也能讲得这么清新脱俗。

于是今天，谭天明也将这三个字原封不动地转述给陈纵："性冷淡交什么女朋友。"

陈纵了然："也是。他看着精气神不好，多半亏虚得厉害，总觉得有些方面可能满足不了女朋友。"

这回换谭天明幸灾乐祸，他笑得方向盘都差点握不稳，在肩上揩眼泪，威胁子夜："你不辩解点什么？或者给我点封口费，不然明早头条见。"

"我拿什么辩解？"子夜手疾眼快，一面稳住方向盘，一面留意着车流，眼底也隐有笑意，"你该好好看路，我这阵子还不想死。"

"哥哥是斯文人，我们别逗他了，"陈纵也开口，"我随口胡说，他还是很强——"

"小姑娘口无遮拦，"谭天明忙笑着打断，"这种事才不兴胡说呢。"

不一会儿，他们到了公寓。

谭天明按亮密码锁，开门请陈纵先进："烦请确认一下有没有金屋藏娇。"

陈纵毫不客气，钻进屋去，活生生巡逻队大队长。

谭天明站在门口，替她调了个客厅气氛灯，又叫 AI 将电视调到恋综频道，转头问子夜："喝点？"

子夜破天荒地爽快："来。"

陈纵已乖乖在沙发上落座，专注地等节目放送。

谭天明道："零食在左手边柜子里，妹妹先看，我俩喝一杯。"

陈纵远远答应："那么给我也来点。"

谭天明打开酒吧间，拧开一瓶威士忌。

子夜目不转睛地看着他的动作："喝这么大？"

谭天明不回，拉开冰柜，往棱格纹的三只杯子夹入非圆即方的冰块，先倒了杯，拿去客厅给陈纵。

陈纵低头嗅闻了一下："强尼走路英皇乔治（Johnnie Walker King George Label）！"

谭天明闻之心中一喜，忽然明白周正歧听说有人和自己一样喜欢《借月》时的惊喜。

音响声音开得很大，谭天明以此掩蔽，和陈子夜在酒吧间闲聊。起初他闲话家常，东一句西一句，从绣球掉毛到他看跑马赢了一万块，简直琐碎至极。每讲一句，他就看一眼子夜的脸色，期望子夜能提起某个话题。

岂料子夜无比沉得住气，来什么接什么，任何话题都与谭天明讲得其乐融融，任何鸡零狗碎，都能有点不知哪里来的自身体悟可讲。

谭天明骑虎难下，渐渐乱了阵脚，小心翼翼地看着子夜，宛如一条做错事的老狗。

子夜心有所感，放缓语速，适时停下，安静地等。

谭天明闷下半口酒壮胆。

他本就有心事，立刻有些上头。

但仍记得保护隐私比较重要，他往客厅倾身一瞥，见那姑娘看节目看得全神贯注，这会儿不至于分身偷听，才吞吞吐吐地交代："我不是故意给你装定位，我只是……怕你出事。"

子夜笑了声："哦，还好。否则我以为某人这回发癫，风格是收买身边人监视我。"

"凭他，收买我？"谭天明"哈"地一笑，像听了什么笑话。

他又喝下两口酒，渐渐红了眼眶："我只是怕极了。我真的怕极了。前年陪立山去台北散心，叫他等我买杯咖啡的工夫，他就在大楼门口摔了满地。从前那么漂亮的人，摔成一摊肉泥。我能做的，竟只剩伏在地上，替他披一件衣服……在那之后，我做了半年噩梦。说句没良心的话，我每天噩梦醒来都在想，幸好不是你，我亲手收尸的幸好不是你。"

"别自责，不关你事，"子夜神色平静地听着，念诵十一字诀，"都过去了。"

"今天郑导说你在节目里精神很差，一下节目打车就跑，几个小时不见人。我是真的怕，怕找到的是不成形的身体和烂一地的脏器。"

见子夜仍旧无动于衷，谭天明生怕没失去肉身上的子夜，先失去了精神上的子夜，无助极了。

这一刻，他竭力想抓住点什么，一伸手，将子夜牢牢抓着："你别恨我。你要是生气，转头给我手机也装个定位。"

子夜笑："给你装定位，我同你一样有病？"

"我真怕，"谭天明忽然失掉力气，伏在他肩上痛哭，"我是真的怕……"

人年纪越大越容易心软，更易脆弱敏感，为此子夜深表同情。

但不知为什么，不论何时何地，不论对方几岁，他似乎永远要哄小孩，即便他才是那个受害者。

然后，他感觉自己肩膀的袖子被哭湿了一大片。子夜尽量不让嫌弃流露在脸上，到头来还得安抚："哭什么？我总不至于去警署告你。"

谭天明由啼转笑，乐了很久："叫警察将谭天明逮捕多好，瘫痪半个港市的经纪公司，谭天明乐得清闲。"

过了一阵，谭天明又开始甩锅："说什么，'想死的时候就写一点'……我今天癫成这样，还不是看到热搜说你下本书准备出版，将我吓个半死，以为你多么想不开，近期就要寻死了。"

起因是谭天明见子夜房间有一沓书稿，算算也到可提供给出版社的字数，以为子夜新书在望，想同他套点新闻。

岂料子夜说："这种东西，不死不成书。没死成，就是无病呻吟。"

这人总是以异常冷静的口吻讲一些石破天惊的话，偶尔让谭天明有些生畏。

子夜也知道新书指代什么，便说道："玩笑话你也信？年纪见长，却总没得什么佳句，怕丢人的托词罢了。"

谭天明这才松了口气。

子夜道："我活得好好的，别再疑神疑鬼，无端诅咒我，折磨你。"

谭天明在他杯上碰了碰："敬长命百岁。"

一会儿工夫，大半瓶酒见底。谭天明探头一看，见姑娘坐在地上看综艺，泪流满面。他刚拿起酒瓶，就听见子夜说："别给她喝太多。"

谭天明将余下的酒大半倒进自己杯中，晃晃瓶子："就一点福根。"（注：酒底，一般只有一两口。）

随后，谭天明走去客厅，往她喝空的杯里倒光剩下那点福根，询问："怎么看个自己录的恋综也能哭成这样？"

陈纵看得入迷，没留神他来，吸吸鼻子，泪眼婆娑地抬头，语气还挺委屈："说好一起看呢，小丑只有我而已？"

谭天明直乐，支坐起来，招呼子夜："还不快快来看电视！"

子夜不胜其烦："谭经纪人，一集综艺，你到底要我看几遍？"

话虽这么说，子夜喝掉手里剩下的一口酒，过会儿还是坐到近处一起观影。

正好放到男五潘鸿宇登场。

他推着行李箱进屋时，众人正聚在一起，热切地讨论子夜每个时期的风格变化。不太关注子夜的 Chris 则窝在角落弹吉他，为这场景注入些许灵魂。

Chris 侧身坐着，潘鸿宇迎面而来，两人立刻打了个照面。潘鸿宇做了个嘘声的动作，Chris 心领神会，缄口不言。

张雅骢道："陈老师十六岁到二十二岁那几年最高产，几乎一年一本中长篇。听说那几年他旅居金城，所以说我们金城的水土还是很养人的。但那几本都太暴虐直白，我不是很喜欢。他回港市之后，可能功课太忙，又或者真的'中文系不培养作家'，只零星凑出两本随笔杂闻和生活所见。二十五岁，二十五岁陈老师应该是恋爱了？一本《借月》，含情脉脉，惊艳了我好多年。"

周正歧也无比含情脉脉地看着张雅骢："我觉得应该是失恋，失恋对人情绪的刺激来得更强烈。"

Amber 改编过《借月》舞剧，自有感悟："可是《借月》有些描写也相当露骨直白，你为什么最喜欢这篇？"

张雅璁红了脸："陈老师写情爱，艳而不俗，非常细腻。"

周正歧也接话："没有生僻字，没有粗俗成语，没有高雅修辞，用最直白的话语说着最扎心的话，像人类最原始本能的欲望，像是拿刀子一刀刀扎在你心口，却天真地问候，咦，你怎么流血了？你品，你细品。'小公主院子里有一株名贵的花。有一天他知道自己必将枯死了，于是决定在最绚烂的那一夜，绽放给她看。'"

钟颖没有半点文艺细胞，听了，只问："我很好奇，不论恋爱还是失恋，陈老师灵感的缪斯到底是何方神圣。"

综艺画面切到演播厅，众明星嘉宾都起哄，问子夜那位"缪斯"是谁。

子夜在节目上说："臆想罢了，只要选择不醒，梦永不破灭。"

剪辑断断续续，很明显在这段回答里，他连讲了几个违禁词；没被剪掉的部分，被替换成了安全的"臆想"和"梦"。

节目外，谭天明又问了子夜一遍："现在没有镜头在，不妨给我俩透露一二，关于那位女主角？"

子夜："想知道？"

谭天明："对。"

子夜："哪那么容易，先交出你历任女友的姓名做交换。"

谭天明："你又不卖新闻，问这个做什么？"

子夜反问："所以我好端端的，为什么拿自己的八卦给你做把柄？"

谭天明自讨没趣，继续看电视节目。

潘鸿宇听了很久，适时插话："我也很喜欢《借月》。但我更想问一句——在座有没有人看过《山上雪》？"

电视画面里，陈纵整个愣在当场。

周正歧反问了一句："东西为横？"

潘鸿宇点头："对。这一本和《借月》很像，从女性视角出发，很多地方和陈老师不谋而合，形成互文。但从个人品位角度来讲，我更喜欢《山上雪》。"

周正歧："好巧，我也很喜欢，但……"

潘鸿宇笑道："说不出口是不是？大男人，看什么女性向网络小说。"

"你比我坦诚，我很喜欢你，"周正歧坐在沙发上探出身子同他握手，"我叫周正歧。"

潘鸿宇借机自我介绍："我叫潘鸿宇，潘安的潘，鸿雁的鸿，宇宙的宇。生在申城，十六岁移居 Austin（奥斯汀），念木结构建筑学，今年二十四岁。喜欢牛仔文化，更爱华语文化。"

众女嘉宾打量潘鸿宇，笑道："怪不得姓潘。"

长得真帅。几位女嘉宾依序上前自我介绍的工夫，几位男嘉宾都生出了危机感。

轮到陈纵，潘鸿宇像没听清，请她重复了一遍在读学校的名字。

"USC，南加州大学。"陈纵又讲了一次。

潘鸿宇脸上露出异常开心的表情。

陈纵问："你笑什么？"

潘鸿宇道："没什么，认识你很开心。"

"开心什么？"陈纵简直莫名其妙。

向来自如的她，第一次在节目里冷了场。

周正歧见气氛不对，试着转换话题："听说《山上雪》要拍戏了，内部人士知不知道点内幕？"

陈纵道："不清楚，我刚入行，能力很小。"又抱歉道，"我今天好累，不好意思，先回去休息了。"

电视画面里，陈纵起身回房，潘鸿宇歪过头，目送陈纵离开。

两人有一定身高差。陈纵走过潘鸿宇身旁时，潘鸿宇适时侧身让了一下，不知有意无意，碰掉麦的瞬间讲了句什么。

陈纵顷刻抬头看他一眼。

一眼对视，潘鸿宇将麦克风复又挂上衬衣，噙着笑，讲了句："晚安。"

陈纵到嘴边的话生生堵了回去，没再说什么，转头回房。

众人都自然而然觉得那句耳语是搭讪，"他俩好配"四个字从嘉宾席一路高呼到电视外。

谭天明惊诧道："这个真不错，比较适合你。别老追着周正歧跑了，招骂。"

陈纵竟然认真思考起这个问题："是吗？他比较适合我吗？"

谭天明立刻询问子夜的意见："子夜，你觉得呢？"

"我觉得什么？"

"潘鸿宇怎么样？"

"好。"

"周正歧呢？"

"也好。"

"哪个好？"

子夜语塞："你问我这个干什么，给我选妃？"

谭天明："闲聊嘛。你这人最不会聊天。"

"都不重要，她喜欢最重要。"子夜这么说。

讲完，他觉察到一道视线，随之低头看去。

"之前是不喜欢，"陈纵仰脸望着他，"但既然天明哥这么说，我真得再好好考虑下潘鸿宇。"

谭天明笑了："妹妹手头上到底有多少人选？"

陈纵十个指头没数明白，干脆打开微信界面数数。数了半天，她也没公布个结果。

谭天明"哟"了一声："这么多啊。"

子夜笑问："数不过来了？"

陈纵不答。

谭天明又问："最喜欢哪一个？"

陈纵毫不犹豫："最中意天明哥！"

谭天明愣了一下，然后笑了："小姑娘真会讲话。"脸上笑意却难掩。

陈纵道："不可以吗？"

今天多亏她坐镇，让谭天明有机会跟子夜把话说开，否则以子夜的性格，这事还不知如何收场。

谭天明承情，越看她越喜欢，答得异常宠溺："可以可以。"完全不顾子夜的死活，接着作死，"可是天明哥还没在你的微信好友里拿上号码牌。"

陈纵识趣，打开搜索好友界面："立刻就加您！"

谭天明报数，陈纵输入，搜索，通过。

子夜静静地观看屋里发生的一切，冷着脸说了句："我看你近年酒量越发不行。"

谭天明意识到子夜终于生气，这才解释："急什么，我又不是什么坏人。不就想拉个微信群，让小赵将原片发群里，叫她看看哪里不妥，一刀剪掉，方便省事，也叫你安心。"

两人一道送陈纵回家。怕自己放的歌她不爱听，谭天明让她将手机连上中控，放点她爱听的歌。陈纵手机电池比她作息更不健康，先接上充电线，才能连蓝牙。手机陡然续上命，来电陆续呈现在中控屏上，又都被她暴力拉黑。到头来歌没听上，只听了个占线忙音。

谭天明瞥眼时钟，好笑不已："妹妹果真是大忙人。"

陈纵低头找歌，随口答道："都是公务。"

谭天明回忆刚才来电名："'周正歧'也是？"

陈纵未置可否，嗔怪道："大半夜的，让不让人安生了？"

说完这话，仍不得安生，立刻又进来一通电话。

号主备注名为"钟比我好看一点"，陈纵犹豫了一下，大刺刺地在谭天明音响上接听。趁这真正的占线机会，将方才那一串号码一条条拉出黑名单。

也没多作寒暄，大美女直接开口提醒陈纵："跟你讲一声，周正歧可能在你家楼下。"

车刚驶入小区，前排两位立刻往远处楼下看去——探照灯下果然徘徊着一个年轻人。

本来往前开就能停进车位，谭天明方向盘一转，避开原路线，绕道去另一个小区楼下停好。

钟颖接着说："你始终不回信息不接电话，刚来深市，在这儿也就我们这几个朋友，大伙儿都挺担心你。

"吃完饭，周正歧特意给你留了点，我们几个就一齐跟他送去你家楼下，顺便看看能不能跟你说上话。等到差不多十一点吧，我还有事就先走了。他家里可能之前有亲人出过什么事，这下关心则乱，就叫许瑞陪他多等一阵，但凡你醒来有事他俩可以应急……许瑞现下在不远处车里办公。

"你也别怕，我打过来就想提醒你一声。你要是觉得不妥，我叫个车接你，晚点到我这里睡，到了我给他回个电话。"

"谢谢你提醒，"陈纵闻言，"我知道怎么处理了，别担心。"

知道她擅长应付男人，大家也都不是坏人，钟颖自然不担心这个。

临了，钟颖仍免不了八卦一句："夜里见的到底是什么要紧人物？"

陈纵说："没什么，小时候乡下的哥哥。"

前排两位男士支着脑袋，互相对望，觉得其实倒也不是不能这么讲。港市现在不就是乡下地方？

电话挂断，陈纵立刻推开车门去看情况。

谭天明看一眼副驾驶室，预备和她一齐下车，又被陈纵拦住。

她讲："我能应付。"又指指远处水池尽头的车位，"你们把车开远点。"

旋即，她三两步离开停车坪，跑向公寓楼。

人一走，歌倒开始放了，而且还不是从头开始放的——"让我用心把你留下来，红红的小脸儿温暖我的心窝……"

谭天明问子夜："真不去看看？"

子夜道："她说了能应付。"

谭天明道："你就嘴硬吧，也不看看你刚刚那样，人没动，魂都快飞出去了。"

子夜盯着不远处，像没听见他的话。

谭天明道："没关系，能应付？那么那天是谁去了尖沙咀回来，手抖得杯子都拿不起，到睡前都没办法喝上一口水？"

子夜这才回过头："你想去就去，讽刺我干什么？"

"还迁怒到我身上了，满地玻璃碴还是第二天早上我帮你收拾的，"谭天明笑了，"真不过去看看？"

"走了，"子夜说，"不看。"

谭天明却没照做，渐渐开车跟上，不远不近，不使蓝牙断开，刚好能收听《最炫小苹果》的程度。

整个行驶过程中，子夜也没有少看一眼。

对方还算绅士，看见陈纵走近，自动退了两步。大约问了句为什么不回电话。陈纵晃晃手中的手机，大概是说没电。手机没电当然无可指责，他今晚算是白费工夫，所有情绪无从诉说，忽然有点破防。她复又靠近试图安抚，周止歧拿衣袖抹把脸，又退一步，掉头离开。

哪里是担心，分明是想念。

谭天明喟叹："有时男人的眼泪对女人是非常手段。"

"还解说上了？"子夜道，"他今年几岁？"

"二十四快二十五吧。"谭天明道，"女大三。"

子夜从没发现谭天明是个人才，总讲些对子让人无言以对。

陈纵默默跟了一程，直至送周正歧上了车，又对着驾驶室叮嘱一两句，这才目送许瑞开车离开。

随后，她走到近处，冲谭天明与陈子夜比个大拇指，摆摆手，上楼去了。

谭天明摇摇头，讲道："现在的小朋友啊。"

公寓楼道灯一格格亮起，闹剧收场，蓝牙断开连接，世界都安静下来。

子夜又等了一会儿，看着特斯拉开远。

谭天明才说："真的走了。"

子夜道："好。"

好似经历一场爱丽丝的梦游，陈纵回到家，洗完澡，仍要应付现实。

半个小时，足够周正歧醒酒，惊觉今天的行为不够妥当。

一行歧路上青天：对不起，我今天不该这么做。

没有对行为有过多解释，倒也算诚恳。

三十八线炒CP专业户：没事，人都有喝高的时候。

周正歧见陈纵回复，立刻发来两段预先写好的小作文。

陈纵看都懒得看，回复道："周哥，我们现在应该还没有在谈恋爱。"

消息刚发出去，她亲眼看见周正歧将消息一条一条撤回，整个微信界面都清爽多了。

陈纵仍忐忑，心想，你别又哭了，一会儿还得哄。

于是，她又发去一句话：谢谢周哥的便当！［爱心.jpg］

她转头又去应付黄总编。自从陈纵将黄总编拉黑，后者转瞬在微信群里连发十余条长语音，愤怒值直接拉满；而陈纵不得不一条条点开收听。

为什么不能转文字呢？

因为黄总编是个没有接受过任何普通话教育的人。如果参加普通话考试，结果应该以"二丁"为准。"轰花护化素""狼牙理工大"，将直接使转语音功能变成胡言乱语。

这也是为什么大半夜的她不愿意在车上接听黄总编的电话，会使车上三个人都产生幻听，容易有安全隐患。

黄二丁："你文采这么好，不去念中文系可惜了。但更可惜的是，事实证明，中文系写小说匠气太重，写出来的故事就是不如理科生，甚至不如我这种草台班子。无论你承不承认，你写的东西，就是不如我。你没有市面上已经可以看到成果的商业剧本，你就是没我有话语权，你就是得听我的。"

黄二丁："你要复杂人性，去写正剧，这是什么？仙侠大女主。你不问问观众爱看什么，就搁这跟我说你的审美？"

黄二丁："你怎么就这么爱加戏呢？我告诉你，你搞这些，到时候没人会看。"

黄二丁："我知道你们这些专业搞文字工作的，就是容易恃才傲物。

你这么有自己的想法，怎么不去写小说？"

陈纵陷入了沉思。过了一会儿，她字正腔圆地发去一段长语音。

陈纵："我不是不讲道理。如果您真的有理，我也听您的。但您一直拿履历压我一头，一直在用您已有署名权的既往经验来限制我和小叶，包括您自己。我觉得不该是这样，何况您的经验说服不了我，所以我不认。既然我们各有方案，不如交给老板过目，看看哪一个好。她也许非专业，但她从业经验足，也是读者之一。到时候不论哪种说法，我都认。"

黄二丁："陈纵，你爱搞阳奉阴违那一套，我也不同你客气。"

陈纵被这条消息噎住了。

她觉得自己脾气够好，说的是人话，讲得也够诚恳，总可以换来一些赤诚相待吧？但很显然，黄总编也许根本不在意她说了什么，将她微信消息屏蔽了也指不定。不然为什么不论她回不回，黄总编都语音输出得很快乐呢？

陈纵实在无奈，只好测试一下："都是一家人，黄总编客气什么！"

黄二丁："我知道你很有骨气，也很有想法。"

陈纵："我最没有的就是骨气，别人一骂我就哭，别人一占理我当场滑跪。"

黄二丁："但陈纵，你别拿老板压我。老板把你安排在我这儿，不就是让你历练历练，给你个跳板，过一阵去《山上雪》编剧组？我告诉你，我不怕你在老板跟前讲什么。你再改不好，我有的是办法把你从《山上雪》kick out（赶出去）。"

陈纵将语音反复播放了半天，终于意识到最后是个英文短语，而不是黄总编在打鸣、呼麦或者电音 rap。

老黄还飙了句英文，kick out？

陈纵又播放了一遍语音。

你要把我从《山上雪》kick out？！

陈纵岂止震惊。

小叶也私发消息劝她：她在这行混久了，滑不溜手，两面三刀，真的很有手段。酒桌文化，软硬兼施，无所不用其极，我一个学姐的合同就这样被她搞没的。《山上雪》编剧组，多好的机会啊！你放软态度，顺她一回心意，说得不好听，不就二十集短剧吗？我们真犯不着。

陈纵说"谢谢小叶"，接着又在群里给黄总编发了个青蛙点赞表情包，将黄总编和编剧组群设置成消息免打扰，然后就好好地躺在人体工学电脑椅上敷面膜。

不多时又有消息提示，谭天明拉了微信群，群里有他、陈纵，还有个微信名言简意赅的"剪辑小博"。

谭天明简单说明，让陈纵将自己的邮箱发到群里，小博将她的选段编上号打包发送给她。如果觉得几号几分几秒到几分几秒不妥，可以跟小博商量着删除或剪掉。

陈纵回：谢谢，晚点将邮箱发送到群里，天明哥和小博哥早睡！

两人回复"OK"。

又过了一会儿，谭天明又拉了个人进群。

一条消息提示——"wxid_128229xxx"与群里其他人都不是朋友关系，请注意隐私安全。

灰色默认头像，ID 是一串字母加数字。

陈纵想了想，添加他为好友，对方很快通过。

三十八线炒 CP 专业户：你好，我是陈纵。

wxid_128229xxx：我通过了你的朋友验证请求，现在我们可以开始聊天了。

三十八线炒 CP 专业户：喂，子夜吗？子夜吗？

wxid_128229xxx：嗯。

三十八线炒 CP 专业户：喂喂，你都没有头像，好像个机器人。

三十八线炒 CP 专业户：如果是子夜，就会比别人更像机器人。

wxid_128229xxx：不会换，麻烦。

三十八线炒 CP 专业户：想换成什么，下次我帮你。

wxid_128229xxx：好。

陈纵撕下面膜，开心得在床上滚来滚去。

下个礼拜迈入圣诞周，人人欢欣雀跃。

恋综群里的多半都有点海外业务，要么得回去陪父母家人过圣诞，要么得举家去中、南美洲避寒，还有个中佼佼者要参加毕业答辩。

潘鸿宇被困在美洲两个多月，这个酒蒙子，大抵是无聊极了，故在群里显得异常活跃：国内多好玩啊。好想快点回去和大家一起喝大酒，玩桌游。

众人约了个年后的时间相聚，又遥祝彼此圣诞快乐。

张雅骢显然是这个圣诞节的宠儿，又是生日又是毕业答辩，朋友圈一天一条更新，忙得脚不沾地。

众人祝她答辩一切顺利，张雅骢一一道谢。只有陈纵始终没冒泡，不知在做些什么。

张雅骢哭诉：只有陈纵姐，成天神神秘秘的，都不给祝福，5555。

潘鸿宇口才好，发言往往一针见血：你在挨夸，她在挨骂，心里不平衡也正常，咱们别打扰她。

陈纵灵感不好时也会翻看群消息，看到这条，心里暗骂：你可真会讲话。

过了一会儿，潘鸿宇私聊陈纵：别告诉我你真在自闭。你那种性格，叫我都自愧不如，能在乎别人骂你？

陈纵又乐了，话都被你说完了，彩虹屁是这么夸的？

事实上，说不郁闷难免，毕竟大过节的，谁都想听点吉祥话，都不想被全网扒皮。

拒绝网暴的最好方式就是不看，但她又很在乎网友对自己人格的剖析。于是，她每天睡前都会在搜索界面输入"陈纵"，从最热门的一条讯息中提取关键词，得到网友对她形象的更新。

"霸凌""茶艺""雌竞"……这一个礼拜才过了一半，简直每天都有新解读，天天不重样。

恋综热度倒是真的起来了。总有人会在首页刷到粉丝转发的节目片段，纷纷好奇不已。三角关系要素齐全，男帅女美，又有学历高光，还有心机女二，谁不爱看？渐渐就这么破了圈，"正声雅音"超话粉丝眼看着直逼六万。

节目组生怕热度掉下去一星半点，故大发慈悲，每天放送一段精彩预告。

礼拜一的片段里，张雅骢某天因组会起晚了一些，见另外几位女嘉宾聚在餐厅一齐嘻嘻哈哈吃完早餐，也想刷点姐妹团好感，说想坐 Amber 的车跟她们一齐出门。

陈纵不想让她错过三位男嘉宾亲手做的早餐，更想看男人们为她吃了谁的早餐而互撕的画面，就讲："先吃东西，吃完有人开车带你走。"旋即跟在另外几人身后离开，留下张雅骢一个人落寞地出现在画面里。

于是礼拜一，陈纵是"霸凌"。

礼拜二则是很零碎的剪辑，其中一个片段是张雅骢在房门口问陈纵："陈纵姐，你知道雌竞是什么意思吗？"

于是礼拜二，陈纵斩获"雌竞"封号。

礼拜三，礼拜三更过分。节目组剪了段四人约会给观众过过眼瘾，组合是潘鸿宇、陈纵、周正歧和张雅骢。但画面给到西餐厅时，陈纵原本和潘鸿宇一桌，忽然看见隔壁桌张雅骢点的主厨开胃菜和自己桌的不同，就过去蹭吃。但餐厅规定不许超员，服务员来提醒，陈纵却因为甜点太好吃不愿走开。张雅骢识大体，主动离开餐桌，说："我也要去尝尝隔壁桌的主厨开胃菜合不合我口味。"于是陈纵自然而然地坐上空位，和周正歧共进晚餐。

礼拜三，陈纵被赐名"茶艺大师"。

她来什么接什么，干脆利索，将微博一句话简介改成每一个上过热搜的热门词。每多一个，就添一条。

拥进她微博来查看她精神状况的观众们都怒了，觉得她真是一把硬骨头，又或者无知到可悲。少部分网友在她微博下很直接地指出她态度不端正，更多理智的网友选择不打扰她，在别处开帖子深究这种跳梁小丑行为最根本的原因。

——给大家表演一个什么叫坦坦荡荡盖章自己雌竞、绿茶、搞霸凌……（截

图附陈纵一句话签名）

——这很难评。用雌竞来形容自己，给我一种她根本不爱自己的感觉。如果一个人都不自爱，怎么让别人爱她？

——她不会以为雌竞是什么好词吧？［黄豆流汗.png］

——呃呃呃，这么恨女人啊……

——看得我直挠头。

——老天爷啊。

——哗众取宠，不就想引流带货吗，那我祝她不成功。

……

扒皮考古帖更是一条都不能少，一条条都在拉踩。先是扒出陈纵不是金城市里人，而是市辖芸县的"乡下人"。虽考上重点大学物理系，但大四不知因何事挨了处分，险些没能毕业。之后不知是不是影响找工作，履历上更是有三年的空白。

张雅璁是正经城里人，还是个体面的城里人——她爸爸张园是金城大学农业系教授，经手很多项目，在很多农业公司都有持股。张雅璁从小接受精英教育，高中毕业就去美国留学，从本科开始一直就读于全球排名前三十的高校，是个正儿八经书香家庭教出来的女孩。

更有些陈纵早期的黑历史流出——

青少年时期，化着不合时宜的浓妆参加民族舞演出；大学时期染着一头粉毛，大声呵斥文艺会演的舞台剧演员；蓬头垢面，穿着大码工装蹲在田里，后面田野上有一群猪在奔跑……正经女明星都经不起这么造，何况她是个五官不算出彩的素人。

总而言之，和陈纵荧幕上呈现出的精致小资形象全然不符。更有人做对比图，指出陈纵整容。

而张雅璁从小美到大，各个年龄段形象始终统一，被扒出高中就背名牌包包上学，和她节目里顶奢包包不重样的白富美形象完全相符。

这么一对比，璁璁粉们忽然也跟着多了份气定神闲的贵气，"难怪我们璁璁不和她计较"；也突然对陈纵的种种行为多了份理解，"坝上养的野鸡都爱上蹿下跳"。

网友们对周正歧的选择根本不加怀疑。他喜欢成绩好的乖乖女，张雅璁就是他的理想型。他俩投缘，有话题，有共同兴趣爱好，成长背景相仿，原本就是天作之合。陈纵的出现，就是感情催化剂。完全不存在周正歧会移情别恋这一可能性。

更有隐藏讨论帖，其中不乏阴谋论者指陈纵缺钱，"收了钱，接下节目组给的剧本，给节目炒热度的"。

还有些网友深度扒皮，扒到陈纵父亲陈自强早年贷款搞农产品，欠一屁股债，曾上过征信黑名单。虽然帖子不算火，但已有少部分网友给陈纵起了个新绰号，"前老赖之女"。

还有网友突然想起上一集结尾潘鸿宇对陈纵南加大学生身份的讳莫如深。

——她在 USC 时是不是也有什么黑料？

——瓜组呢？不给力啊。

……

陈纵抽空给爸爸打了个电话，问最近有没有人骚扰他。

陈自强在电话里打马虎眼："还好，也就一两次半夜打过来，我以为是境外诈骗，都没接。"

陈纵赞道："干得漂亮！以后接到陌生电话，也都当诈骗电话。"

陈自强满口答应，过了一会儿忽然又问："爸爸会不会影响到你找对象啊？"

陈纵笑道："不会，完全不会。"

挂了电话，陈纵才有点想哭的感觉。哀伤地躺了好久，她猝然又坐了起来，心里暗骂，活到二十七岁，这会儿终于有一点言情女主角的感觉了。

谭天明每天都会催促她查看邮箱视频，及时将选段编码发到群里。她一直找借口拖延。到今天，却好像有点来不及了。实际上，她邮箱都没点开，视频更是一条没看，觉得实在对不起天明哥。

她引用了谭天明前一天发的群信息，先讲一声"抱歉"，然后是，"谢谢天明哥美意。"接着才讲，"我仔细想了想，视频还是不用看了。我敢作敢当，人前人后都这副尊容，没什么好怕的。"

直到下午，谭天明才回了句：你想好了？网上的言论你都看了吗，能接受？

陈纵说：想好了。不删。我能承受。

这回谭天明只回了一个字加一个标点：好！

剪辑小博也跟了个点赞表情包。

灰头像一直没有动静。临近期末，应该有很多学生的期刊文稿积压着，要经他手修改，所以陈纵很自觉地没有去打扰他。

入夜前，陈纵刚把 2.0 版本的稿子发到老板邮箱，郑导就发来消息慰问：怎么样，还能承受吗？

陈纵一时有点感动：还可以，完全没问题。

郑导接着又问：那再添把柴？

陈纵暗骂，这老狐狸。

郑导立刻又发来一条通告提醒：准备一下，晚上八点去上个直播，不长，就几分钟连线。

陈纵问：谁的直播，要对稿吗？

郑导说：江汀的直播间。没有对稿，大概就简单问你几个有关微博简介的问题。

得，叫她去挨骂的。

在郑导眼里，她就是来给这个节目增加看点的，对吧？

是，她就是，这就是她在这个节目里全部的价值。

陈纵狗腿道：知道了郑导，我心里有数了，谢谢您给机会露脸。

她对自己的定位十分清晰，满口答应，简单补了一个小时觉，和个人PD 对接了一下流程，然后打开直播软件，登录 PD 提供的嘉宾账号，提前进入连线等待。

直播间是某品牌酸奶提供的。该品牌是《即刻恋爱》的赞助商，江汀兼有品牌代言人身份。这会儿节目热度起来，她自然肩负起替品牌宣传和联络恋综主题的双重任务。

今天的直播主题是"助力巾帼健康，××酸奶走心扶贫"，有关女性的话题，号称直播间每卖出一箱牛奶，将会为山区女性捐出一元的营养基金。为了切合主题，这一期话题也多半和女性友爱相关。

直播间主持人已连线江汀和男助手。陈纵排队等候时，直播间里主持人和江汀已经聊得很热络，从定点扶贫的苍县介绍到"girls help girls（女孩帮助女孩）"，讲现在很多女孩女性意识觉醒，都会下意识地扶持弱势女性。

男助手在聊天空当间或感谢捧场观众，顺便播报："××酸奶目前已售出二百三十七万箱，感谢各位网友对××品牌的支持以及对山区女性扶贫的助力！"

主持人道："接下来有请我们今天的惊喜嘉宾——《即刻恋爱》四号女嘉宾陈纵！陈纵，能否有请你做一下自我介绍。"

陈纵陡然占据直播屏幕四分之一格方框，愣了一下，很快适应过来，向摄像头挥手："大家好，我是陈纵。"

主持人笑道："就这么简单吗？"

江汀立刻替她补充："我们今天的嘉宾陈纵，也是位新时代女性形象的代表，在节目里表现率直有趣，勇敢追爱，颇得网友喜爱，为《即刻恋爱》增加了许多看点和热度。谢谢你，陈纵。"

陈纵还没来得及说不用谢，主持人及时控场，拉回主题："那么我们今天邀请到陈纵，也是有几个问题比较好奇，想问一下你。请问，你对自己微博那一行简介，有多少了解？"

这个话题实在太宽泛，陈纵没有对稿，不知从哪里切入，只好反问一句，试图让问题更清晰："我简介比较杂乱，该从哪一句切入？我不是很明白。"

江汀笑道："你简介 tag（标签）有三个词，都是网络热点词汇，不知道你经常上网吗，对这几个词了解多少？如果问题不够清晰的话，我建议切入'雌竞'这个词，这个词更新、更热，我也更感兴趣。你对'雌竞'这个词知道多少？你觉得它是个好的、褒义的形容词吗？为什么会用它来描述自己？"

陈纵绝不会踩入定义词汇的陷阱，她笑着反问："它是不是个好词我不知道。我也想问下大家，将'雌'字简单粗暴地替换成'雄'字，它就是个好词了吗？一个女孩子，奋斗半生，有所成就，才能被称为'先生'？我本来就是雌，我偏要雌竞，管他对象是雌是雄。雌这个字眼，较之雄，没有低级半分。"

这长篇大论，讲得江汀都愣了。听完，过了一阵，江汀才说："你本身从事文字工作。玩文字游戏，我说不过你。"

陈纵立刻讲："你不占理，又随大流，看见热门就追，根本不过脑子，你当然说不过我。"

"叮"的一声，江汀那方直播格子黑屏了。

男助手帮腔道："现在不都讲 girls help girls 吗？"

主持人也及时控场："世道艰难，身为女性，不该对同性温柔点吗？"

陈纵笑道："我也是女性。你看网上的人骂我有因此温柔一点吗？"

此话一出，直播间滚动辱骂陈纵的弹幕也因此卡顿了一瞬。

不仅如此，整个直播间都安静了。

主持人低头呼叫江汀："请问江汀还能连上吗？"

男助手道："她那边网好像有点不太好。"

主持人装模作样叫人调试了一下，无果。

几分钟后，陈纵的连线被切断。

男助手独自出现在直播界面，更换喜庆笑脸，高声宣布："那我们今天谢谢助力嘉宾的空降！告诉大家一个好消息，直播间热度直线攀升，达到了一个新的高峰！截至现在，××酸奶已售出四百三十七万箱！再次感谢各位网友对××品牌的支持以及对山区女性扶贫的助力！"

陈纵在黑夜里面对亮晶晶的手机与打光镜，呆看了一阵，觉得没意思极了。

什么啊……她分明在候场时就做好了被群嘲到泪奔的心理建设，结果一个能打的都没有。

第四章

也有时纵情声色

　　圣诞一来，整个港市流落到海外的亲眷回归大半。陈家和谭家在半山置业做了比邻，父兄是至交，年龄相仿的晚辈后生自小手拉手玩耍，两家熟得不分彼此。如今一个个长大，流落到天涯海角，趁假回来，无论大小聚会也多半都聚在一处。

　　今天陈沪君想打牌，叫女儿戴英邀来邻家阿姨和姐妹几人，还有几个父辈，几乎凑出三桌，还剩一桌，三缺一。楼下齐声大喊，再下来个人！

　　陈金生换身刚做的崭新唐装姗姗来迟，刚坐下，便问："倾紧乜嘢（在讲什么新闻）？"

　　戴英答舅舅："谭六弟新嘅爱好，哈雷电单车！挂咗领馆牌，喺伦敦横冲直撞，有几次差啲奶嘢。（谭六弟新爱好，哈雷摩托！挂了领馆牌，在伦敦横冲直撞，几次差点吃官司。）"

　　谭六弟辩解："嗰阵因为无人带我练车，少不免技术欠佳。攞咗车牌之后就无事啦。（那个时候因为没人带我练车，难免技术欠佳。拿到车牌就没事啦。）"

　　戴英指着他鼻子："你再狡辩，呢一月到而家快十张罚单，上个星期洪律师又接到 CASE（案子），都唔知哩次收得贵唔贵……唔好话我听，你揸车一年，十二月先谂到要去考车牌？（你再狡辩，一月到现在快十张罚单，上个星期洪律师又接到案子，都不知摆不摆得平……别告诉我，你驾车一年，十二月才想到要去考车牌？）"

　　谭六弟谎撒不下去，只得嬉皮笑脸求饶。

两姊弟打作一团，众人看戴英追得谭六弟不得还手，大声叫好，热闹非凡。

陈金生看了会儿，开口道："有咁多车拣，点解揸电单车，係咪贪佢型，容易啲媾到女呀？（有那么多车开，为什么非要骑摩托。图帅图风光，图搭讪女孩时方便脱颖而出？）"

前头追逐的两人都停下来。谭六弟不敢动一下，被戴英推搡几下，终于推到灯光下，可以恭恭敬敬直视陈金生的程度。

陈金生说："趁你爸爸唔知，返去将架哈利卖返出去，我哋就当无事发生。（趁你爸不知道，去把车卖了，我们当无事发生。）"

谭六弟仍有气性，梗着脖子站在客厅中央，只是不言。看他表情，假如开口，就要同陈金生呛声起来，这样的话，这个圣诞节谁都不好过。

厅中众人一声不吭，大气不敢出。

适逢陈子夜经过，他拍一拍谭六弟的肩："你快啲搞返掂，话陈叔讲得好啱。（你就说，陈叔说得对。）"

谭六弟回头看他一眼，有些不明就里。

子夜又讲一遍："你听我，'陈叔讲得好啱'。"

谭六弟立刻会意，答道："陈叔讲得好啱！"然后几步追上子夜，说还是哥有经验。

结果，谭六弟立刻又被众人呵斥回去挨骂。众女眷七嘴八舌，数落谭六弟的不是。又有七大姑八大姨，讲谭六弟从小有十几个长辈疼爱，真叫人羡慕。还说他小学时有回调皮捣蛋，被沪君姑姑在学校门口打了顿。

……

好一派其乐融融的气氛。

戴英久不见子夜插话，转头，见他坐在灯光照不到的地方自己跟自己捉棋，大声询问："表哥，谭大哥喺边（谭大哥在哪里）？"

"可能佢做紧嘢（可能他在忙工作），"子夜答了句，"我出去揾下佢先（我去找下他）。"

子夜借机起身出门透气。

一众长辈见状直摇头，叹道："这两个，年头到年尾，成日也不知在忙什么。"

谭天明蹲在漆黑的花园里看视频看得直乐。

视频标题是《USC女学生演讲会对垒荣誉教授陈金生》。

上个礼拜在罗湖家中看完男四出场片段，谭天明心有所感，找了内地信得过的公关熟手去各大八卦帖子下头蹲守，有USC新闻流出，立刻用点手段买断，不让帖子外流。结果还真给他薅到了宝。

摄制时间是去年底，陈金生受邀去给USC导演系学生作演讲，从他创作的灵感来源《红与黑》《基督山伯爵》《呼啸山庄》讲到陀思妥耶夫斯基，再讲到卡夫卡。

到学生提问时间，有个清秀的华裔女孩站起来讲关于卡夫卡的《判决》《变形记》和《致父亲的信》，末了问陈金生，知不知道这三本书共通的主题是什么。

陈金生换了国语问她："你想说什么？"

女孩子直截了当地背诵了一段原文："我看您获得了所有暴君所具有的神秘品质。因为您，我丧失了自信，反过来，得到的却是无尽的内疚感。"

陈金生忽然意识到她在为什么人讲话，脸色微变。

谭天明熟知陈金生，这一瞬竟从陈金生脸上看出一种从未有过的不自在。

但陈金生很快又镇定地讲："升米恩，斗米仇。吃穿用度不愁，如今仍傍着父母亲过活的吸血蛆虫，反倒生出了优越感？东亚人都在精神弑父，呵呵，换个说法，便是，你们这些为人子女的，真是父母的业报！"

视频最后被消声了。女孩子的面容被偷拍者放大，像素不甚清晰，谭天明却仍可辨认出陈纵的气质。随后，她近乎咬牙切齿地说了一句什么。谭天明前几天找人解码，解出一句："今生业报今生偿。"

谭天明听完这一句解码，不知笑了多久。别人西天取经历九九八十一难，这姑娘上来直接正面对抗大日如来。屋里那一群小的加起来都没她一个有种，果真没有错看她。

视频短短一分半，谭天明这晚已反复播放不下十数次，播一次，舒坦一分，笑个不停。

子夜寻到露台花园，没瞧见人影，光听见笑声。

子夜问他："你在看什么？食尸鬼一样蹲在暗处。"

谭天明关掉视频："哟，好巧，陈少也出来透气？"

子夜道："捉你回去打麻将。"

谭天明叹气："一年累死累活挣这几个子，全要从牌桌上当利是（红包）送还诸位手头。"

子夜讲："不如工资悉数交于我，由本人来替你打发。"

谭天明立刻岔开话题："哎，你看那是谁。"

两人倚在露台，一道往下看。

下头山道上立着个婀娜女子，听到汽车引擎声，回过头，轻抚被山风吹乱的乌发，露出一张巧笑倩兮的面庞。

大红色敞篷车停在路边，女子叫道："谭棕郁！"

谭五弟下了车来，与女子搂在一处。

年轻的笑声高处可闻。

真令人羡慕啊。

令人羡慕的意气风发，还有不属于这两户人家的女郎将他自这个牢笼中解救出去。

谭天明问："这个岁数，我们在做什么？"

子夜但笑不语。

谭天明又一声叹息。

子夜道："总叹气，新岁易倒霉。"

谭天明道："错过大把好时光，心疼不已。"转瞬又问，"去邻市吗？"

子夜知道他想躲清闲，面带笑意，故意反问："做什么，录节目？"

谭天明道："都怪谭经纪人，做这行做到魔怔，圣诞节强制塞通告给我们这位新晋大热男明星陈老师！"

子夜道："痴线。"

两人心照不宣，一起回屋告假。两人受了通臭落，又被迫出卖朋友，必须当众交出对方女友姓名才肯放人……周旋了快一个小时才得以脱身。

不多时，又一台跑车开出陈宅。

子夜开定位，试着输入地址，问他："走福田口岸去你家？"谭天明狡兔三窟，最常回的地址是在福田。

谭天明道："走罗湖口岸。"

跑车一路北上，谭天明播放老歌，子夜只顾打盹，满以为现下也如往年一样，要去他罗湖家中看剧、玩 XBOX（家用电视游戏机）新游戏贺岁。岂料一觉醒来，子夜发现自己被载到了陈纵家楼下。

陈纵低估了粉圈的力量。那天直播结束，第二天一早醒来，她的微博就被冲了。

无能狂怒的粉丝将那条港市 Plog 评论刷到近二十万条，转发大半被没收的程度。评论陈纵一条也没删，有些话脏得微博都觉得不堪入目，替她悉数吞掉。

"陈纵删评。"网友被激起斗志，更兴奋了。

还有人私信慰问她：

——什么时候开始微博带货？

——卖三无冲牙器、速冻咖啡液，还是漱口水？

陈纵不小心看见，随即如网友所愿，在留言板的广告邀约里接了个计生用品广告，当即挂在主页上。

隔天，计生用品 PR（广告公关）兴奋不已地通知她："一夜卖出去两千件。你真是带货的神。"

陈纵都震惊了。

她还在这试图勘破天地人伦的真谛，那头被殃及的池鱼却绷不住了。

钟颖半夜气到从床上惊醒，打电话过来训斥陈纵："你把评论区关了！"

陈纵道："我不。你自己发通告表示已跟我绝交。"

钟颖气到说不出一句好话，干脆挂断电话，发朋友圈宣布拉黑陈纵三天。

黑红不仅能变现，还能让她在吵架时莫名占理。

谭天明发来消息的这天，适逢编辑组开会。陈纵和黄主编已经在视频会议里吵了一轮了，一见大势不妙，老板就会讲："老黄，陈纵这几天心情不好，你让让陈纵。"

老黄便立刻偃旗息鼓。

可惜同情是一回事，让渡权利是另一回事。

老板夸奖陈纵，说她，"思想很华丽"，从三份剧本中脱颖而出，一眼惊艳。

陈纵冷静地等候那句转折，"但是"。

老板道："黄主编从业多年，了解国内行情，在这方面有丰富的经验……陈纵你看看，她的意见，是否也可以参考一下？"

陈纵没搭腔。

老板自然也看出来她情绪欠佳，打圆场："这两天心情不太好吧？好好休息，月底额外发你一笔冬季饮料补贴，再放你三天假……老黄不许眼红。"

陈纵查看手机转移注意力，忽然发现一条谭天明的消息：*我们在你家楼下。*

视频会议结束，老板单独打来微信视频。

她想也没想，将公寓门六位数密码发给谭天明。

老板在视频里和陈纵解释："我是真的欣赏你。孟导是我极好的朋友，她推荐的人我当然信得过。而且你有才华，有想法，有能力。我说你惊艳，是真心话。你的书其实我很早之前也有看过，那时我还不认识你，就同孟导讲，'我永远是你的书粉'。"

陈纵缓了好久，才不至于使自己产生哭腔。她问老板："可是您很早也讲过，您是我们手头这本书十几年的书粉。您是懂书的人，它好在哪儿，您不知道吗？"

电话那头，老板默了很久，才讲："昨天聚餐，老黄也在。敬我几次酒，喝得有点高，拉着我的手哭了好久。说从业这么些年，第一次在一个组里一点面子也没有。"

陈纵听到后半截，忽然轻松了很多，脸上渐渐露出笑意。

"……何况你要接受，几个编剧写同一个本子，本来就是一加一小于一的事，必得妥协掉几个，成全一个。那些景你要留，也可以去同老黄据理力争。但我的想法是，没必要费这个工夫……等开拍，有跟组编剧，还有抢高光的演员自带编剧，到时候还不是要改，我们其实说了不算，没必要……"

谭天明与子夜打开门锁，进到陈纵黑洞洞的家中，率先收听了一段谆谆教诲。

侧耳一听，却良久没听见任何动静。

微信那头的女人等了一阵又讲："陈纵，你好好想一想吧。"

陈纵这才讲："我会的。"

视频挂断。谭天明想，她总算该出来待客了。两人局促不安地立在门口等，等了半天也没等来动静。

谭天明犹豫间，一旁的子夜动了。

子夜靠近卧房，自然而然地倚在门口看了一阵。而后，他自然而然地走了进去。

谭天明都惊呆了。他从不知道子夜拥有这种技能，能在他都嫌局促的女孩子闺房如此自如地行走。

卧室很小，东西堆得又多，更显拥挤逼仄，像都市里摆满小食摊的地下通道。

满地凌乱狼藉，只有床干净整洁，还带着柔顺剂的味道。上头摆着一只洗得旧旧的达菲，还有枕头、被单，除此之外再无他物，实在不像个女孩子的房间。

书桌和沙发椅在满是杂物的世界里俨然是一艘救生艇。陈纵屈膝蜷缩在上头，整个人都显得小小的。

今日她不施粉黛，脸很素，挂着巨大的黑框眼镜，侧脸上缀着两颗泛红的痘痘，给她平添了份实感。荧屏上她妆很锐，让五官变得锋利，变得不好惹。

原来妆容也是她社交的面具，她应敌的武器。

子夜叫了声："陈纵。"

她抱膝呆看电脑，"嗯"地应了一声。

"起来动一动，"子夜讲，"切忌久坐不动。"原来是医嘱。

陈纵闻声，回过头，仰起脸，脸上是两道泪痕，直流进毛衣领口。

子夜心中震颤，缓了缓，才温声讲："这世上买椟还珠，明珠蒙尘的事多得是。有时候你要接受这世界本就是这么糟糕。"

陈纵还没来得及呛一句"我偏不"，整个人忽然一轻，被身后的人轻而易举地从她原本深陷的椅子里打捞了出来，搁到一旁床尾。

陈纵一落地，立刻赤脚踩到地上，视线追随子夜，好像想看清他在这间屋子里是不是真实存在。

子夜也坦诚地回望过去，眼底写尽理所当然。

她每一次注视都有不同含义。这一次又是什么？

陈纵仍有些讶异，兼一点委屈："刚才我还以为自己在做梦。"话一出口，泪水又簌簌落下，她立刻拿袖口抹脸。

子夜低头寻了寻，递了一包面巾纸给她。陈纵擦掉眼泪，莫名又破涕为笑。

女孩子都这样情绪高低起伏，变幻莫测吗？

子夜脱口一句金城方言："又哭又笑。"

陈纵没料到他会讲这个来逗自己开心，愣了一下。

她还以为他早忘了呢。

子夜刚到她家时，不爱讲话，陈纵还以为他是哑巴。

每天晚餐过后，他就端坐在那里认真听电视。他渐渐开口，是一口标准的普通话。她仍记得他母亲脸上震惊的表情。

所以其实自小到大，陈纵几乎不曾听见他讲广东话，一度以为港市方言就是普通话。

而电视不教金城方言，但陈纵会教，第一句教会他的，就是土到不能再土的一句，"又哭又笑，黄狗飙尿"。

金城方言本就以搞笑著称，子夜讲时不知为何比别人更为好笑。逢年过节，常常被陈纵拿来当节目表演。子夜也没包袱，面无表情地配合演出，效果更为显著。

子夜笑道："听不懂吗？"

陈纵抱怨道："土死了。"

子夜又问："这下不哭了？"

陈纵噘嘴："就没有不高兴。"

子夜在她脑袋上拍一下，转身出去："高兴了就出来玩游戏。"

陈纵立刻跟上。

外间投屏被卷了上去，门口堆了些刚拆的家电外包装。电视已经装好，崭新的 PS5（电子游戏机）和四只红红蓝蓝的手柄摆在音响边的矮柜上。

谭天明这会儿仰脸躺在地上接线，没工夫和人闲话。

"早知道再多作点死，"陈纵在自己家里游走，像小孩误入糖果陈列铺，"天明哥大手笔，转头分我一间罗湖的房子。"

谭天明笑着打趣："谭天明分房，寓意似乎不太好。"

陈纵也趁机道："寓意再差，能坏过'陈纵'两个字？"

两个人名声都各种意义上的坏，对完台词，一齐大笑起来。

捣鼓半天，仍是一团黑。

子夜闲坐无聊，问了句："你真的能行吗？"

谭天明束手无策，也没辙："要不你来？"

子夜倒是理直气壮："文科生动手能力很差的。"

陈纵拿着手机刚给他俩点完饮料，打量着屋里两个大男人，暗叹一口气："我来吧。"旋即很自然地将手机交到子夜手里，"留意下外卖电话。"

结果外卖还是谭天明下楼去取的。

说子夜像个大爷吧，但谭天明一走，子夜又能主动帮忙，蹲在一旁，打开手机电筒替她照亮暗处。

"能看清吗？"

"往这边点。"

"这儿？"

"再过来些，对了。"

一台竖立的电视相隔，咫尺距离，胳膊挨着胳膊，腿贴着腿，她在那头仰起脸，子夜在这头俯首。如果摄影师只截取一小格画面，这画面将浑似某幅香艳感伤的唯美爱情电影海报。最动人的地方在于，画面中两人都心无旁骛，浑不知早已逾矩。

所以谭天明拎着外卖回到屋中，看到这幅画面，静悄悄地没有作声。他随意地拣了杯奶茶插上吸管，坐在远处沙发里啜吸珍珠，思索着自己的去留问题。但考虑到子夜的主观能动性，他不得已强制自己留了下来。

一杯奶茶的工夫，谭天明从未觉得如此漫长。以至于看见电视机亮起来的瞬间，他几乎都忘记咀嚼珍珠，暗暗舒了口气。

"搞好了。"陈纵宣布。

两人从异世界回来，陡然对视上，都愣了一下。

子夜立刻走开，拾起遥控器连接 PS5，尝试登录自己的账号。

陈纵后知后觉，从地上起来，一时也有点语塞，不知该起个什么话题。

鼓掌声在客厅突兀地响起，谭天明竖起大拇指："还是妹妹厉害。"又晃晃手里的奶茶，"我没喝错吧？"

陈纵道："天明哥随便喝。"

子夜道："喝完才问，有什么意义？"

这两人，忽然都无法直视彼此，聊天也只能经由旁人来完成。谭天明很难不多想，也很难忍住不笑。

最终还是陈纵破局。

她在沙发一角静静坐了会儿，忽然讲："哥，把你手机给我。"

子夜本来背对她，闻声意会，去门后大衣口袋中拿出手机递给陈纵。

手机没有密码。

陈纵拿他手机打开自己的朋友圈，往下翻了很久，翻出一张他十五岁时的旧照。

穿着洁净的老款校服，被同校女学生抓拍，心里分明厌恶到死，外表却还要伪装亲善，内心与外在产生矛盾，故生出一种笑容似是而非的厌世脸。陈纵后来偶然从好友圈发现，喜欢得不行，经过许可，悄悄珍藏多年。

保存，剪裁，设置头像。

陈纵道："你拿我手机看看行不行。"

谭天明心道，两兄妹分明可以靠在一起研究头像，却非要隔空对话，你用我手机，我操作你手机，真奇怪。

陈纵又报了锁屏密码："128229。"

谭天明拿手柄拨动备选游戏，露出一种了悟的神态。

子夜操作熟练，点开微信，在置顶几个人里发现一张老旧照片，看小图便知是自己。他微微笑了一下，说："都可以。"低头又看一眼，"你有新消息。"

陈纵在他微信界面偷偷将自己置顶，问："谁？"

子夜将手机递到她眼前给她看。

陈纵抬头，看见是郑导发来的新消息：**达到你想要的效果了吗？**

不等回复，郑导又发来一条：**我是觉得现在热度差不多可以了。**

陈纵接过手机，回郑导：**我修一下再发给您。**

郑导：**差不多行了，骂得也够难听的，别到时候闹到要删除你片段。可以的话，我叫几个负责营销号的准备好小号转发微博。**

陈纵回郑导：**行，给我十分钟。**

她抬头抱歉道："不好意思，我可能有一点工作上的事要处理。"

谭天明点开《真三国无双 II》，招呼子夜一起玩游戏，说："妹妹先去忙。"

陈纵将笔记本抱到客厅里编辑。她阅读了一遍自己一早准备好的文稿，觉得没什么大的逻辑问题，也没有什么值得添油加醋的。

事情过去很多年，总有些不过瞬息之感。也感谢那长达数年的奔波，让她很快地从失去子夜这件事里挣脱出来。

如今回想，她也很难想象到骄纵了二十年，如公主般被呵护长大的自己，究竟从何处生出的勇气，去对抗世道艰险与人心难测。

如今面对张雅骢，陈纵也要做她人生路上的命运多舛吗？

她转发了一份文档给爸爸和张雅骢过目。

爸爸很快发来消息。

陈自强劝她：算了，收手吧。张叔他过得也不容易。

陈纵回：张什么，他也配。

张雅骢一直没有回复，郑导却催了好几次。

钟颖也不知何时将她自黑名单中放了出来，发消息说：陈纵，加油，勇敢冲。

又等了五分钟，张雅骢仍没回复。

陈纵保存文档，转成便于阅读的两张长图，叫同校新媒体的同学很快地过目了一遍。确认没问题，陈纵将文稿打包发送给郑导。

郑导办事效率极高，约等于秒回：小号已发，静待微博大号转发。[点赞.jpg]。

陈纵抽空去看了眼张雅骢的微博。

她新发了张照片，穿博士服，头顶戴有流苏的博士帽，挽着爸爸；张园在一旁咧嘴，笑得憨厚，掩不住地喜悦。

配文：即将开启人生的新征程啦！感谢爸爸！即便成为 Dr. Zhang 也永远是爸爸的小公主。

评论一片祥和：

——骢骢好棒！

——不愧是我的宝贝女鹅！

——变成 Dr. Zhang 了也要过来亲亲乖乖宝宝！

……

这样的喜悦，自然有人要来同陈纵私信分享：你的窝囊废人生和骢骢相比，就是一坨狗屎。你就是一坨狗屎。

张雅骢是城堡里高贵的公主，陈纵是流落街头的破落户。看起来是这样，就该是这样吗？

谁能想到，陈纵也穿过公主纱裙，也曾笑容明媚，觉得世界单纯美好，绝不是一出生就长成这副面目可憎的恶女形象。

这个故事要以第一人称自叙倒也简单，她完全可以做到声情并茂，写煽情文字，叫人涕泗横流。可惜这年头凡事讲效率，网文"一章定生死"，博文"太长不看"，卖惨连流量都没有，更不要指望能感动他人。你要做的是无差别预警，就好像家里遭贼，绝不要喊救命，而是要大喊"失火"，人人趋利避害、怕被殃及，这样做才可能更多地引来关注与援手。

#名校教授骗局##谨防技术入股天坑##金城大学农学院教授张园##张雅骢##正声雅音##即刻恋爱#

这几年市面上流行一种骗局，叫作技术入股，是指仅口头上提供技术，等合伙人投入资金、公司成立、项目启动，立刻将技术股份转让他人，套现后撤出项目携款跑路。

其实这种骗局十年前就已问世，只是尚未大范围推广。金城大学教授张园研出该骗局后，先在朋友圈子小范围反复试验，确保该骗局可以发家致富并且无法律忧患，方才在较大范围内进行推广。若您在投资过程中不幸碰见此人及其相关人员，请提高警惕。如果您也曾是张园的受害者，也可以私信我或者联系各大博主进行投稿。诚挚希望能帮助到大家，万望不要再增加更多受害者。

如果您有兴趣看下去的话，以下是我们邀请的受害者之一对骗局模式进行的简要讲述。

"2012年，我父亲因手头攒了些积蓄，起意投资农产品，寻到他的高中同学——时任金城大学农学院副教授的张园合作，并希望他提供技术支持。经过数月选址，张园推荐将果园建在距离金城开车六小时的达城城乡。该处土壤贫瘠，但张园自信依靠翻土、施肥，可以使土质达到较好的种植标准。我父亲负责主要启动资金，张园负责技术环节以及保证果品质量，兼之国家扶持农产品，后续补助申请下来，完全可以维持果园每年正常投入运转，亏损风险不大。我父亲答应，农业合作社成立之后，除了张园投资的份额，额外再给张园15%技术股份。加在一起，张园拥有农业合作社30%的股份。

[附图，合同签名及手印]

"我上高三那年，有幸陪同父亲与张园及其妻子吃过一顿饭。席间，我加上张园女儿——也就是现下最火恋综嘉宾张雅骢的微信，得知她当时正在欧洲游学，所以无缘一见。现在我的小号微信早已弃置不用，但仍可以向大家证明，所言句句属实。

[附图，张雅骢好友圈]

"随后修建工人厂房，翻地，施肥，移植树苗，静等三年挂果。谁知道'三年挂果'，是张园用来金蝉脱壳的良机。在丰收之前，这三年时间足够张园找到机会，将手头30%的股份悉数转让出去。张园也确实照做了。果品收获那年，忽然零零碎碎涌出大小股东七八人，都要出主意。自恃地头蛇，但凡意见不合，动辄要做我父亲的主。

"那年果子结得七零八落，勉强能看，也都又瘦又小，值不了几个钱。我父亲询问张园，得到的回答是：'第一年，总会不理想。'而果园下一年的维系、人工，仍还没有着落。我父亲只好向银行借贷、找相熟的朋友借钱周转，答应第二年一定如数归还。

"但第二年果品质量仍然不佳。资不抵债，父亲焦头烂额，只能寄希望于国家补助。而本该顺利下达的补助，却三年不见动静。几位达城股东给我父亲出主意，叫他去笼络地方官员以使补助顺利下放。我父亲不愿违法乱纪，几位股东便合伙趁夜挪用五十万果园资金行贿，被我父亲半路阻截，期间生了口舌，我父亲遭受肢体暴力，进了ICU。

[伤情鉴定报告（姓名打码）]

"父亲失联数天，债主找上家门，我同父亲的友人一一打听，才知道这些年都发生了什么。我叫相熟的朋友替我在我所就读的大学请了一个月事假，旋即乘火车抵达达城。确认我父亲已经脱离生命危险，又了解到现下果园处于关键运转节点，所以我立刻代替父亲赶往果园了解现状。在果园走访数日，和农户打听了解种植知识，我意识到极有可能土质存在严重问题。随后，我听取农学院朋友的意见，抽几处土样，分批寄给朋友做土质检测。结果并不意外：常规六项均严重不达标。替我检测土样的朋友告诉我：'当初翻土就不用心，几个本科生自己翻的土，都能比这肥力好上一万倍。'所以张园教授从一开始并未用心投产，而是只想套现30%股权。

[农业土壤检测报告；微信聊天截图]

"查出果园的真正顽疾所在，我当即试图叫停果园进一步产出，避免更多金钱、人力及物力的损耗。但可惜我人微言轻，没有任何人愿意听从我的意见。于是我想到了，如果这件事让专业人士张园来做，他们一定不会有反对意见。那时我仍对张园教授的人性存有一丝幻想，拨打他电话未果，故乘车去金城大学农学院门口堵截他，希望他看在朋友和前合作伙伴的情面上，能以一名专业人士的身份站出来，哪怕只是打通电话、发个微信，提醒由他转让股权的股东：土质标准不达标，请暂停手头工作，进行翻土沃肥。岂料张园一口回绝。因为他认为，讲出这句话，便是承认他前期工作失利，会授人以柄，影响他后续合作工作。我问张园教授：'你为人师表，良心不会受到谴责吗？'他反问我：'我犯法了吗？我配合一切法律程序，不怕你。'

[附与张园对话文字与录音云盘地址]

"不得已之下，我违背我父亲意志，不顾大局，截取果园监控录到的对我父亲的暴力画面，到辖区派出所检举果园股东故意伤害行为，试图以法律武器捍卫父亲尊严和果园权益。几天后，地方派出所下达行政处罚决定——我父亲这个正当防卫的受害者，和施暴者一起，均因'双方寻衅滋事'，而各处五百元罚款。施暴者逃脱法律责任，见到我时，甚至常常言语要挟：'别以为你是个女的，我们就不敢打你。'那年我二十一岁。

"父亲在监护室，债主在逼债，果园资金在损耗，而我没有任何话语权，任何举措都会引来言语及很有可能的暴力，更没有任何武器可以防身。我走投无路，求告无门。我忽然想到张雅骢，我想，我们年纪相仿，她也许能懂得我的苦衷呢？于是我发去微信，告知她事情原委，请她求一求她父亲，哪怕只是讲一句话，此刻也能帮到我。她给我的答案是无视。

[微信截图转文字："妹妹，求求你，我没有一点办法了。现在只有你能帮到我。你爸爸那么疼你，你讲一句话，比别人磕破头都有用。"]

[微信语音通话已拒绝。]

"之后，我去市纪委举报了时任达城县委书记的魏某收受贿赂。换来的是学校施压，以多次旷课为由对我进行记过处分。辅导员也找我谈话，叫我凡事不要过头，不然容易在毕业前夕被开除学籍。我接着检举到省纪委……运气还算不错，那时魏某正处于平调的关键节点，这份权力范围外的检举对他来说相当致命。他委托他的秘书找到我，和我了解情况，问我期望的满意结果。我的回答是：该拘留的拘留、该赔偿的赔偿，而果园因补助下放不及时而导致的一切损失，也应该得到合理赔偿。这闹剧最终由魏某寻来买家，以几位股东都满意的价格收购果园为终结。

"如果不是被逼到走投无路，谁又会愿意与虎谋皮？最后的最后，魏某也因检举而受到处分，其余违法乱纪者也受到应有惩处。我与我父亲没有收受不合法的任何一笔资金，如今他健健康康，活蹦乱跳，没有留下任何显而易见的后遗症。有时自嘲'挨打'是对他过分天真的处罚，其实也对。在果园从构思到最后濒临绝境，其间但凡有遇上一个好人，事情也不至于走到这个地步。而事情真正的始作俑者，在法律惩罚不到的光明之处大摇大摆地行走。

"受害者远不止我一个，以后也可能有新的人。你们所喜欢的那个女孩，她真的是公主吗？"

今年一月，陈纵登录微信小号，按照惯例点进张雅骢的朋友圈，看见她发了一张图片，是《即刻恋爱》下一季的邀请函，陈纵就开始寻找机会。

极偶然地，一位业内访问学者在 USC 食堂和她同学吃饭，然后她就打听到该综艺的总导演郑导将陪他几个摄制好友去拉斯维加斯婚前旅游。

一个月后，陈纵提前飞到拉斯维加斯。两个礼拜后，一名摄影师闹到要和女友分手，这才终于惊动郑导。

郑导找来陈纵，是想劝说她不要与摄制纠缠，哪知这不过是摄制一厢情愿，面前这女孩不过是个爱交朋友的漂亮游客。聊了没几句，郑导心念电转，渐渐忘却来意，转而问她："有兴趣参加恋综吗？"

陈纵顺坡下驴，二人一拍即合。

……

数月谋划，事情一件件顺顺利利发展，偶有插曲，并无意外。

终于到了这一刻，陈纵却没有预想中的心潮澎湃。

她将手机锁屏，看了会儿客厅中的两个人玩游戏。屏幕一分为二，两个人一人操作一个屏幕，除却按键音和一点点游戏BGM（背景音），并没有其他声音打扰到她。正上方还开了个小屏幕，正在放综艺。

此刻正放到西餐厅四人约会的部分。

画面里，两人落座，陈纵在菜单上看到很多墨西哥菜，就问潘鸿宇："你在德州待了这么多年，有没有交过很多热辣辣的拉美女朋友？"

潘鸿宇就讲："我还是喜欢中国的女孩子。"他一瞬不瞬地盯着陈纵，"特别是富有文艺气息的，最好学中国文学相关的。"

陈纵盯着他瞧了一会儿，忽然视线虚焦，复又聚焦在隔壁桌的当日主厨甜点上，讲了句"我好想尝尝"，当即逃离潘鸿宇，过去试甜品。

潘鸿宇视线跟随，微笑。

张雅聪识趣离桌，陈纵大摇大摆地在周正歧对面落座。

周正歧问得不大客气："怎么，我这桌的东西要好吃些？"

陈纵以彼之道还施彼身："不然呢，难不成因为你？"

周正歧笑了声："不是就好。"

陈纵盯着他，仔仔细细地瞧了一会儿。

周正歧一动不动，看起来还算稳得住。但警惕回视的眼神暴露了他内在的不安全感。

陈纵说："你这个人，家世背景良好、清白，从小接受精英教育长大，父母对你的择偶标准就是'安全'。这两个字意味一切。但人往往缺什么，就找什么。所以你其实在确保安全感的基础上，会对一些格外反叛的东西感兴趣。比如那些甜似蜜糖，其实内藏剧毒的玩意儿。"

周正歧下意识地看了邻座穿香奈儿套装、戴白色珍珠耳钉的张雅骢一眼，问："你想说谁？"

陈纵咬口蛋糕，答："比如我。"

周正歧像听到玩笑话："你？"

陈纵接了下去："我当然不是。我满身陷阱，一眼望去便知是炼狱。一般人，看一眼就害怕，掉转头立刻逃跑。"

周正歧觉得她形容得既贴切又有趣，大笑起来，引来邻座频频回头。

陈纵又讲："但正因为你不够反叛，所以会被反叛吸引。又因为你不够反叛，最终你的选择一定会是安全主义至上。"

周正歧自己都没有看清晰的内心，被认识短短数周的人解构了。这一刻，周正歧的视线钉在陈纵身上，目光开始真正被她吸引。

"谁知道呢？"周正歧讲，"我们走着瞧。"

节目招商引资，热度越高，广告越多。播放完这个片段，立刻又进入一段 Chris 和 Amber 代言的广告茶歇时间。弹幕都讲，这两个人正片部分还没广告多。

陈纵的画面是很多的，骂她的一如往昔。但随着节目播放，间或有一两条弹幕显示：

——反转了！

——快去看微博！

……

陈纵的手机隔几秒就会振动一下，几乎都是微博热门提醒。

#金城大学#

#金城大学教授恶意入股#

#张氏骗局#

#张雅骢#

#张雅骢爸爸#

#教授张园#

#张雅骢穿搭#

#假千金穿搭#

#女嘉宾集体取关张雅骢#

#江汀取关张雅骢#

······

手机响一声，陈纵便瞥一眼，面上没什么表情。忽然间，手机持续地振动起来。陈纵低头一看，是张雅骢打来的微信电话。

她静静地等手机响了一阵，点了挂断。张雅骢不知疲倦，复又拨打过来，陈纵如法炮制，再次挂断……反复数次，脸上才渐渐有了点笑容。

此时此刻，她觉得自己岂止是陷阱，简直病态，连因点按手机微微沁汗的指尖，都散发着毒液的香味。但是又怎样，谁都没有三头六臂，没那么点毒性，老天不会让她平白无故走到这里。

"叮"的一声，张雅骢发来消息：

——陈纵，姐。

——你有空吗，我们见一面吧？

——求你了。

——求你了。

还有更多消息进来，陈纵还没来得及看，忽然听见有人叫她。

"陈纵。"

一瞬间，她被拉回静好的现实世界。

是子夜，两个大男人不知何时玩起了分手厨房。子夜见陈纵已然放下电脑玩起了手机，率先放弃游戏叫她，又问："忙完了？"

陈纵点头："嗯。"

谭天明边烹饪边灭火，头也不回地说："刚还跟你哥讲有点饿了。想不想吃夜宵？"

陈纵毫不犹豫："想！"

在谭天明的单线操作下，关卡居然低分飘过。谭天明结束战斗，爽快地道："走！"

陈纵将手机扔进兜里，高高兴兴起身，穿着拖鞋就跟出门去。

手机仍响个不停。

电梯里，谭天明没忍住问："不看一眼手机？"

陈纵道："不看。"

谭天明问："又是追求者？"

陈纵嘿嘿一笑，抬头瞥了眼子夜，不答。

子夜讲："不嫌吵？"

陈纵讲："这叫喜悦的 BGM。"

子夜对他人一切已知、未知的癖好包容良好："那就听着。"

三人一道听着响，高高兴兴出门去。

陈纵几步跟上前，一把扯住子夜的袖角。子夜由她拽着，也没闪躲。陈纵胆儿渐肥，趁着月黑风高，不安分的手指一点点往下，钩住了子夜的小指。

子夜回头看她一眼。

陈纵眯起眼笑，仗着他不敢有大动作，做了个嘘声的动作。

子夜没多言，转头继续同谭天明聊天。

陈纵公寓附近就有家生腌番薯粥，菜品新鲜，一盆盆地整齐地码在玻璃柜台后，都是当日现做。

老板娘从此地还是个渔村时就开始开店，一干几十年，有别于市面上满是预制菜的番薯粥铺。因此远近闻名，生意兴隆，十一点了还灯火通明，人群熙攘。桌子椅子摆到外头广场上，点生腌要排长队。

陈纵端了三碗粥在人群中游走，终于在近街边抢到个桌，一人占三个位置，仿佛游击战，静等那埋头作战的两人凯旋。

忽然听到不远处急促的汽车鸣笛声。一辆崭新的墨绿色奥迪无视交规，呼啸而过，幸得几位并驾司机避让及时，方才没有酿成车祸。但也危险极了，几位司机惊魂甫定，探出车窗大骂。

街边市民人人探头看热闹，陈纵也转头看去，那辆奥迪在她小区门口等放行时，倏地又掉转车头，气势汹汹地往生腌店铺来。

车很随意地泊在路边，从驾驶室下来个踩着高跟鞋的妙龄精致淑女，唯一美中不足的是两只眼肿得像核桃。

陈纵仍坐在塑料凳上发愣，那位淑女竟径直朝她走了过来，街头市民觉察好戏来临，纷纷举起手机对准两位。

面前人哑声叫嚷："陈纵，你有手有嘴，有什么不方便接电话的？"

陈纵看她半晌，镜框后的眼神渐渐聚焦，认出她是张雅骢，这才笑着开口："出来吃夜宵，手机忘在家里。"

张雅骢急火攻心，忽然间上前两步。

陈纵生怕她出其不意，从爱马仕包包里掏出把菜刀来砍人，顷刻间退出两步，反应之迅捷浑似只兔子。

张雅骢高度近视，哭到戴不上隐形眼镜，戴框架又嫌不好看。她看不清陈纵，又追不上，眼神虚焦了半天，方才对上陈纵，开口质问："我爸爸做错事情，我又有多大错？你这样对我公平吗？"

陈纵这会儿不打算讲道理："我做什么，都是你应得的。"

张雅骢气愤不已，抓住陈纵的肩膀推攘了几下："我应得什么，我应得什么？"

陈纵也不甘示弱，下了重手，险些将张雅骢推得摔倒在隔壁桌上。

陈纵不等她站稳，高她一截，气势逼人地讲："无数个日夜，你晒名车名包，环游世界。而我龟缩在刚浇了猪粪的农田里吃着泡过头的白象方便面，心里想着怎么能再多抠出一万块钱买农家肥，是要猪粪、兔粪还是马粪，究竟哪一种混合草木灰可以多覆盖几平方米农田。"讲着讲着，陈纵眼泪滚落，自己都莫名其妙。

围观看客也觉得诧异。究竟是什么样的血海深仇，能使两个漂漂亮亮的女孩子在街头闹到形象全无的地步？再怎么样也都是小姑娘，分明在据理力争，到了后来两个人都在哭。

……

一个讲："你哭什么？你来这儿跟我哭有什么用，不如好好劝劝你爸爸写个道歉声明，再将这些年作孽挣的钱一笔笔补偿给受害者家属。"

另一个带着哭腔："你不是也在哭？"

那个就说："你搞清楚些，我这是大仇得报的喜悦泪水。"

另一个哭得就更狠了。

张雅骢无可辩驳，又思绪混乱，此刻，她也想不明白自己要做什么，未来又想要什么。世间事，实在太错综复杂，她长久地待在象牙塔里，往往爸爸和教授的旨意便是圣旨。近日离开象牙塔，只剩下爸爸，可惜爸爸终究算不上明灯。

她"哇"的一声哭了出来，讲出一句匪夷所思、自己也觉得莫名其妙的话："……我爸爸很喜欢阿歧，你不能这么做。"

陈纵忽然就笑了，啼笑皆非那种。

张园再有钱，到底还是个中产。凭他清清白白的女儿套牢到嘴的金龟婿，实现阶层跨越，就能解决根本的问题。到时候，道歉，还钱，洗清案底，不都是小事？

"他一个大活人，有自己的思想。他要是喜欢我，也是因为我比你值得，"陈纵故意刺激她，"我值得这世上一切偏爱。"

谭天明和子夜点了菜回来，发现陈纵莫名在街头和一个女子起了肢体冲突，听起来好像是老过节，合该了断，外人也做不了主。何况女孩子打架，男的不便参与其中，否则更容易节外生枝。

俩人在一旁观战，偶尔在对方略胜一筹时，伸手将对方拽开些，其他的，就权当没看见。

越来越多人离桌来看，谭天明和子夜也渐渐被围在内环。

张雅骢一有动作，立刻被拽退几步，几次三番，她回过神，大声尖叫："干什么！别碰我！"

身后男士摊开两手以示清白，讲："没有碰你，只是避免暴力升级。"

另一个人也讲："这么多摄像头对着，你可以看回放。"

张雅璁还想骂两句，恍惚间看清讲话人，顷刻间愣住。她将头顶别着的带度数的太阳镜戴上，复又仔细打量，确认完毕，将墨镜掀上去。仍带着哭腔，却已好奇心起，她试探着喊："陈老师？谭老师？"

两人都没否认，那便是本人。

张雅璁仍不敢相信自己的眼睛，将两人看了又看。忽然间，她发现一个旧旧的、但很眼熟的环保袋被子夜搁在腿上，以防混乱中丢失。

上头有只大大的像素爱心，这是陈纵在网上定制的。

"陈纵……跟你们在一起？"张雅璁仍懵懵懂懂，无法将分明是两个世界的人联系到一起，"你们怎么……和陈纵在一起？"

谭天明道："怎么不能？她不都说了吗，全世界都爱她。"

张雅璁愣住了，视线长久地停留在子夜手里的帆布袋上。那颗桃心在高度近视眼中格外清晰，此刻分外刺眼。

谭天明又讲："想要陈老师签名？过去那边问小陈要。陈老师在不熟的人面前相当于是个哑巴，小陈现在是他的话事人。"

张雅璁脑子转不过弯，愣在当场，再哭不出一滴泪，讲不出一个字。

谭天明又问她："没事了吗？没事了我们去买单。"

说着，他又把不远处的陈纵带到近旁，问："要报警吗？"

陈纵立刻摇头："两个人都要罚款，不划算。"

路边的看客都笑了。

谭天明高声讲："已经报警的，麻烦再打个电话撤销，谢啦。"旋即将打包的外卖挂在陈纵手上，两人一道领着她离开斗殴现场。

走进小区，子夜才问陈纵："受伤了吗？"

陈纵摇头。

谭天明也讲："那就好。觉得哪里不舒服，上车带你去医院。"

陈纵又累又饿，一句多的话也讲不出。将两人送上车后，她实在万分抱歉："出了这样的事，你们都没有吃好玩好。叫你们扫兴了。"

谭天明道："我们两个不速之客突然造访，没有打扰你才好。"

子夜也说："打架多费体力，是该多吃些？"

说话间，两人一道望向窗外。只见这位平时活泼灵动的女孩，此刻像被掏空一切力气，垂头丧气地站在外头，又累，又沮丧，还有些愧疚，又好笑又可怜，实在不忍让她久等。两人遂摆摆手，催促她上楼，方才开车离去。

车驶出小区，等一个超长红绿灯时，谭天明打开微博，看了眼热搜。

随便点开一条，正是前几天陈纵直播对线江江，不知为什么今天又被顶上了首页。陈纵语气舒缓、掷地有声的发言，在视频里被反复强调了三次。

弹幕非常一致地刷着："陈纵，我错了，以前是我对你太大声了！"

之后，他又非常随意地刷了几条相关热搜，渐渐笑了："小陈辩论队的吧？反应又快，讲话密不透风。"

子夜也被迫听着，作为旁观者，始终波澜不惊，一点也不意外。好像纵是她大闹娱乐圈，他都不觉得意外。

正说着，两人手机同时响了一声。

陈纵在四人群发了条消息：哥，天明哥，对不起，不该利用你们在节目方面的资源和人气行我自己的方便，完了还将你们蒙在鼓里。

红灯还剩十几秒。谭天明只好语音回复：举手之劳，也没帮到你。明天得闲吗，想吃什么？

子夜听见，在一旁将刚刚输入的"随便利用"四个字一个个地删掉。

陈纵简单冲了个澡，躺在床上，拿起手机就看到几条特别关注的@提醒。

恋综节目里的几个女孩都在为她站队，钟颖甚至特意发了条微博给她引流，说：陈纵，加油，加油。

她微信回复钟颖：谢谢。

钟颖那边反复显示正在输入，显然是在踌躇一些话该不该讲。

陈纵停留在和她的对话界面，等了一会儿。

钟颖直言不讳：

——其实节目一开始，郑导就叫我跟定你，别撒手。

——他给我大致讲过你和张雅骢的事，我有心理准备。

——所以你不用谢我。不是我在给你引流，而是我提前知道这么做一定会给我引流。我是有利可图的。

陈纵其实不意外，也无所谓。自己还有利用价值，不是挺值得开心？

她给钟颖预警：那之后的事，郑导也跟你讲了吗？

钟颖没有回复，估计是去问郑导了。但夜深人静，估计一时半刻也等不到回复。

陈纵打开微博，检查粉丝增长数和微博阅读量。

三万粉，一千一百万阅读。

还不够，还远远不够。

宝贵假期就是用来消磨的。陈纵从早到晚赖在床上刷手机，看人针清痘痘，拔虈毛黑头，毛囊组织物越大越解压。

时不时有微博通知在手机屏幕上方跳出，什么"金城大学声明"，什么"将实验室研究应用到大规模农田很难得到理想化结果……"，一看就是金城大学为了学校名誉在说套话来给张园开脱，她看都不想看。

过了一会儿，又弹出"张园道歉声明"，大概是被学校施压，得发声明呼应一下。声明称，"早年做研究，过于理想化，迫切地用于实践，想要为国家做出贡献"云云。

说法着实令人作呕，自然也没人买账。不然，也不会有"张园新受害者们"联合跳出来反击——"第一次实践失败了，为什么还要重复第二次、第三次、第无数次？还不是为了钱？"

还有张园几位已毕业的研究生发长文，控诉张园差遣学生为与科研不相关的公司业务跑腿，动辄卡毕业，根本就是"雇佣廉价劳动力"。

不多时，热搜出现"张园删博"。

陈纵沉浸式拔黑头看了一半，爸爸打来电话。

陈自强问候她两句，讲："张叔刚才打电话跟我道歉。"

那头有学校施压，这头有陈自强施压。

陈纵好笑不已："爸爸这些年苦白吃了？"

"不一样。爸爸皮实，张叔是体面的读书人，他一个大教授，丢这么大面子，登高跌重的，"陈自强劝陈纵，"做人留一线，凡事过满则亏，同样登高跌重，爸爸不放心的是你。"

"摔不死他！"陈纵想想，又说，"至于我，我从多高处跌下来都有人接着。"

陈自强叹口气，问："子夜他过得怎么样，近来还好吧？"

陈纵问："哪种意义上的好算好呢？世俗意义，还是'爸爸希望他快乐'？"

陈自强："你别文绉绉绕弯子。"

陈纵试着描绘了一下："他如今温和谦逊，做事得体有礼。偶尔锋芒毕露，但也只是偶尔……反正平平无奇的一个社会精英，在相亲市场上应该会被抢破头。长得比小时候结实一些是真的，应该有在规律健身。"

陈自强反问："这是子夜？"

陈纵道："嗯啊。"

陈自强长舒了口气，听起来像是叹息。

打完这通电话，陈纵取了个麻婆婆米线外卖，坐在客厅里吃。开机就是恋综，陈纵点按播放，拿没看完的部分下饭。

用餐结束，周正歧将自己一早为约会准备的中号星黛露拿了出来。

张雅骢高兴到几乎跳起来。

潘鸿宇静静地看着，总结道："早知道迪士尼公仔可以让女孩子这么开心，我飞来参加节目时应该一口气在机场买上十个八个的。"

张雅骢问："买十个，我们女嘉宾人手两个吗？"

潘鸿宇道："别的女嘉宾自然有别人送。我的，都要给没有收到礼物的那个人。"

太会了，太会撩了。明星嘉宾室众人一脸姨母笑，都在起哄。

约会现场，张雅骢和周正歧也嘘声，看陈纵作何反应。

陈纵为潘鸿宇解围，讲："没关系。我已经有了一只很好的，不用再给我买更多。"

张雅骢立刻问："达菲家族的谁？"

陈纵道："达菲。就是我枕边那个，快十年了，走哪里都带着。"

张雅骢赞叹："那个达菲脸很好看的！一定是去迪士尼亲自挑的，那个年代的话，能挑到这么好看的达菲很不容易。"

陈纵为了掩饰得意，特意讲："我很恋旧的。"

这时演播厅忽然有人 cue 子夜："陈老师那个笑容是什么意思！"

镜头立刻给到子夜面部大特写。

子夜唇轻抿，眼底笑意尽显，藏也藏不住。他也不加掩饰，回头望向众人，让镜头尽数捕捉脸上的微表情。

主持人道："看来陈老师很喜欢陈纵。"

那时陈纵在演播厅的评价就已经很有争议，贸然承认"喜欢"是颇具风险的事。

由此可见，这直言不讳的坦荡欣赏多具含金量："她很可爱。"

弹幕顷刻间铺满了屏幕：

——陈老师好眼光！！！

——还是您老眼毒！

……

他里头搭的衬衣是吃潮牛那天穿的，发型也一样。

陈纵立刻点按暂停，用手机将电视里子夜的大特写拍下，微信发送给子夜：看！你的心动瞬间！被我逮住了吧！老实交代，那天来找我吃饭是不是想我了！

子夜没回。

谭天明也一天没动静。

陈纵下午就着子夜的账号玩游戏玩到六点，远在他乡的潘鸿宇却打来电话。

陈纵慢悠悠地清了条支线，存档游戏之后，才点按接听。

潘鸿宇问："圣诞怎么过呢？"

"在家打游戏，你呢，不是在度假吗，想到给我打电话？"

"不好玩，想找你喝酒。"

"不和大家一起？"

"我来得晚，和他们又不熟……而且，陈纵，你跟 Arya 闹这么僵，聚一块你不觉得尴尬？"

陈纵道："我有什么好尴尬的。"

"那就好。所以今晚有什么计划？"

外头天色有点暗了。陈纵看眼时间，讲："可能在家看恋综。"

潘鸿宇笑了："又不是不知道剧情……这一期有什么好看的？想听什么，我来帮你回顾一下啊，星黛露无主悬案——"

陈纵想起来了。

那天晚上吃火锅，几个男嘉宾开车出去买菜，回来的时候，发现购物袋里有一只星黛露，耳朵上卡个便笺，写着"给陈纵"。主路上几个拍摄点没摄像头，不知是谁塞的，陈纵问了一圈也没问出来，结果就成了无主悬案。

起初她觉得是潘鸿宇，找到他卧室门口问起，他很诧异："你怎么知道我给你买了个星黛露？"然后当场回房拿了一个一模一样的给她，还说，"我本来是打算第二天约会时送你的。"

陈纵在电话里问："那个包装袋里的星黛露，真的不是你买的？"

潘鸿宇道："很明显，能干出这种事，分明又喜欢、又不敢喜欢。是谁不是很清楚吗？另外三个提都不必提。我多坦荡啊，从头到尾高调示爱，从未忸忸怩怩。"

陈纵犯不着去深究，笑纳好意，免生尴尬。

不过她倒是很好奇："礼物都备上了，你怎么知道我下一期会选你？"

潘鸿宇讲："作了六期死，第七期了，该洗心革面重新做人了吧？何况小周也不适合你。"

"那谁适合我？"

"我啊，"他讲得异常坦诚，"我可是做足功课，为你而来的。"

"你这样下去很容易英年油腻，"陈纵骂道，"何况我俩这搭配，聒噪指数堪比十台电钻。"

潘鸿宇倒无所谓，接着又讲："我没打乱你的计划吧？"

陈纵气都能气死："你知道我躲了你几期吗，跟瘟神似的，看到你就害怕。真是一粉顶十黑。幸好你闭嘴及时，没出什么意外。"

"那就好。"潘鸿宇忽然说，"拼命三娘，出来喝酒。"

陈纵一时困惑。

潘鸿宇道："你来的话，我现在打车去 COA 等你。不来我直接转机回申城。"

说罢，他挂断电话。

眨眼工夫，对方微信发来最终目的地定位——中环酒吧 COA。

潘鸿宇：我现在在港市机场，下一班机一个半小时之后，我给你十分钟时间考虑。

沉思间，一条消息像天意一样弹了出来。

谭天明：港市人家亲戚多，圣诞节时更多，根本脱不开身。今天我俩食言而肥。十点接你过来看夜景烟花，要不要来？

下面附一张新鲜出炉的照片。

偌大一间屋子里全是人。开四台麻将桌，屋外还有高尔夫教学。泳池上漂了人，楼梯上也站了人。陈纵仔细辨认了一下，发现子夜果然在照片的物理 C 位，七八个小孩端着蛋糕盘在对他发动奶油攻击，他双手端了三层蕾丝蛋糕，根本避之不及，形容狼狈非常。

原来是圣诞节。圣诞节自然要陪家人过，难怪没空看手机。

陈纵当即决定原谅他，回消息道：没关系，你们忙。哼，我也有男嘉宾陪我玩！晚点有空来 Iron Fairies 接我咯。

——Iron Fairies，当地较有情调的蹦迪场所。

她顺手回复潘鸿宇：可以陪你喝两杯。

陈纵当即叫车去口岸，过关又搭的士。司机从前也是个酒鬼，结婚生子之后方才从良，娶了个江西漂亮老婆，普通话全无口音，讲起酒吧头头是道，问她："这个点去 COA，排到天亮都喝不上，不如去红磡。"

陈纵讲："中环几步一间酒吧，总不至于喝不上一杯酒。"

司机道："也对。"

陈纵本做好知名的排不上号，找家名不见经传的小酒吧随便喝两口的准备。但她实在低估了潘鸿宇这顶级大社牛的社交能力。COA 队伍已经快排到街转角。陈纵撒丫子往队伍末端跑，却在靠近酒吧门口的前中段被人兜手一拦，拽进队伍里。

那人挽着她胳膊，仍在同周围一群漂亮女孩鬼扯："你酒量这么好？那我一会儿一定要同你喝一杯了。"

该男子将陈纵往队伍里揽得更近些，现场给她取个英文名："介绍一下，这位是 Lucy。"

漂亮女孩也与他讲英文："Lucy 酒量也很好吗？"

潘鸿宇假装犹豫了一阵："说实话……是我见过酒量和酒品最差的女孩儿。"

他一讲话，大家都笑得好开心，不知道的还以为他们认识了很久。此人靠这绝技搭讪，聊着聊着，自然而然钻进队伍，还将她也捎带了进来。

过了一会儿，他仍觉得不够，和前排一对美国口音的情侣搭话："嘿，哥们儿，哪天到的？"

……

十分钟后，陈纵和潘鸿宇成功坐上吧台。

这家名气大，也绝不是名不副实，酒品都很有特色，菜单上鸡尾酒按酒精度数由低到高排，前头画了该款酒的调性水果。

潘鸿宇本想给她点杯酒精度数低的苦瓜柯林斯打底，好先同她叙叙旧。结果陈纵直截了当给自己来了杯最高度数的可可皮罗西塔。

酒保见两人意见不一，又询问了一次。

陈纵拇指一指："听女士的！"

酒保都点头了，潘鸿宇只好同意："总不至于一杯鸡尾酒就醉了。"

岂料她喝起来就没完没了，从 COA 出来，她又拉着他上百米外的 QUINARY。圣诞人多，哪里都排队，QUINARY 队伍比寻常时候的 COA 有过之而无不及。

潘鸿宇拦着不让她去，身后的人竟挑战起了他的尊严："潘鸿宇，看到妹妹多就怕了，还是不是男人？"

潘鸿宇只得硬着头皮，如法炮制。谁叫他是此人的铁忠男粉？男粉是没有尊严可言的。好在 QUINARY 女孩子居多，他这张脸这张嘴勉强还能派上用场。

在 QUINARY，潘鸿宇只点了一杯招牌伯爵鱼子马爹利给她，提前说好："喝剩下的给我。"

陈纵以为他在羞辱自己，端起杯子一口气喝掉。前后两杯酒加起来已经是她的极限，陈纵醉得步子已经摇摇晃晃，却说什么都要去下一家酒吧再战一杯。潘鸿宇也只得带她去一家乌龙茶饮酒吧，点上两杯鸡尾酒同一杯热茶，还没等她喝上一口，假装讲："你手机有消息。"

手机果然有消息，但是来自黄主编。

黄主编忽然良心发现，给陈纵道歉：前几天老板跟我聊了三个多小时。我想了好几天，觉得你就保留你的大框架就行。我态度不好，给你道歉。

醉了的陈纵，觉得人人善解人意。她热情回复：我也不对啊，黄主编。我态度更坏，其实你人不赖。

丢下电话，陈纵拾起酒还要喝。但酒早已被潘鸿宇偷换，约等于一杯热茶。

她喝不尽兴，唤来酒保，说得含混不清："要一杯 Tequila，一杯菠萝 Vodka。"

酒保听不懂，疯狂给男伴使眼色。

男伴讲英文："有热水吗？没有的话，果汁也可以。"

大家都懂，喝大了。

在乌龙茶酒吧喝了三杯热水后，陈纵对这家酒吧的感受自然非常差，几次反复跑到门口看招牌，批评道："会不会调酒，差评！"

潘鸿宇费了好大力气才将她扶到一旁桌上趴好，免得她再生事端。本起意趁她酒醉调侃她两句，看她醉容又觉得可怜可爱。静静看了一阵，潘鸿宇决意不加奚落，而是和她同款姿势趴在桌上，面对面地，问了句："和我一起玩，开不开心？"

陈纵醉到只能讲叠词："开心开心！"

潘鸿宇趁机讲："你都不问我为什么大老远跑过来……因为啊，圣诞节总要和重要的人一起过。"

陈纵举手："你讲得好对！"

潘鸿宇叹气："真是醉得不轻。"

陈纵大声嚷嚷："还要喝还要喝！"

她稍能动弹了些，潘鸿宇便被她缠得没法子，先领她四处走了走，不多时走到 Iron Fairies 门口。他想了想，节日档口，里头舞池必定人挤人，料想她没机会碰到吧台，让她蹦跶几下，散散酒劲也好，于是两人一道顺着人潮进去了。

谭、陈两家老一辈都念旧，一年之内，海内外举家团圆就指着这几天。又赶上周末两岸都得闲，于是一大早驾车去广东祭祖。

过了中午，两家人又将那头老小亲眷携过来喝茶。

从早晨五点吵吵嚷嚷到现在，派利是、吃蛋糕、搓麻将，家里工人忙不过来，小一辈里不打麻将的就被叫来帮忙招呼客人。

不去？动辄便被冠以不孝、忘本的大罪过……就这么，脚不沾地至晚上九点，上演一出合家欢乐其乐融融的喜剧，到一众小孩子睡了方才得片刻安宁。

一得闲，谭天明寻了事由，将被迫跟几位老伯下象棋的子夜叫下楼，两人一道在花园里给陈纵打电话。

一通不接打第二通，还是没人接。

谭天明笑话道："玩挺疯。"

接着又打，夺命连环 call，打到第五遍终于有人接听。

镜头对着个男人的脸，陈纵在一旁给他含含混混地配音："雷猴哇，我叫阿强。我喝酒都好塞雷，仲俾多我一杯士多啤梨 rum，就是个种海盗饮嘅 rum。"

实在不忍卒听。

陈纵一边讲，一边歪歪倒倒，镜头也跟着摇摇晃晃。男的不得不去搀扶她，期间颠颠簸簸，磕磕绊绊，胳膊搭胳膊，脑袋贴脑袋……子夜尽收眼底。

潘鸿宇又好气又无奈，见通话显示"哥"，宛如寻到救星："请问她家住在哪里，可否发个地址给我？或者不介意的话，我也可以先将她捎去我住的酒店歇下，我在隔壁再另开一间房间。"

子夜只问："你们在 Iron Fairies？"

潘鸿宇夺不过手机，大声称是。

子夜说："你把她带到路边，我立刻过来。"

戴英从楼上下来轻唤："唔理捉棋定打麻雀，仲争一人就可以开枱啦（下棋打麻将，都还差一个人啦）。"

谭天明问子夜："你去接我去接？"

子夜讲："你去陪他们打牌。"

谭天明自然没有不依，应了戴英一声，上楼去了。

戴英听见讲电话声，也难免八卦："阿哥女朋友？"

谭天明摸牌，只讲："睇下听日新闻就知啦。"三两句撇清瓜葛，也免得牌桌上多生闲言碎语。

夜半十二点，中环街上醉鬼渐渐多了起来。子夜一眼辨认出醉得蹲在路边的陈纵，慢慢将车驶过去。此地不宜泊车过久，子夜摇下车窗，请潘鸿宇将她扶上后座。

潘鸿宇看清驾驶室里人的面貌，所有线索顷刻间连到一起，明显愣了一下。

从了然到失落不过发生在一瞬之间。如果是这个人，比不过，真的比不过。

他埋头苦笑，很迅速地动作了。

子夜只当他愣住是因认出自己，接着询问："我送你？"

酒店倒也不远。潘鸿宇不是忸怩人，不见外，大大方方地绕到右方，坐进副驾驶室。

一个人不讲话，另一个突然不知怎么讲话，气氛格外尴尬。

也不知从何说起，气场莫名其妙就被子夜给镇住了。又或者有种做坏事被家长捉拿，被迫提前见了对方长辈之感——而对方家长，比想象中更具象、体面、威严，震得他喘不过气。

可能过了快有一个世纪吧，方才听见对方问："在一起多久了？"

潘鸿宇诚实答道："还没追到。"

子夜"哦"了一声，唇闭合起来，抿出一条线，看不出是个什么表情。

此后一路再没多话，直到酒店门口，潘鸿宇讲出第二句话："谢谢陈老师。"

子夜说："不用，谢谢你照顾陈纵。"

这就是他们之间发生的全部对话。潘鸿宇混乱地下了车，恍惚间只觉得自己和那种只有两句台词的群演没什么分别，此刻匆匆领了盒饭，实在是谢天谢地。

陈纵在车上睡得很熟。子夜尽量开得慢且稳，慢慢将车挪回学府阁。可惜乘电梯的时候仍受了颠簸，一出电梯门，她就吐了两人一身。

子夜先将她领回家，将她衣裤上的呕吐物做了简单清理。之后，他打电话给邻居简要说明情况，请来她家里的工人带两身干净的衣服上门帮陈纵替换。

子夜则拿了工具出门，清理电梯口的秽物。工人帮陈纵换好衣服，用夹生的英文对子夜讲："洗漱用品在桌上，新的。"子夜听懂，付了她一笔小费，又讲明日登门致谢，这才回房。

工人换衣服时，拿毛巾给她做过简单擦拭和消毒，此刻屋里还残留了一点消毒水和桃子味湿巾的香味。

邻居女主人显然是桃子迷，睡衣上也满是蜜桃花纹，但尺码不对，穿在陈纵身上稍宽大了点。此刻，她窝在沙发里，像那种含棉量不足的粉色兔子公仔，面容沉静，呼吸均匀，看起来像是睡着了。

子夜简单冲洗了一下，换了身干净居家衣裤，将大幅落地窗帘拉上，倒了杯温水给她，搁在她面前的矮几上，又听见她在咯咯地笑。

子夜一手支在沙发沿，弯腰盯着她瞧了一会儿，距离也不算近，将将能看清只剩一半的耳坠，仍带着红晕的两颊，还有未卸除干净的假睫毛，此刻正难以抑制地轻颤。

子夜看了一会儿，开口："陈纵。"

不论醒醉，在这个游戏上她永远一败涂地。她立刻捂着脸，避开他的视线，蜷进沙发，笑到不可遏制。

子夜讲："起来把妆卸了。"

她闻声立刻不动了，翻个身对着外头，佯装打鼾。

子夜实在无奈，蹲坐在她面前的地上，拆开桌上的包装盒，将卸妆油倒到手里搓开，取了化妆棉，很仔细地给她擦拭。

陈纵一动不动地躺着，安静地享受子夜的伺候。

子夜问她："你怎么给我找这么多事？"

陈纵只顾着笑。

子夜又问："故意的吗？"

她仍笑个不停，像是开心极了。

"是不是？"问完这句，子夜也笑了起来。

卸了妆，两人都没有动。

陈纵渐渐睁开眼，酒劲上头，蒙蒙眬眬地望着近在咫尺的子夜。

两人在黑暗中对视，带着两种情绪。一双眸子中分明蕴藏浓重情感，一双眼中带着困惑，带着不解，带着探究。

子夜的声音从没有这么温柔过："想问什么？"

"你想我吗？"陈纵问。

"想。"子夜答。

不像一句话，更像一个语气助词，一声叹息。

很想。

可那又能怎么样。

陈纵轻哼一声："别以为我睡着了就不记得你说了什么，我录音了。"

她高举手机，跟子夜炫耀。但屏幕显示的分明不是手机录音，而是正在播放印度神曲的音乐软件。

子夜长叹一声，弯腰搓搓她的脸颊："起来刷牙洗脸。"

子夜正要扶她坐起，却被一把推开："刷牙好丑，不给你看。何况我有手有脚，活蹦乱跳。"

她跌跌撞撞走出几步，一个趔趄，险些撞到墙上。子夜几步上前，将她连搀带扶，提溜进洗手间。

说好活蹦乱跳，结果牙膏错拿成洗面奶。子夜只好给她挤好。牙刷又拿反了，摸了满手泥，仍是子夜给她搓洗干净。最后，牙也是子夜刷的，脸也是子夜洗的。

子夜做着这些，心里想的是，如果今天没有及时接到她，街边那小子会给她清洗呕吐秽物吗？由近及远，又想到，倘若她哪天嫁人，对方也会在她醉酒时善待她吗？一时又不清楚自己想这些是为什么。

早晚也不由他来操心，这片刻又何必放不下？

陈纵倒好，心无旁骛，乖乖立在他跟前，仰脸望着他，满嘴泡沫，含含混混问了句什么。

子夜没听清，凑近去听："刷完牙什么？"

然后，听见她又重复了一遍："刷完牙就可以亲亲了吗？"

真该死。童言戏语，不经意的话，往往都有最震撼的效果。

"嗡"的一声。子夜不知自己是谁，不知自己身在何处。

陈纵以为他累了，自己接过水杯漱口，又随意扯了张面巾，打湿敷脸。几个简单动作，溅得满屋满身都是水，但好歹自给自足。子夜也只能由着她，跟她讲："洗好之后，自己回房间睡觉。直走转里那一间，不要走错了。"

房门都没有锁，仍怕她进错卧房，子夜只得先抱了被子在客厅睡。刚躺下，他就见陈纵关了洗手间的灯出来，借着客厅几盏感应小夜灯摸索着前进。留神看了一阵，果不其然，她径直进了他的房间。过了一会儿，似乎觉察不妥，她从屋里出来，转进另一间屋子里。

子夜松了口气，刚想起身回房，她又从最里一间卧室走了出来，径直朝他走过来。子夜在原地站定，问："想要找什么东西？"

陈纵没答，走到近处，背着夜光灯，看不清地上搁了个哑铃，险些又绊一跤。子夜及时拉她一把。她身体失衡，半个身子重重摔上来，又被他用身体稳住。陈纵却没有立刻松开，而是借势，双手环上来，将他抱紧。

睡衣下没有衣服，工人没有帮她穿。

酒意还没有散，所以身体很烫。

子夜像忘上机油的机器人，身体僵硬，两手空举，动弹不得。

"想要什么？"他低声又问了一遍，莫名很渴，以至于话音有些失声。

衣料窸窸窣窣。陈纵赤脚踮起，在他脸上印下一吻。

"想要一个圣诞节的晚安吻。"陈纵退开一步，清亮的眼看着他，渐渐有点不敢看他，又闭上眼。

一个吻又碰在他嘴唇上，蜻蜓点水的，带些微醺热意的，久违的。

短到像是要赶在他神志回归之前出其不意。

陈纵讲："晚安。"然后不敢再看他，掉转头回屋，脚步越跑越快。

子夜久久呆立原地，一动不动，回不过神。

第五章

也有时四海纵横

这间卧室避光很好。窗帘拉上，门一关，完全昼夜不分，使人体直接丧失一切生物钟。

陈纵睡到中午才醒，起初以为还是半夜，还想接着再睡一会儿，隐隐听到外头有人讲英文，话音轻柔。不多时，有饭菜香气飘进屋里。

陈纵迷迷糊糊起床，打量屋中陈设，还带着点半梦半醒的困惑。

开了卧房门就是餐桌，桌上已摆了几道虾酱通菜、鲮鱼油麦菜之类的清炒时蔬。一个皮肤黝黑的年轻的东南亚女人在厨房做饭，三台炉子都生着火，架了两只砂锅和摞了七八层的蒸屉。

子夜在外间沙发上看书，一见她起床，头也不抬地讲："垫垫肚子，换身衣服。谭天明快过来了。"

陈纵"嗯"了一声，仍穿着桃子睡衣在屋里穿梭。

她先去厨房打了招呼："你好，我是 Miss Chen，你叫什么名字？请问可以吃什么？"刚得到答案，她就徒手去捏圆滚滚胖乎乎的流心奶黄包，将年轻菲佣吓得尖叫连连。

陈纵咯咯直乐，看见沙发上有干净衣服，一团团在怀里，叼着奶黄包进了卫生间。

衣服是玫红色运动衫裤，里头一件同色均码运动背心，再扎上个马尾，陈纵看了又看，浑似穿妈妈衣服上学的小孩。

走出卫生间，第三次在目不斜视的子夜跟前飘过，她留下一句："《繁花》我读了四年都没读完。"

等在餐桌前落座，她又讲："四年来每天睡前看一点，翻几页就犯困，到现在为止还剩三分之一。不仅如此，去年，前年……历年的茅盾文学获奖书目，我都没有看完过。"

子夜道："能这么讲，你已经胜过绝大多数带作协头衔的人。"

陈纵问："那你看完了吗？"

子夜想了想："我看插画玩。"

陈纵讲："陈教授浪得虚名。"

子夜自有一番道理："学生要凭看书写作业，我又不用写。"

谭天明进来时，里头正在笑。子夜在笑，工人在笑，陈纵叽里呱啦，中英文切换讲个不停，以至于一时半刻都没人发现他进屋。

工人是谭天明家的，做得一手粤菜，茶点都是提前两三天做好冻在冰箱，时蔬当日新鲜现炒，一般还带着锅气就被扫荡一空。子夜一大早打电话请她，她大包小包从隔壁抱过来做解酒菜。

谭天明一句"好吃吗？"，作为开场白。

陈纵立刻起身，拿了只碗要给几个人盛生滚猪肉粥。

谭天明吃饭口味重，全然不像广东人。他看着一桌子清汤寡水，嫌弃地道："这种月子饭谁要吃？早些时候我带你哥去吃过饭，妹妹自己吃。"

陈纵望着满桌子茶点陷入沉思，只好招呼工人陪她一起。

接着，她又听见谭天明问："晚点有什么想玩的？"

陈纵讲："我想趁假期最后一天拍一条 Plog。"

"什么风格的？"

"古典一点，小众一点。"

谭天明笑道："那还得叫你哥给我们指路。"

吃过饭，几人又直奔中环，先去了一家商场里子夜朋友开的时装店，里头装潢古典，店铺里间中心有一张大台，上头整齐码了各款式、花纹的布料以供挑选。衣衫基本以挑选布料——量体——裁衣为主，两排也挂有各尺码成衣。

谭天明早两个月来做了件褂子。里头一件棕色短马褂内搭，外头一件藏蓝色长衫。他今天借机第一回上门试新衣，从试衣间出来，气质瞬间不一样了。

陈纵惊叹道："好似港剧里的大佬。"

谭天明讲："我穿倒显不出衫的好。人靠衣装，有时候衣装也靠人来衬。"

店主解释说："谭生好现代。"

两人立刻唤来子夜，随意取了两件黑色成衣褂子叫他去穿。陈纵心想，不量身裁的衣服，怎么会好看？满心以为这两人捉弄他。等了片刻，子夜从里头低头系着扣子走出来，陈纵才发现原来是自己想错了。

黑金的配色，里头金色马褂自黑色长衫领子露出些许，自挽起的袖口也露出一截。洁净的脖颈被束缚，比往常略显青筋，整个人雅致又潇洒。丝绢果然要包裹瓷器，子夜就像是忽然被衬托出质地的瓷器。各色绸缎真配他的肌肤，特别是黑色，适合缚在手上、脖子上，各种地方。

这个人，穿得越工整越有魅力，越古典越性感，越想让人将他扒光。小小邪魔在身体里横冲直撞，陈纵由脸烫到耳朵。她从来喜欢贬损子夜，这会儿也不由自主脱口讲："好搭。"

谭天明打量她，取笑道："是不是？妹妹脸都红了。"

子夜浑然不觉，仍在同领口一粒纽子搏斗。

陈纵看了一会儿，很自然而然地走上前，帮他将纽子拧上。

子夜讲："谢谢。"

陈纵低声道："谢什么，昨晚不也是哥帮我换的衣服吗？"

子夜一时没答，不知如何辩解，喉间微微滚动，将衣领撑得饱满。那粒纽子在陈纵手里差一点就没扣上。

换身长衫的工夫，两个人都有点不自在。

谭天明还在笑："我要是你，一年四季都穿这种中式古典，不知多吸睛。"

子夜问："吸睛做什么，下一步出道？"

"年纪大了点……"谭天明叹，"英雄暗老。"

店主讲："越老越够味啦。"

……

陈纵看看这儿，摸摸那儿，拍了拍早年南国做工女仔最爱穿的黑胶绸（香云纱），又拍了几件漂亮的袄裙、旗袍、肚兜，暗暗听着几人的对话，并没有出声，只是因为心里在小心眼地想，幸好他不穿，才不要给别人看到，不然更不知多少人眼红。

离开中环，他们又逛了几家子夜朋友的画展或者名家收藏展。一些不对外开放的"小黑屋"也对陈纵开放了，里头多半都是些最最得意之作或者名家真迹，因为避光保存所以不让拍照。但多少都有主人手绘小画或者小型画廊缩影模型作伴手礼，都可以放进博文里当素材。

这一类的展子，多半由画家或者收藏家亲自来解说，所以三个人只需闲听，间或提问便是，闲逛下来还算轻松。有一些店铺，则只能子夜来解说。

比如一家棋子店，有各色围棋棋盘和棋子。进门处放着整根树根，外廓雕成活灵活现的精致根雕吸引看客。里头柜子里摆着各款式棋子，有的一粒粒黏在棋盘上作展示，有的则搁在各色玉石陶瓷的棋盒里。再往里则是方正棋盘，多半超十厘米厚，四四方方，最贵的有七位数。

老板正在柜台后面制作一副新的，有玻璃格子阻挡，以免木屑飞溅到外头，也方便客人参观。

子夜很浅显地讲了一下棋盘的难得之处：木材有年轮，因而不能正切，必然要侧切。棋盘上十九条纵横线，每罫尺寸有规定。树木年轮需切合罫，不能影响纵横线刻画，更不能偏差太多影响美观，因此对树木材质、年轮、部位挑选都很有讲究，极难十全十美。

见陈纵被一副石英做的晶莹剔透的棋子吸引，子夜讲："这一副是紫晶和茶晶。"

陈纵道："真的有人舍得用吗？"

子夜道："很多人钟爱各类棋子。"

陈纵问："哥，你的棋子是什么？"

他讲："就是很普通的棋子。文具店三十块一盒。"

陈纵笑了："你不会收藏一些很有质感的吗？拿在手上，厚重古雅。"

子夜讲："三十块的棋子，也能用二十年。"

虽这么说，晚些时候，他却叫店主将那套水晶棋子装好给陈纵。

"想学下棋，可以带来找我。"

夜半，三个人一道去吃了附近一家出餐很快的法餐。法国厨子思维灵活，海鲜一定要用甜品的方法吃，甜品却偏要做成面点的款式。

谭天明深谙饮食之道，待在子夜身边耳濡目染也兼具少许文学品位，讲："做菜如写书，越疾风骤雨，下笔越要冷静。越仇深似海，则落笔越淡然。否则，就会撒狗血，像八点档电视剧。所以，一个好的厨子，想必也是一位好的文学鉴赏家。一个好的作家，往往也很会吃。"

"所以我近年丧失写作能力，是因为没有考取厨师证。"子夜虚心听取建议。

吃过饭，谭天明去药店给家中长辈买老虎油带回广东，留两人在港理附近闲逛消食。

正值夜里七点，学生组团出门觅食。遍地都是小情侣，一式的拖鞋、居家短裤短衫，手拉手穿梭在喧闹市井街巷和夜风之中，连空气都夹杂着沐浴露和柠檬冰的青春气。

陈纵举着手机，仰头拍天上的月亮，太过专注，险些被着急赶路的男学生撞到。子夜伸手适时带了她一下，又松开。

走出几步，陈纵回头冲他笑，朝他伸出手，示意子夜牵她。

子夜垂头看了一眼，没什么表情，走上前轻轻握住她的手腕，带她穿过刚亮绿灯的街口，又适时松手，温声讲了句："陈纵，都不是小朋友了。"

像是在为她这些天的出格行为做出一个批注。

陈纵抿了抿嘴，憋了很久的话，此时此刻几乎就要脱口而出。可看他眼神无悲无喜，分明没有一点情绪，无所谓得好似要超脱了一般，陈纵忽然又有点怕，怕自己稍稍再过头，她连这一刻的子夜都要失去。

路过的"小朋友"都将他俩频频打量，以为只是学生情侣在为一点琐事争吵。

街边轿车停下。谭天明买了药，来接他们。见两人就站在路边，他脑袋探出车窗，叫了声："上车，此地不能久停。"

陈纵立刻坐进后排。

子夜看了一会儿她的动作，很安静地绕到另一头上车。

一路北上，今天素材满满，陈纵从图库里随意挑了几十张图，配上逛展览时听到的注解，就是一份干货满满的 Plog 九宫格，还能留些素材下次营业。

谭天明的小号特别关注了陈纵。那头 Plog 一放送，这头谭天明就收到提醒，等红绿灯时，他随意刷了刷，诧异出声："怎么没有长衫？"

陈纵扯谎道："太帅气，以至于忘了拍。"

谭天明恨其不争，为她懊恼不已："你这算怎么回事？我特意给你提供素材。"

陈纵嘿嘿笑："留点遗憾，下次，下次。"

子夜一直没讲话。

过了一会儿，谭天明道："妹妹精神挺好，今天逛一天也没见累。昨晚睡得挺好的吧？"

陈纵讲："特别好！哥家里特好睡，好多年没有一觉到天亮了。"

"下次过来玩，先到天明哥家里聚会，免费喝酒好过兰桂坊，喝完也不愁出洋相，直接去你哥家里睡觉……"谭天明盛情相邀，想想又说，"可惜你哥睡得不是很好。平时带人去他朋友的地方作讲解，滔滔不绝。今天鲜见的精神不好，话又少，脸色也差。昨晚都干什么去了？"

陈纵道："我哪知道。不得问他自己吗？"

子夜百口莫辩，也实在懒得解释。你说我困，我就真的困给你看；你说我话少，我就真的免开金口，索性一路保持缄默直到目的地。

晚上两人还得回家应付老人，便将陈纵送到口岸便驾车折返。

陈纵出关时，恰好赶上地铁进站。车厢空荡荡没什么人，陈纵随意拣了个位置坐下，打开手机相册，将几张女友视角脖子以下的子夜翻看了一遍，转入一个名为"重要"的相册文件夹，以免哪次手滑给发送了出去。

地铁刚刚驶进站，忽然收到一条特别关注提醒。

@陈子夜微博转发了您的微博。

她点开查看，转发的是最新一条 Plog，大概意思是感谢推荐，欢迎大家来玩之类的。

陈纵也不甘示弱，立刻在评论回复一句老婆粉发言对他进行绝地反击：

老公转发我了［爱心］［爱心］！谢谢老公［比心］。

发了评论之后，陈纵从头到脚都舒坦了，到家舒舒服服洗个澡，敷个面膜，再点开子夜的评论区，发现她那条评论被网友们"哈哈哈"了几千条。网友们都在说——我老公和我老婆合体！就喜欢看老公局促的样子！老公这会儿脚趾已经抓出了第二条维多利亚港！

虽然知道陈子夜一个月也未见得登录微博一次，发完那条博文，再上线可能就以月计了，但陈纵睡前仍五分钟刷一次评论区，想看看网友们对两人合体又有什么好笑的说法，却在最新评论里发现一条网友回复——

陈老师，啊啊啊，快去看看《山上雪》。这本书抄袭您的《借月》。

这个账号好像是新注册的，权重很低，陈纵再刷一下，评论就已经被管理员删除，找不到了。

中学同学白小婷都在网上看到了她上节目的消息，说明节目似乎真的出圈了。

白小婷最好奇的点在于："子夜和你一起上节目，是必然还是巧合？还是一起商量好的？"

陈纵这么答："一半一半吧。"

白小婷接着发表自己的观后感："子夜是真的好啊，常常替你讲话，一两句便能扭转乾坤。小的时候，隐隐约约就能感觉到他见解独到、非同凡响。后来年纪大了回想相处细节，仍常常觉得，他小小年纪，感悟力惊人到可怕。"

陈纵笑道："你认识他之后没多久，就被选去当空姐了，还能记得这么多事？"

白小婷道："所以青春疼痛文学老说'总有些人惊艳了时光'呢，因为不惊艳的记不住啊。那会儿，我为什么天天给你送吃的拉拢你，不就是为了接近他？为了制造机会，劳心劳力跑了一个星期，腿都快给我跑断了，才跟丁成杰找来那辆大卡车，把我们四个一道载去深圳，寻到人带我们过关去找他爸爸。我这辈子就发了这么一回疯。"

陈纵嘲笑道："放屁。你小时候光在我面前就追了不下十个男的。"

"那些我连名字都记不住了，而且一个个如今肥头大耳跟头猪似的，"岁月不饶人，苍天绕过谁？白小婷更感慨子夜的可贵，"真奇怪，虽然很快就放弃了，但也就陈子夜，他从前讲的每一句话我几乎都记得。"

陈纵又问："那你又是怎么突然就放弃他的？"

"因为我走不进他的世界。他有时光是站在那里，甚至不用多说一句话，我都知道没戏。我就觉得好远好远，走过去可能会耗光我一辈子的时间。我是个凡人，没有那种旺盛的生命力。"

白小婷继而又讲："但他待你极好，和别人完全不同。只要有你在，他好像能自动调频，将自己调整到和你一个频道。他好像能特意为你构筑一套世界观，好与你彼此兼容。

"有一年暑假，我记得那天太阳特别大。我来找你玩，看到你和他一人一根雪糕，在芭蕉树下嘻嘻哈哈笑成一团。我就跟我自己说，'你走不过去，没用的。'从那天起，我很坦然地放弃了。"

"我怎么不知道有这回事？"陈纵纳罕。

"有，真的有。你们之间有一条纽带，那是子夜人为制造的，我不知道那是什么，"白小婷很认真很笃定地讲，"陈纵，你悟性比我高，书读得又多。你仔细想想，答应我，你一定要去认真找一找。"

陈纵顿了顿，说："好。"

白小婷女儿过来问数学题。她耐心解答了两句，方才又回来同陈纵继续讲。

"你是真的敢！为了扳倒一个骗子，自己被网暴了几个礼拜！读到那些评论，我都怕你心理出问题。幸好现在口碑反转了……不然我天天刷你消息，都快刷得抑郁了。"

陈纵笑死了："你胆子也大，一般在网上看到'陈纵'两个字，我都不敢点进去细看。现在骂我的人还很多吗？"

"最近是没什么。但人红是非多，有些扒皮帖，成天造谣，看得实在很气人。"

陈纵问："讲什么的？"

"说你勾搭八十岁美国老头子，被她女儿写邮件群发到学校，告他破格录取系外学生是因为两人有私情，闹到尽人皆知，结果两个人都被迫停学停职接受调查。你在节目上谎称休学回国参加节目，其实是被停课了……哈哈哈，我看到笑都笑死了。写得逼真得要死，我看到竟还认真想了想，你这个颜控，品位这么叼，什么时候变得这么重口了。"

……

挂了电话，陈纵按照白小婷的描述搜索相关帖子，结果真的搜到一篇，回评数、阅读量竟然还不小，也不知道是不是白小婷看到的那篇。

帖子始于"纵观寰宇"超话的一条嗑糖贴——第四期结尾，潘鸿宇到底和陈纵说了什么。

在一众或甜蜜或涩情的评论里，一条"本校友来解答众人"分外显眼。

这位校友说，潘鸿宇也在美国读研，不可能没有在美国华人圈里听说过这样一条关于 USC 的最新新闻。所以他作为知情群众，最有可能对陈纵讲的是和停课有关的话题，或者一两句"你真的喜欢老头子？"之类的调侃，否则陈纵不可能躲他躲成这样。

基于本条评论，非粉或者陈纵的黑粉嗅到味道，立刻新开帖子扒皮。

陆续有人通过和在美国念书的朋友打听，证实陈纵因绯闻停课确有其事——

……别看托导一辈子奥斯卡拿到手软多风光，家庭生活实在一言难尽……托导女儿 Autumn 女士也是个奇葩，五十岁了不干正事，瞎投资，被她爸停了几次信用卡。

她见老头子和女学生关系好，生怕她爸快入土的岁数了搞黄昏恋，影响她快到手的遗产。所以一封举报信群发给在校所有员工，举报托导和华裔女学生交往过密，半夜还在办公室讨论"作业"。还指女学生本科根本就不是本专业，更没有拿得出手的业内推荐信，完全不具备被本校录取的资质，去别的学校，也会被建议从本科补起。直言女学生被托导破格录取，是因为两人不正常的关系。

这么大的丑闻，校董都惊动了，结果就是两人都被迫停课。女学生（陈）留学签证又快到期，又办不了新的，就只好先回国，等学校调查通知……

下头还有人更新中文证据。

陈纵本科毕业后，连考三年北电导演系研究生，接连三年落榜。托导女儿的说法也不是完全没有依据。平白无故的，为什么北电不要的人一个外国大导演要？

帖子关注度还在持续增长，很多新帖都回复说"微博来的"，微博有人指路。

陈纵刷了一会儿帖子，不多时又刷出一个名为"陈纵回国当编剧，在编剧组自恃国外科班出身耍大牌"的高赞帖。

帖子没有什么文字，仅有十余张微信截图，除了陈纵，其他人的名字和头像都打了马赛克。前十条，都是陈纵和黄主编在群里对骂扯皮，倒数第二条和第三条是 QQ 聊天截图。

陈纵：这不节目播出，我涨了点粉嘛。人怕出名猪怕壮，她把握我一手黑料，为了我的偶像包袱，现在她是大爷，我是孙子。[溜了溜了.jpg]

陈纵：呵呵，还巨巨呢，一个北电的，一个 USC 的，被一个买了五百块微信编剧大师课入行的玩弄于股掌之中。

倒数第一条，是黄主编第一人称的道歉截图。

黄二丁：前几天老板跟我聊了三个多小时。我想了好几天，觉得你就保留你的大框架就行。我态度不好，给你道歉。

最高赞网友评论。

——她多大背景？老板劝了主编三个小时，主编放下面子亲自给她道歉？

——我就呵呵了，一个不知哪儿来的 USC 肄业生，看不起从业五年的编剧？微信买课入行怎么了，不比她靠爬老头子床上位来得光鲜？

……

陈纵木着张脸看完帖子，笑了两声，自嘲地想：我这辈子拿的是个什么人设啊。

她瘫进沙发，打开电视，想来点灭霸、黑衣人之类的反派 BGM 涨涨自己的威风。结果，电视也有它自己的想法，在上一期结尾卡顿了一会儿，直接播放今天节目组新放出的下一期花絮。

现下流量出在陈纵身上，片段也是跟陈纵相关的——

礼拜六，Amber 约几位嘉宾一齐去剧院看她的芭蕾舞剧《借月》。她饰演的角色是走在月光下的"你"，另一位外国籍高挑女演员则反串藏身于黑暗处的"我"。

演出结束，演员返场谢幕，观众反复鼓掌致谢。外籍女演员"我"趁此机会，忽然跳下台，径直走到陈纵面前，同她握手，还用生疏的中文向她问好："陈导你好，我是 Selina。"

陈纵仍沉浸于情绪浓烈饱满的舞剧演出，眼眶通红，一时没回过神。

Selina 自我介绍："我就读于 USC 表演系。去年六月，你指导学生舞台剧《借月》排练，我跟朋友去旁听，一次都没落下。这个剧目太过经典，在表演专业地位越来越高，这两年几乎列入必修，但对专业要求也高。所有学生都知道，'我'这个角色极难极难，对演员情感浓度、自我投入要求极高，哪怕世界各地最有名气的专业演员，也频发抑郁，演出结束常需要心理疏导。今年初我被选入了莎士比亚剧团——"

陈纵渐渐回忆起她来，微微笑着，讲："恭喜。"

Selina 也笑了，接着说："面试时被问到对'我'的看法，我的回答几乎惊呆几位剧团皇家演员。我没有说的是，两年前，在 USC 租来的那间无窗的排练教室里，我听到过最好最好的，关于'我'这个身份的深入剖析。你把'我'的心理写成几十页小传，一行行讲给学生演员听。当初你的演员没有听懂，我却听了进去，偷偷写邮件告诉你，如果可以，请替换掉你找来的'我'，让我来饰演'我'。但你拒绝了我。"

陈纵笑道："我记得那封邮件。我想了好多天，都找不到托词，去辞退一个每天被我骂到流泪，却没有要求任何精神损失费的演员。"

Selina 接着在她身前鞠了一躬："我叫 Selina Mitlyng，是莎士比亚剧团的一名演员，现在跟随剧团在此地巡演。偶然从 Amber 处听说你，特意叫她邀请你来观看，成全我多年前的一个愿望。不知道我的'我'，有没有符合你的预期？"

Selina 在花絮的出现，让陈纵短暂地回到了那个简单纯粹的，她可以主宰一切的舞台。

从前二十五年的人生好像只是一场铺垫，二十五岁踏足这个行业的某一天起，也许是因天分觉醒而导致视物方式的转变，她看待世界的视角也陡然剧变。

而她对人性有了最低预期，所以再多拙劣的背叛、肮脏的污水，都不至于使她乱了方寸。

陈纵甚至会觉得，这样的世道才是合理的——人性本就是如此，她渐渐学会不再怕它，而是用它。

但与此同时，陈纵心里仍有一片净土留给剧作与舞台。她会誓死捍卫这片方寸之地。

未来的一个礼拜，第二次口碑剧变，也在陈纵的预期之内。

节目组每天放送三分钟下一集花絮，和观众玩猜谜语。中午定时抛出，二十四小时内必有上百条热帖激情讨论。

人们陆续发现，陈纵实在不禁深挖。一铲子下去，要么是宝贝，要么是臭泥巴。岁数不大，一身的瓜。年纪轻轻，轰轰烈烈，挺能折腾。

每天打开电视，约等于就是她的单推花絮。陈纵不必上网也知道，镁

121

光灯终于尽数聚焦到了她身上。网友也不全然在骂她，尤其经过一番洗白，再度否认对她的喜爱，约等于是在否认自己的眼光，等同于打脸。网友们对一些所谓"真相"是难以接受的，往往会挖空心思来为她洗白。

"一切以调查结果为准"——陈纵几乎都能想象到她们的辩护词。

礼拜四的花絮直接丢出重磅炸弹——

十人组齐聚公寓，一日夜聊，不知说起什么。

周正歧沉默了很久，忽然极其震惊地问了一句："陈纵，你不会就是××吧？"

陈纵反问了一句："为什么？"

周正歧立刻站起身，满屋子转了两圈后，又欣喜又难以置信地再次宣布："你就是！"

陈纵没有立刻回答，也没有否认。

镜头给了满屋子人震惊脸大特写，除了潘鸿宇。潘鸿宇转头看陈纵的表情，两人脸上一点讳莫如深的笑容都是雷同的。

立刻有机智网友在弹幕大胆猜测——指路第一期开头三分钟，我赌十根黄瓜陈纵就是东西为横！

紧接着，许瑞一句发问几乎揭晓谜底："××应该卖了不少钱吧？"

弹幕整整齐齐飘过几行字：版权！

陈纵讲："还好，刚好够学费和日常开销。"

周正歧开玩笑道："没想到你还是个小富婆！求包养！"

众人起哄声和笑闹声中，节目组别有用心地将张雅骢这句话也剪进花絮："不错啊，可以赚点零花钱。"

这句酸溜溜的话一出口，弹幕顷刻被"你管六七位数叫零花钱？？"刷屏，几乎要盖过先前揭露关键词而刷屏的"东西为横"的风头。

……

其实，节目组在第一期片头就有过剧透——书架上《借月》和《山上雪》的摆书位置，还有官方小号下场点名"东西为横"是十位录制嘉宾之一。

起初由于张雅骢的气质，"正声雅音"的CP热度，以及绝大部分男嘉宾的过于追捧，风向对准的是张雅璁。

但后来直接来了个"东西为横"的铁粉潘鸿宇对陈纵穷追猛打，就有爱扒坟的网友一语道破天机："东西为横，南北为纵！"

只是那会儿陈纵名气太臭，帖子有理有据，却没有反响。直到陈纵口碑回春，此帖才渐渐被人挖出来。

陈纵就是《山上雪》的作者"东西为横"，这个猜测先在"纵观寰宇"的嗑糖圈子里小范围传开，后又在另外几个 CP 圈子里散播……渐渐成为不是秘密的秘密。

今天这个话题被节目组放出，答案自然呼之欲出。

与此同时，陈纵抽空又去搜了一下有关"山上雪抄袭"的帖子。

有是有，却仍然零零散散，无组织无纪律，不具备规模。好不容易有一篇破五十回复的，却全在说"我看的时候既视感也很强"，却又都是伸手党"调色盘怎么还没有人做出来"。

终于有个勤快的肯动手，二十四小时前回帖"你们等我！"，二十四小时后才做出两章调色盘以供对比，还胆敢问："我这个格式对的吗？"别说网友，陈纵也能被这一届网友的效率气吐血。

陈纵转头打开笔记本电脑，片刻工夫就做了三页调色盘。

主要做大范围的连环撞梗，从《山上雪》"……（女主角）年年从月光下，走进暗黄昏暗的自己的小床边。老旧钨丝灯光束频跳，蜷缩的少年紧蹙眉头，像魇在噩梦中，在光影里也有了动态……"到《借月》"……我第一次见你，是第三人称。那是一片夜半昏黄海域，黄来自于极远处的雾中灯塔。我的肉身在一艘风暴海浪之中飘飘摇摇的紧窄船上，挪不开四肢。你讲了个二字短句，啪的一声，漂浮的本我回归肉体。我短暂乏味的人生，就此刻终于开始了……"都用了夜半、昏黄、窄小、梦魇意象。

至起先年年对周缚（男主）内在的厌恶，却不得不假装喜欢的表里不一；映照几次"我"恶意激怒"你"之后讲"对了，就是这样，我就是要真"的病态观察视角。

再到诀别前夜，都以一场异常暴烈的床戏来收束全文，也都用了同一种意象——海。《山上雪》是，"……周缚是浪中孤木，年年像一尊泥人。大浪滔天，她死死绞住浮木，只害怕跌入深海……"《借月》则是，"……如果我要选择一种死法，一定是死在海里。'爱河欲海'，典籍中由来的晦涩词语始终留有乱码，必要经受一场折磨方能解码。这一次，本该溺死他的那片海，活了过来。"

顺带一提，"周缚"和《毗舍阁鬼》男主名"周复"撞姓，名同音。

余下的便是一些重要场景句对句、景对景的"解码"，做起来比较简单，她都留给网友来完形填空——如果网友还需要的话，如果不够"石锤"她的话。

这一份调色盘，陈纵直接匿名发到那则帖子下，标题为："我先抛砖引玉一下。"

做完这一切，她没再上网查看回帖，安静地做自己的事，等着事态发酵。

礼拜五是个阴雨天，宜码字，不宜伤神。

陈纵花了一上午时间完稿，邮件直发老板，抄送黄主编。她长长地松了口气，忽然想起一个礼拜没动静的编辑群。她想了想，随手转发了一条名为"不是吧我的奇葩同事们竟然……"点开实际为"……不知道深市有家两块钱就能到手的奶茶外卖"的标题党文章到群里。不知道她们点没点，反正没有人回复她。

但做完恶作剧的陈纵很快乐，颅内几乎脑补一场自己丢了个包袱进游泳池，众人煞有介事叫来拆弹专家，结果拆出一包生龙活虎小龙虾的大戏。

陈纵为此笑了一整个上午。

乐极生悲，本来在鸵鸟的陈纵，一不小心点开 99+ 的微信，立刻看到置顶之一的天明哥转发给她的一条名为《最全吃瓜陈纵汇总帖》的微博过来，给她发消息打了三个问号。

事态看起来还蛮严峻，陈纵迫使自己点开看了一眼：

1. 三试北电落榜？才女人设崩塌！最全指路➡帖子

2. 托雷德导演亲自录取系外 master（硕士学位）名额！USC 停课调查

通知！最全指路➡校友爆料

3. 你的背景究竟是谁？新入行小编辑辱骂冲撞编辑组主编。指路➡本帖38楼回复层

4. 重磅消息！融梗？抄袭？2019年12月出版的《山上雪》连环撞梗2019年2月出版的《借月》，作者陈纵曾在节目上自暴是陈老师铁粉。最全调色盘汇总帖➡帖子

5. 渣女？前男友爆料无缝衔接。指路➡帖子

6. 张雅骢道歉，口碑反转。"正声雅音"粉洗白澄清反转帖，可信度不高，可以看着玩。指路➡反转帖子汇总

……

林林总总，差不多总结了陈纵近七八年的生平。

陈纵没有理会，和谭天明问好，又问他：我哥最近在做什么？一点动静都没有。

谭天明回：新年团聚嘛，按惯例这个时候会和陈老先生去石澳待几天，陪他妈妈过。

陈纵问：他们不住一起吗？

谭天明：华姨有旧疾，这些年一直独居石澳。

陈纵：什么疾？多久了？

谭天明略过第一个问题：快有十年了吧。

陈纵：哦。

谭天明：你不关心你自己的问题？

陈纵想了想，引用那条汇总帖回复：我觉得写得挺好的呀。以后写回忆录，都不必自己回忆，直接来翻这帖子，多省事。

谭天明直接说重点：八卦无关紧要，主要第四条融梗，私德有亏会被删除电视画面。

紧跟着第二条消息：我本想直接把帖子给你删掉，但这是什么意思？

下面是一张截图，显示，调色盘发帖者IP地址是深市罗湖区五湖小区

×栋1102。

陈纵讲：我哥名气大，蹭下他热度。

而且她总有理：只要他不起诉不回应，我怎么都没事。

过了一阵，谭天明才回：我不是很理解。你一个女孩子，就真的一点都不在乎形象口碑？

陈纵讲：这个年头，流量王道嘛。

谭天明反复"正在输入……"，许久才打出一行字：服了你们姓陈的，一个无所谓，一个联系不上，我在这急什么？

陈纵哈哈笑起来。

过了一阵，陈纵又收到一条谭天明发来的消息——妹妹，我不知道你究竟想要什么。既然你不讲，那一定是我帮不上忙的。但你反复折腾自己的口碑，借黑历史炒作，是很危险的行为……哪怕背后有整个团队的幕前巨星，也经不起你这样折腾。天明哥劝你三思，有事回电，随时待命。

之后，他像是想给她思考的时间，再没有发消息来打搅她。

其他人的消息陈纵也没有再看。

几条QQ消息弹了出来，是《山上雪》的编辑老师。书马上迎来五年再版，之前陈纵才和这家公司又签了续约合同。

编辑老师联系她，是因为再版对男主"周缚"这个角色改动很大，想请陈纵写一篇简洁的再版自序。送审也在同步进行，这样可以趁节目收尾和影视宣传的双重热度，带飞图书销量。

编辑只提了一句"掉马甲"，并没有说到网上呼声更大的融梗事件。或许她没有看到，又或者是出版社也不那么在乎。

陈纵不愿过度揣测。

编辑要"尽快"，问她最快多久能给到。

陈纵回：明晚。

编辑都震惊了，三个感叹号回复：好！！！

开写前，陈纵又多嘴问了一句：《山上雪》第一版销量多少册？

编辑讲：算上一次加印，先前几年有二十万册。节目播出这一个月以

126

来有两万余册，之后只会越来越多。

过了一会儿，陈纵忽然又问：陈金生"沧海十部曲""万年六部曲"呢？

编辑业务也算纯熟：有记载的《山谷风流词》单册过千万，早年盗印、手抄，不计其数，保守估计也以十倍计。销量最少的《鸠盘茶鬼》，也有三百万册记载。外文翻译，海外销售，甚至都不必计算在内。哪怕陈老过气，现如今，套书月销量恐怕也上千上万。唉……有时候都感慨，什么时候能签到一个陈老啊，让我也沾沾光，跟着鸡犬升天，光宗耀祖。

陈纵唆使：等陈子夜老师的书版权到期，去签他个三五本。

编辑打了个"哈哈"的表情：小陈老师啊，小陈老师的书叫好不叫座，实在不好卖。

陈纵问：为什么啊，《借月》舞台剧都是大学必修了。

编辑讲：《等待戈多》几十年也没见人买啊。等录入高中、大学教材，吃上公粮，就更不用买了。但小陈老师的书太禁忌，又不好录，处境尴尬得很。这两年拿奖呼声高，过些年拿个奖就好卖了。但那些著名的普世奖项，获奖者平均年龄，恐怕是五十岁往上吧？

陈纵不愿再回复了，看着信息发了一会儿呆，索性直接将家里的网断了，方才耳根清静。

她打开 Word 文档，刚想起笔，忽然想到谭天明刚刚发给她的帖子。

前头二十年懵懵懂懂，情窦初开，一本《山上雪》林林总总便能概括。之后七年，她在人间疾风劲草地奔走，生出了一身血肉……这节目，这帖子，也的确将她后半截人生传记写尽。

她将自己所有污点呈上燔祭供为谈资，自此她在这世上便透明了，是一只玩具店橱窗里人人可以把玩的水晶球。但一定不会有人知道她这样做是为了什么。

于是陈纵觉得，她有必要先说说自己。

自序的开头，她这样写：

众所周知，《山上雪》这本书是 Bad Ending（悲剧），但第一次写出这个结局，于我而言，却是一次极痛快的经历。因为从提笔，到流畅地收束全文，我都没有办法经由二十三岁的我所认知的世界，来理解"周缚"这个人的一切行为，更没有办法理解他在书本末尾对年年突兀的情感变化和随之而来对感情的抛弃。所以，我在他"渣男"的身份上，套上了某种罕见绝症晚期病患的身份，来粗暴地BE了这个故事，以成全他以及这个故事看似美好永恒的形象。

二十五岁，因为缺乏电影业内权威人士的推荐信，我第三次落选了北电导演系的研究生。那时我手上因出版而有了一些积蓄，很潦草地报了个为期半年的语言班，准备边读语言、边申请物理专业的一年制硕士。也就在那时候，某一天，我在从市中心开往北好莱坞的 Red Line 上和一位老先生相谈甚欢。我和他聊文学，聊电影，聊三次落榜，聊我喜爱的书，和我自己现在回想起来像一坨狗屎，却十分畅销的言情小说。他问我："你认为你这本小说成功的原因是什么？"我回答说："是 Bad Ending。"这里的 BE 是双关语，一指我本人一场极为失败的恋爱，二指《山上雪》这本书结局的 BE。当然，那个时候，我还不知道他就是那个即将改变我职业生涯的男人——三座奥斯卡，十一次提名，因一九九〇年电影《黄金时代》而享誉国际的导演托雷德。那天结束，我问他索要联系方式，因为他是我遇到的唯一一个肯耐心陪我练习英文，却不会在喝咖啡时对我发出性暗示的男性。而他回以我一张名片，告知我："如果想要继续学电影，发邮件附上简历三件套。"

请容忍我的跑题。说回 BE——在我二十岁出头的年纪，也很肤浅地喜欢追逐热门，理所当然地觉得，一场戛然而止而我没有尽兴的恋爱，是"我被渣了"。因为我自小见过极有天赋的写作者，所以我很早就意识到，在写作上，我是个粗鲁的庸人，属于那种典型的"感情充沛有余，而天分不足"的写手。我爱上一个渣男，然后我被他渣了——这段伤心欲绝的经历，激荡起我的感情。于是我落笔去写，竟偶有一两句肺腑之言尚算可圈可点，好歹并非一无是处。充其量卖出三千册供出版社勉强回本，在签约出版时，双方均没有抱太大希望。岂料在第二年赶上 BE 文学大火这趟车，销量一飞冲天，竟已能供我自强自立，不至于在异乡流落街头。

书本因 BE 在销量上偶然的成功，我至今仍旧懵懂。天意难测，这不是我可以主宰的命题。但是对于书本本身，我却是可以做主的。某一天，我突然醒转过来——不是这样的，这个故事不是这样的。这个故事它从头至尾就不是我理解的那样，而这个结局，也不该是如此俗不可耐的 BE。

请允许我再简单地说说我的父亲。他生得磊落潇洒，十八岁考上军校做了军官，三十岁转业做了警官，是当地极富盛名的"老帅哥"。他因颇具威名，而颇具权威。从小到大，周围男女老少，遇事皆要听他做主。习惯了这样形象的父亲，后来有一天，他老了，带着羸弱伤病，遇上麻烦事也需询问我的意见，不再发号施令，垂垂老矣，不再权威。权力地位一旦更改，我已经可以和他面对面交谈，幼年时他的"暴政"带给我的阴影也随之渐渐消散。

也就是那个时候，我才又想起一件令我恐惧的事。我的父亲是个普通父亲，普通的专治；我想到这世上有一种父亲，是封建的帝王，是集权的暴君。帝王不死，他在他的王国里永远不会老去。他永远权威，永远正确，在他的专治之下，旁人一辈子无法翻身。

这本书不是对失败感情的祭奠，而是对周缚的第二次认识——这是我决定重写周缚这个人物的起因。

我要讲男主姓名来源。《毗舍阇鬼》这本书开场北宋便已覆灭，男主周复的爹爹历经王朝更迭、帝王换代，选择做完颜氏的走狗。完颜氏看上他娇滴滴的汉人妻，他当即将妻子送上帝王床榻，不妨碍接着对帝王和宠妃——他从前的枕边人奴颜婢膝。周复借父亲之便，纠结党羽刺杀完颜氏不成，父亲为息帝王怒火，大义灭亲，将他去了势送入宫，在帝王眼皮子下接受监管。这对女真族来讲只是听过却从未见过的新鲜的汉人内侍，立刻变成被玷污的前朝化身，变成完颜氏爱赞的"江南"，变成玩意，被母亲眼睁睁看着，被一众皇子皇孙争先恐后地衮逗，包括她所出的皇子……

这样的故事，对我造成极强的冲击。那个年纪，理所当然地觉得这世界是个打坏人的游戏。从未想过，恶意可以来自亲缘。从未想到，能真正伤害到一个活生生的人的，是不爱的血缘和无情的命运。从未试想过，活着就是这样一场旷日持久的强暴，像《毗舍阇鬼》这样单刀直入，被不爱的血缘和命运所共同的强暴。那时的我何尝懂得这种强暴？充其量只会觉得这情色艳而不俗，不论我如何描摹那种笔触，永远遥不可及。

还未身心成人的周复，却早已经历无数遭真正的凌辱。理想破灭，身心双死，我想到这一点，便想到他不该叫周复，他应该叫周缚。而我了解周缚的过程，是我这庸人，以随着年岁渐长一点点累积的人生阅历作为剪裁器物，对他一层层抽丝剥茧来完成的。

这是十四岁的子夜的自传，陈纵二十四岁方才看明白。

她想了很多很多，混乱地回忆着，渐渐快要失去提笔的力气。

鸠盘荼鬼和毗舍阇鬼都出自《法华经》。就连陈纵也一度以为，子夜这样起书名，是在蹭他爸爸的热度。

后来她读《笑林广记》，薛道衡去南朝做使节，寻经问道拜访南朝佛寺，僧人大声读《法华经》的一段，"鸠盘荼鬼，今在爷门"。薛道衡立刻反引《法华经》，"毗舍阇鬼，乃住其中"，来反驳僧人的侮辱。

陈纵这才知道，原来书名是一场讽刺与斗争。

她想到子夜被几本周刊评为"二十一世纪最有潜力青年文学家"，电视台采访陈金生，说他虎父无犬子。

陈金生几乎是从肺管里吭出一声笑，讲："作那种淫词艳赋，不如去写歌词。写到黄霑那种水准，黄伟文那种热度，出本杂文集，不比现在沽名钓誉？"他太会为子夜规划路线。

有一年，她看到港市一则旧新闻，披露子夜姑姑陈沪君和谭天明的矛盾。起因是一次谭天明讲小时候没少被两家长辈折辱，幸好他心大，皮实，长大了也理解："他们不懂做父母，又第一次做父母，难免出差错。"

陈沪君一听，便发了好大火，写檄文辱骂谭天明，讲他从小待在英国，假期回来中文还是自己给他补习的。说他从小含着金汤匙出生，吃穿不愁，周游世界，衣来伸手。调皮捣蛋的小子，自小都是要挨打的，不打不老实。谭天明这样，就是打挨少了，否则不至于十五岁被英国学校开除回港市，十六岁跟人争抢女明星当街遭毒打，还累得他老父亲为他奔忙。这样幸福的新一代，倒无端批驳起我们这些吃苦长大、为他们筑堡垒的前辈来。

谭天明便也回敬一篇。

"我爸忙做生意，假期常托沪君姑姑管教，自此没少挨藤条。有一日您弄丢了签支票的章子，便觉得一定是我这'含金汤匙'的给弄丢的。我那时不懂，只知道沪君姑姑对我好大的火气。我也不愿招认，便硬着头皮受着。那藤条也好长，折磨我一夜遥遥无期。后来我从了这行，看了些八卦，方才晓得，姑姑朝我发泄的哪里是我的错事，是她自小吃的苦、情路失的意、未婚产的女、婚姻不顺遂、命运捉弄人……一切事事不如意，皆要借由这荆棘遍布的血鞭子，打到我们这'含着金汤匙'出生，豪车出入，'顺风顺水'长大的，令你无端嫉恨的晚辈身上。单一个不够，我避居海外，便轮着子夜。子夜一走，我失学回国，好巧不巧，便又轮到我。"

我想起张爱玲讲，"近代的中国人，突然悟到家庭是封建的余孽，父亲是专制的魔王，母亲是好意的傻子"，我想起她还讲，"中国人爱繁衍，像鱼一样大量产下鱼卵，可是大多数幼鱼只是被吃掉的命运"。

我想起卡夫卡。格奥尔格和父亲说，我要去参加朋友的婚礼。这只是一件无关紧要的事，却诱发父亲一系列的暴起辱骂，怀疑他没有这个朋友，要他证明确有其事。最后在暴怒之中，叫格奥尔格"我判你死亡"。格奥尔格于是冲出家门，冲上大桥，从上头一跃而下。讲卡夫卡的老师的点评我仍旧记得——格奥尔格的死亡是以对血缘的斩断来获得一种复仇的快感——你要我死，我就真的死给你看。哪怕从《变形计》中，也可以看出，卡夫卡自始至终都活在身材高大、凶蛮暴力、拥有绝对权力的父亲的阴影下。所以在《致父亲的信》中，他才会写，"我看您获得了所有暴君所具有的神秘品质。因为您，我丧失了自信，反过来，得到的却是无尽的内疚感。"

我看过的一切经典，都在我认识他的过程中，渐渐开始解码。

小时候，我很容易喜欢上恣意张扬的叛逆少年，用现在的话来说，就是二流子。我也很羡慕小时候我的一位肆意妄为的女性朋友，有一次我这么告诉她，她以为我在凡尔赛。

131

"只有我们羡慕你们的份。你们这种家庭幸福、有人疼爱的乖宝宝，不知道有多叫我们这种没有爹妈管教的野种羡慕。"她这样质疑我的用意，"你们又有什么好羡慕我们的？"

过了很久，到美国之后，我才想明白，我之所以羡慕，是因为他们和在白人社会长大的小孩一样，都长了张"没有被人欺负过的脸"。

可是，从小没有人疼爱的小孩，有什么好"没有被欺负"的？

一切回到故事开篇。周缚的母亲看到十三岁的年年在读《飘》，在饭桌上忽然当众讲："我知道你看这本书是在看什么。"这本书里，当然有大量性爱的描写。可在那句话里，仿佛最让年年难以启齿的两个字，性教育缺失下谈之色变的两个字，就是那本名著的全部。年年该反驳什么，可是羞愤与耻辱的双重打击，让她面色通红，一句话也说不出。她向父亲寻求援助，父亲却也是爱人的帮凶，笑眯眯地讲："想看什么，也无所谓啊。"年年大受打击，愣了好久，只觉得受到了一场精神上的凌辱。周缚吃着饭，很直白地讲了句："为性爱描写看名著，也没什么好值得羞耻的。你们大人想说的，是不是这个？"那是很脏的一句话，由独属于少年的清澈嗓音讲来，却分外干净。那句话，为年年筑起防御的堡垒。

在第一版中，我写："那句话拯救了年年。她第一次觉得，周缚好像也没那么讨厌。"而如今，我从周缚视角出发，想他当下决定去讲那句话的真正用意——他何止救了年年？他下意识里想要去救的，是曾被十倍百倍凌辱过的自己。

周缚救了年年。没有人可以救周缚。

陈纵回想起排演学生剧目的时光。"你"应当从台阶处走到阳光下，"我"应当从阴影中站到她的影子里……某一天，陈纵脑中的线索渐渐连成一条线。她终于在认识子夜的过程中认清了自我，也在认清自己的过程中认清了子夜。

台上演员笨拙地演绎，灯光缭乱地追随，陈纵的思绪竟在这一片混沌里渐渐清明。

我混乱地回过头，第一次终于和黑暗之中那双眼对望，第一次终于读懂了他想要对我说什么。

而所有所有谜题的答案，都已经写在再版的书中。

陈纵很狡黠地留下一个可大可小的悬念。

这些年，陈纵也交往过一些男友。想证明的无非是，我也不是非你不可。

都不对，都不对。

到头来证明的却是，只能是他，非他不可。

她将一辈子去寻找那一夜。

外头暴风骤雨，陈纵开了扇窗，安静地落笔。

你看，她的三俗小说，总算也有了一句总结陈词。

第六章

东西为横，南北为纵

港市一月不太会有这样的大雨。气象台却发来黄色预警，大雨将持续一小时四十五分钟。

邱娥华在石澳的那个房子，几间屋子的窗都可以看到海。她在厨房做饭，陈金生在餐厅读报。菜都很清淡，独一味尖椒炒肉口味重，将陈金生呛得不住咳嗽。

海面深暗阴沉，预报了晚些时候的天气。海和天在窗户里，像一个流沙相框，天的灰沉淀在下半页，于是浅了些。

子夜到楼上接了个电话下来，邱娥华立刻问："谁？"

"谭天明。"子夜答。

"成日黏在一起，拍拖啊？还是签了你做艺人？"

"我都几岁了。还没等捧红，转头发福秃顶挺个大肚，拍个电视剧要逐帧P，天价砸下去，粉丝偷拍真人，当即吓到半死。"

邱娥华没想到自己随口一问，而他有这么多话接："你这小孩脑子有毛病啊，新年第一天，又咒你自己，又撑你妈，总没点好话。"

"间歇性精神病是会遗传的，"陈金生趁机讥讽，继而微微眯了眼，打量邱娥华，"给你看病的医生没给你讲？"

邱娥华被他看得发毛，避开视线，转头走开。

子夜安静地经过餐厅，没多话。

邱娥华却撵上来，问："你也有病啊？"

子夜笑着讲："不敢。"

陈金生喝口茶："听说你被抄袭。"

子夜回忆了一下，什么都没回忆起来，疑心自己失忆，或者比陈金生还落后于时代。

陈金生哼笑了声："那种亵语、狎词，也有人抄？论起来，官司都不好意思打，法官当庭宣读，以为动作戏指导现场。呵，罢了吧。"

子夜没作理会。

外头已有汽车声。子夜穿了鞋，正好门铃响。一打开，谭天明掸掸衣服上的水，立在门口给陈叔、华姨问好。邱娥华问做什么，谭天明讲，带他处理点公务。

旋即，谭天明拾起门口的大黑伞，堂而皇之地将子夜领走了。

邱娥华回头："又不是一家公司，过年也一齐这么忙？"

陈金生讲："交女朋友了，不知道？"

邱娥华问："谁讲的？"

陈金生道："戴英。"又摊开报纸，"还有狗仔。"

邱娥华凑过来看。低像素的照片，家里车牌的车，中环醉酒的女郎。她眉头紧蹙，视线良久落在那张被放大的脸上，仍有些惊疑不定。

车开出去一会儿，大雨立刻滂沱地砸落下来。雨刮器忙乱地摆动，整辆车变作一艘乘风破浪的汽艇。

谭天明讲："你人气高，路人缘又好。出这事，网上骂得厉害。"

子夜没答，接过谭天明的手机，阅读一篇被全网关注的博文。

整个图文字很小，做得五颜六色花里胡哨，还裂了好几张。左边一格是《山上雪》，中间一格是《借月》，右边一格是总结。标成同色的字，就是极为相近的一句话或者动作。

打头第一行总结就是："'船戏'的开头，都是男主去找女主，女主去水房烧水，回来发现男主站在她书桌前，阅读她手写的意淫男主的'船戏'。"

第二行总结："都是女主尴尬、茫然、不知所措地呆立在原地，然后男主率先有了动作，主动走向女主……"

子夜特意看了一眼左边方格里女主的心理描写。

"……周缚放下笔记本，从书桌前走到她面前的整个过程，就是她懂得书中一切男欢女爱的总和。年年脑中炸响烟花，如同解开最难的那道算术题一样懂得了爱。"

第三行，是"男主主动的吻"。子夜直接看左边——"那个吻就这么落下来，从额头，到眼。'然后是哪里？'周缚望着她，好似真的在问，好似真的不懂。他真的很懂怎么勾人。"

第四行，都是男主自称或对方称之为的"粗粝直白"。左边写着——"她要感谢周缚此刻是个简洁直白的周缚。写风流文字，落到实处却万万作不成一桩艳赋。也感谢他这种直白，任何时候都有一种一针见血的性感，残忍的性感。"

……

子夜微微笑起来。

谭天明叨叨个不停："……这种东西，没有经验，起初总会仿写，有什么的？而且你是她哥，她仿仿你怎么了？好吧，虽然别人不知道。现在网上的人，也太会小题大做。你爸爸书里最经典的一些桥段，我都能讲出好些个出处……不得不说，网络环境还是对女人太差太苛刻……你不必理会就是了，当事人不追究不在乎，风头一过，也就没事。"

子夜问："几天没联系上她了？"

"三天。"上了大桥，谭天明并入车流，艰难行进了一会儿，他想到什么，又讲，"或者，你可以说，你不在乎这件事。只要你还能写，就真的无所谓。"

子夜无语。

"这样转移注意力，大家都会跑来问，"谭天明拉尖声线，"新书在哪里呀？催更催更。"

子夜偏过头，望向风雨中的海港，懒得理会。

"好吧，开个玩笑，"谭天明真的有在认真想办法，"最好最好，你就说，天下文章一大抄，没必要为这点小事而扼杀创作。何况'船戏'这种东西，花样变来变去，终归也就这么点步骤。"

子夜问："你认真讲？"

谭天明叹口气："认真讲，你最好什么都不要讲。热度已经这么高了，你再点火，啪——越闹越大，局面只会更难看。"

想了一会儿，谭天明又想到什么，问子夜："圣诞节你们是不是吵架了，之后她有主动找过你吗？"

子夜讲："没有。"

"她也不是个小气人，"谭天明想了一会儿，仍忍不住好奇，"你说了什么将别人气成这样？"

"没讲什么，也许她只是这阵很忙。"

"忙到三天不看手机，节目方通告也不理？你当人人跟你一样，是个非社会人？"谭天明看他一眼，很想说，知道你从不主动，但偶尔偶尔，对于真正关心的事物，是否也可以破一次例？但他终究没讲，话到嘴边，连自己都觉得残忍。

"她很好，我知道。"子夜意识到他想说什么，"很多很好的东西，我都想拥有。早几年你问我为什么不养宠物，我告诉你是不喜欢。只要养不活，便是不喜欢。我记得后来你没再问过，应该也意识到这问题很残忍。"

他话不多，不开口时原来在磨刀，趁你不备给你一下子。有时宁愿他不讲，留着去写书，去伤害一整个世界的人，要死大家一起死。

谭天明胸口无端觉得闷痛，再不多话，闷头开车。

陈纵家门口聚了一群年轻人。邻居举报给物业，物业上来看了好几次，以为是什么作案团伙，看打扮气质又都不像，几次开口都欲言又止。从没见过一群穿奢侈品的团伙，倒像是要在楼道里走秀。

最后还是一个漂亮的女孩子开口："我们朋友受了点刺激，好几天没消息了，师傅，您能帮我们想个法子进屋看看她吗？这点小事，非亲非故的，我们总也不至于去报警。"

过了一会儿，物业上来讲："没事，电表、水表跑着呢，快递也下楼取过。"

几个人总结："果然在家自闭。"

Amber 道："电话总也要回一个，大家多担心啊。"

许瑞讲："她看着大大咧咧，没想到这事对她打击这么大。"

Chris 第三次问："我们等在纵家门口，是不是不太……得体？"

钟颖皱着眉头："明天晚上演播厅补录，你们几个这么远都从地球另一边飞回来了。我个人 PD 都讲，无论如何不能缺了陈纵。"

群名被群主钟颖改成"寻找最热辣的女人"。陈纵喜欢自称辣妹，以为这么一改，她会立刻跳出来认领，结果没有。

陈纵黑热搜最多的时候，张雅骢趁火打劫，发了道歉声明和还款证明，表明自己爸爸已在陆陆续续赔偿受害者家属，再三为他的"不专业"道歉，声称，"未来三年我的工资也都将捐给慈善机构"。

这一波声明并没有为她拉来多少好感，反倒火上浇油，被网友怒批——**两个都不是什么好鸟，以往几季是男的出事，这一季是女的出事。恋综筛人能不能再严格点？**

微博发出半个小时后，张雅骢的微博被钟颖勒令删除了。

刚刚上楼之前，潘鸿宇随口提了句，说周正歧不该在节目里扒陈纵马甲。周正歧立刻火大，说一开始拱火的不是你？我又怎么知道后面能有这么多破事？

潘鸿宇听到"破事"两个字立刻黑了脸，质问他，所以你是真觉得陈纵抄袭？周正歧不答。潘鸿宇道，你不配来这儿，继续回你的张雅骢身边去吧……两个人差点在楼下打起来，现在还在气头上，被迫分到两个车子里静思己过。

钟颖看得都有点羡慕，心想，陈纵也不是很美啊，怎么走到哪里都闹到有男人为她打架的地步？

不多时，陈纵的电话终于打通了。

"我很好，就是有点累，"她的声音听起来异常虚弱，"明晚？明晚可以的，不会缺席。我再休息一天就好了。"

大家都松了口气。

钟颖又讲："大家伙这两天都回了深市。最甜小情侣给你带了点礼物，欧洲特产，火腿、羊奶酪、红酒之类的，也不知道你爱不爱吃……还有盒哈瓦那雪茄，你知道是谁送的吧？"

陈纵甚至没有力气笑："谢谢，谢谢你们呀。"

钟颖讲："宝贝，你就好好休息，我们先走啦。有事群里发消息，明晚需要开车来接记得提前讲一声。"

挂了电话，几人正准备乘电梯离开。电梯门开，出来两个高个男的，差点和众人撞上。几人避让了一下，钟颖下意识地抬眼一望，又一望，忽然定住脚步，顷刻间拿双手捂住了嘴。

Chris 在队伍最末，见两人走到陈纵门口，留意了一下。

其中一人摸亮门锁，低头在手机上查看。

Chris 好意提醒："这是 1102 号。"

两人都回了头，查看手机的那个点点头，道："谢谢，我知道。"

Chris 和 Amber 正在狐疑，用英文沟通："好眼熟啊……"

对方也在打量众人。

钟颖率先爆发出一声尖叫："谭老师！陈……"她仍有点不敢相信，以至于结巴，"陈老师？"

话一出口，她惊觉自己太吵，立刻又将嘴给捂上。

子夜点点头："你好，电视上见过。"

谭天明也致以和善的微笑："你们好。"

被陈纵的朋友们当场认出，围观之下，两个大男人莫名都局促了起来，低头对着一个小小门锁密码研究半天，仿佛在排除炸弹，开始互相推诿。

谭天明讲："子夜，你快开门。"

子夜束手无策："我又没有解锁码。"

谭天明低头在他耳边小声说："密码是你微信数字前六位。"

"不是，"子夜简直无语，伸手再次摸亮电子门锁，"有必要吗？"

"有必要，这事还是你来做比较合适，"谭天明仿佛窃贼头子，在子夜耳边嘀咕完，扭头冲众人介绍陈子夜，"陈纵她哥来看她。"生怕坏了陈纵的名声。

电梯口众人翘首以盼，半晌，电子锁全盘跳绿，锁舌转上滑轨，"嘀嗒"，防盗门自动弹跳，开出一条缝。

子夜走进黑洞洞的屋里，回头看一眼。谭天明把守在门口，一副没有主人邀请，自己不方便的样子，示意他自己进屋找人。

子夜盯了他一眼，给个眼神让他自己体会，转头进了卧室。

谭天明背后响起一阵恍然大悟的窃窃私语。

"陈！"Chris 第一个反应过来。

"都姓陈，我怎么从没想过。"

"长得也有点像……"

"也没听她提起过。"

"真是太不够意思了。"

"现在去要签名，会不会太唐突？"

"没事，总有机会，明天又能见到。"

"实在不行，以后随时问陈纵要。"

"幸好周正歧没上来，不然他这会儿应该正在发疯。"

"双陈合体，你以为潘鸿宇就不发疯？"

"一家人不写两家故事，我就说，陈纵这心性，怎么会抄袭？原来是这样……"

"……"

钟颖一直没讲话。她低垂着头，脸色发黑，疯狂打字辱骂陈纵，美甲在屏幕上敲得噼里啪啦响。众人侧目看着，总觉得这趟电梯下去，指甲和屏幕总得碎掉一个才罢休。

陈纵卧室窗帘没拉，开了扇窗，映了街灯，倒比外间亮，隐约可见扭拧的薄被里有个蜷缩的轮廓。连日刮风下雨，桌上都积了摊水，A4 纸被吹得满屋子都是。

子夜去关窗，又将屋子简单收拾了一下。手机屏幕适时亮了一下，子夜回头，发现她探出只手，保持抓握手机的姿态睡着。他想将手机给她搁在柜子上，一回头，发现她看着自己，不知多久了。

你还好吗？子夜想这么问，这样得体地问，话到嘴边，仍旧变成了："第几天？"

"第二天，"陈纵答道，几乎是气声，清清嗓子，又解释，"昨天晚上熬通宵交了稿，睡前发现来了。"

"吃东西了没有？"

陈纵点头："吃了薯片。"

子夜无奈："想不想先喝点糖水？"

"好。哥……"陈纵欲言又止，声音渐渐小了点，"能不能顺便帮我从阳台的衣架上……拿条内裤，再取条干净裤子？我穿的纸尿裤睡觉。"

子夜讲："好。"

听见客厅响起动静，谭天明望过去。子夜径直拉开客厅玻璃门，在阳台晾衣架上先拽了条顺眼的厚长裤下来。随后，他又艰难地找寻着什么。

环形挂钩上花花绿绿，从鹅黄色小鸭棉质少女款到蕾丝边镂空真丝性感款，应有尽有，款式跨度极大。

子夜一阵头痛，从黑色里挑了条比较保守的，卷在长裤里，转头进屋。

陈纵已经趁机进了浴室。里头有水声，但门没关，开了条缝。子夜敲了敲门，给她放在门边脚凳上。

陈纵应了一声，答："等我一下。"

子夜靠着墙，问："不疼了？"

陈纵声音模糊地传来："你们来之前，她们给我打电话，刚好吃了八片止痛药。"

子夜像是没听清："几片？"

"八片，"陈纵刷着牙，"能管一两个小时。机会难得，想趁机吃点东西。"

"是不是太多？"子夜讲，"至多不能超过六片。"

"以后不会了，我从昨晚险些痛晕过去开始就暗暗立誓，要找个家里有医生的男人当男朋友。"

"嗯。"子夜语气没什么变化，"已经有发展对象了？"

"周正歧家里是开医药公司的。"陈纵这么答道，接着又问，"哥，就我们两个人吃饭吗？"

"不是，还有天明。"

"哦，那我还是洗个头吧，如果就跟你吃，那我就不洗头了。"

谭天明远远听见，讲道："跟天明哥吃，也不必洗头——"

陈纵拒绝："万一哪天我俩看对眼了呢？你会想起我今天蓬头垢面，头屑掉进菜里的样子。然后你就会想起余生，你都要和这样一个女人过，真是窒息。我永远要为自己留个后手。"

谭天明笑得不行。

子夜又问："想要吃什么？"

"全家关东煮。"

子夜讲："一会儿洗好，直接去全家找我们。外面很冷，穿暖和些，不必出公寓楼。"

听见她答："好。"

陈纵穿着毛茸茸的兔子拖鞋到社区全家时，里头只有谭天明一个人。今天关东煮卖得好，不剩什么吃的。刚下班过来的年轻人也不少，谭天明怕她来时吃不上，索性将剩下的全买了，连汤装了两盒。陈纵赶巧，一来就吃上温热的萝卜。

她吃了一会儿，方才问："我哥呢？"

"给你买糖水去了，"谭天明打量她乌青的眼圈，和过度缺乏睡眠而略显亢奋的神情，"刷手机刷到失眠了吧？"

陈纵没有否认。

"说不在意，看到那些难听的话，是不是也控制不了会伤心？"

"我这三天只睡了两个小时，"陈纵如实相告，"嘘，别跟我哥讲。"

谭天明叹口气："……你到底在想什么呢？"

"秘密！"陈纵摸摸口袋，"哎呀"一声，"本来想让他回来路上顺便帮我捎点东西……忘记带手机了。"

谭天明问："想要什么，我跟他讲。"

陈纵盯着他，眨巴眼，再眨巴眼。

谭天明立刻会意，问："这里没有吗？"

陈纵讲："这家两天就被我买光了。"

谭天明道："没事，一会儿让他再带你跑一趟。"

两大碗关东煮转眼吃光了，看来她果真是饿了好些时候。

陈纵亢奋过头，喋喋不休说个没完："……我给你们买了新年礼物，快递堆了一大堆，没有力气拆……本来该今天给你们……但无所谓，反正明天也能见到……我挑了好久呢……什么叫客气？天明哥太客气，别看他们骂我骂得爽，我躺着日进斗金……心里想着有钱大家一起开心……"

谭天明渐渐听到涣散，终于出言劝告："你最好还是戒两天手机。"

子夜收到谭天明的信息，将车停在路边等两人。不多时，他看见陈纵跟在谭天明后头走出来，嘴里喋喋不休。

谭天明一耳朵进一耳朵出，主动坐到后座。

陈纵看了一眼驾驶室，也主动坐到后座。

谭天明一时语塞，又下车坐上副驾驶室，嘀咕道："你俩闹什么别扭？"

陈纵今天势必不会让一句话掉到地上："别扭？我们兄妹关系好着呢，从不闹别扭。"

子夜闭上了嘴。

陈纵偏还要问："是不是，哥？"

气氛很差，谭天明立刻看了子夜一眼，见他神色如常，便没说什么。

小区出门转角有一家便利店。

下了雨，店面门口排水管出了问题，积了好大一摊污水。陈纵推开车门时犹豫了一瞬，立刻听见子夜问："要什么？我去给你买。"

陈纵从后视镜盯着子夜看了一会儿，很淡定地讲："大杯拿铁，两包1966。"

子夜问："1966是什么？"

谭天明道："一款烟的牌子。"

子夜沉默了。

陈纵讲："那我自己去。"

子夜看她一眼，推门下车。

陈纵坐在车里，眼神瞟了出去，停在灯火通明的便利店窗玻璃上。过了一会儿，子夜拎着袋子出来，径直走向后座，拉开车门递给她。

子夜坐回驾驶室，启动引擎，才说："不是肚子疼？少吸一点。"

陈纵讲："管我做什么，又不是我男朋友。"

知道她心里有气，子夜没有答，不去煽风点火。他太知道怎么躲避灾祸。

谭天明想讲两句玩笑话，回过头，看见陈纵脸色也不好，心里大叫糟糕。

陈纵恍然大悟，好像第一次知道："哦，你是我哥。"

子夜平静地开车，好像只是听到句无关紧要的话。到了目的地，子夜缓缓停在路边："陈纵，你到了。"

陈纵收敛好情绪，推开车门。车停在屋檐下，车轮刚好越过湿漉漉的地面，一下车便能踩在干净的地上，几步就能到电梯口。

她回望子夜一眼。他本目视前方，觉察到视线回头，与她对视。

"我最后问一次，"陈纵开口，"你把我拱手送给谁都行，反正不能是你，对吗？"

子夜听完，脸上没什么表情，视线在她脸上停留了一下，才说："你该好好睡一觉。"

陈纵点点头，关上车门走了。

车却没有立刻开走，两个人目视着她走进楼道时，陈纵忽然又折了回来。

她敲了敲驾驶室的车窗。

车窗降下来。

陈纵微微躬身，以便能看清他的脸。

"不是小孩子了。当初……你怎么不说不是小孩子了。"陈纵的口吻也如子夜一样平静，还带着些微嘲弄，"转头就当没有发生过。哥？你开什么玩笑。"

子夜没有动静，谭天明心中骇然，倏地望向陈纵，更不敢有动静。

"我不管你经历了什么，"她讲完话，轻轻捶打了一下车框，像泄愤一样，眼眶红透，声音也有点颤抖，重复了一遍，"陈子夜，不管你经历了什么，你怎么装得好像这一切从没有发生过？"

她讲完这话，好似不再留恋，掉头离开。

子夜过了一阵才收回视线，慢慢松开刹车，将车滑了出去。

"你还好吧？"谭天明见他眼神如同失焦，小心问道，"我来开？"

子夜摇头："没事。"

夜里路上没什么人，子夜车也开得很稳，方向盘却越握越紧。谭天明不敢讲话，更不敢打断他，眼睁睁看着快到口岸时，前面有个掉头提醒，子夜忽然猛打方向盘。

车原路返回，车速越来越快。谭天明紧紧握着扶手，大气都不敢喘。

等车停下来时，谭天明已经出了一身的汗。

子夜松开安全带，在驾驶室一动不动。他脑中有一瞬一瞬的断片，不断地想起一些无关紧要的碎片，一些很嘈杂的声音。

他讲，做这些淫词艳赋，不如去写歌词。

他讲，你那种写法，除非撞大运拿大奖，否则能卖出去几本？我陈家祖上没积那种德。还是说，出版社卖书时，得在书腰写上"陈金生独子力作"几个大字来贴金？

她讲，你想成名不如去混娱乐圈。

真的有经纪公司找上门，他们冷笑着讲，你要认清形势，看看现在还是不是港娱的天下。

……

他们都是谁？子夜看不清。

但他又有那种感觉，蛆虫一点点沿着他的手臂爬上来，他睁着眼，可以看到自己从手指开始腐烂。他试图消除麻痹感，在胳膊上无意识地抓挠出血痕。

他嫌弃地讲，你该不是有精神病。

她谄媚地讲，你别伤害自己来要挟爹地，没有好处。

……

消失了很久的十四岁记忆忽然涌上，又顷刻间如潮水一样消退。

他浮在昏黄的光里，听到一个清亮的声音——

哥哥。

子夜猝然醒了过来，密密实实地出了身汗。

谭天明递来餐巾纸，随口问道："你这一次停药多久了？"

子夜翻出车上的 iPad 看了眼时间，答道："八个月。"随意解锁 iPad，点按登录了什么。

谭天明脸垂在双手间，片刻之后问："挺稳定了。最近一次复查是什么时候？"

"下月八日。"子夜答了一句，搁下 iPad，推开车门。

谭天明问："去哪儿？"

子夜没有答。

谭天明这才想起望向车窗外。全家还亮着灯牌，隔壁楼就是陈纵的公寓。子夜正朝她之前下车的方向人步走去。

陈纵回家的第一件事就是找手机。图书编辑的 QQ 消息不断地弹出，在向她报喜。

编辑讲：每十分钟就多销出二百四十册。

编辑又讲：这个销量还在涨。

陈纵拾起桌上摆好的一叠 A4 纸，打开手机灯仔细看了看。这是她统计的各店铺《借月》销量汇总。

她将 Excel 表和 A4 纸的内容一齐拍照发给编辑：你顺便帮我看看，我这个汇总做得对不对？

编辑发了个哈哈的表情：这个我也在看。因为网上的事，两本书算是一定程度的捆绑了。陈老师路人缘好，很多人更买《借月》的账。所以我对比了一下，差不多销量有三比一这样。

陈纵讲：好。

她亢奋到几乎没有工夫去开灯。

她趴在床上，手机不停地刷新每个平台的销量。

她想起托雷德看完她的简历后问她："为什么一定要指导《借月》这本书。它体量小，不足以成剧。拍电影，一定是艺术片。新导演拍艺术片，很容易一部接一部地赔。我见过太多例子，没有人受得了这件事。"

陈纵回答说："如果一定要做一点改编来使它叫座，这世上只有我可以。如果一定要将瑰丽文字转化成同类电影语言来使它叫好，这世上也只有我。如果我一生只能做成一件事，那我就做这一件好了。"

她忘记哪个时报说的来着，说陈金生的成功，是时运铸就的。不可忽略的文学性，深入人心的国民度，正赶上电影业蓬勃，四小龙崛起。所以他的成功，是不可复制的。

呵。

时运不济，她便要生造出一个时运来。陈先生，你给我看好了。

《山上雪》的消息连进两条。

编辑老师：社审快通过了，如果让你写一句扉页寄语，你要给新版读者写一句什么？

编辑老师："啊啊啊啊！这十分钟销量暴涨九百册，发生了什么？"

陈纵手机"嘀"了一下，显示有特别关注人发布微博。

她一边拾起手机解锁查看，一边仔细想了想，在 QQ 留言框打字输入，将一行扉页寄语发送给编辑老师——

你看现在的她，就是他本该成为的自己。

你看现在的陈纵，就是子夜本该成为的子夜。

谭天明坐进副驾驶室，本想发消息问问子夜，要不要在楼下等他。刚拾起手机，忽然弹出一条微博特别关注提醒——

@陈子夜微博发布了新微博。

谭天明愣了一下，手机瞬间涌进上百条微信消息，几乎都在说同一件事。

陈子夜干了什么？！

谭天明心有所感，颤抖地点开微博提示。

页面直接跳转到微博正文。

那是一张影印的旧照片。

少男少女坐在低矮的屋檐下，一人手捧半只硕大的西瓜，两人都沾了半张脸的汁水，却眉开眼笑，一团明媚。

女孩弯弯的笑眼看向镜头。

男孩低垂的眉眼望着女孩。

没有任何文字描述，却早已胜过一切一切。

第七章

最深的夜

邱娥华这辈子有过两个男人，两个男人都姓陈。

她从小靓丽到大，读书成绩好，会唱歌跳舞弹琴，是当地知名的"女明星"。

那时的男朋友陈自强跟她是同班同学，生得英俊潇洒。两人拍拖，人人都赞是街头一道风景。

但美人志在远方。受港片、港剧和改革开放的影响，那几年大量的年轻人拥向港市打工。邱娥华便也成为其中之一，大学一年级暑假南下去了港市旅游后，便再也没有回来。她报名港姐落选，却因祸得福，被一位阔佬看上。

这位年方五十五岁的阔佬也姓陈，叫陈金生，比邱娥华整整大了三轮。陈金生彼时已经是两岸家喻户晓的文学巨匠，邱娥华拜倒于他的才华与地位，顺理成章地留下来和他结了婚。

陈自强第二年复读考上军校，毕业后分到金城附近的军区，经人介绍和一位教数学的女老师杨芳结了婚。女老师虽不及邱娥华美，却颇善解人意。两人婚后一如婚前，如胶似漆地过了七八年，直至杨芳因肺癌转移离世。

陈自强做了四五年鳏夫，忽然又和邱娥华取得了联系。那一年，邱娥华父亲重病，她说暑假想回家来看看，顺便看看陈自强。

结果她父亲没有撑到夏天。邱娥华来不及见上父亲最后一面，回乡下送了葬，守了灵，便辗转到了金城。

那一年陈纵十二岁。

那天，陈纵去市里参加文艺会演，穿得红彤彤的，化了过分成熟的夸张浓妆，跳了一支《改革春风吹满地》的红歌，逗得市里领导眉开眼笑。那天爸爸本来说好开车来接她，最后却没来，爸爸打电话给老师，叫她搭舞蹈队的小巴车一起回来。

小巴车将她放在小院外的巷子口。陈纵睡得好熟，浓妆糊了满脸。老师拍拍她的脸颊，将她叫醒，又拉着她的小手，将她领下车，领到一早候在巷子口的爸爸手头。

爸爸那天特别开心，嘴都合不拢，神秘兮兮地讲："乖乖，爸爸给你带了礼物回来。你猜是什么？一会儿看到，不要高兴得跳起来！"

陈纵就这么满腹狐疑，又满心期待地，被爸爸领进那间小院，领进角落里自己小小的卧室门口，便轻轻松开她的手。

屋里没有电灯。一盏摇曳昏暗的钨丝灯下，自己铺了卡通图案粉被的窄小床上，蜷缩着睡熟了的干净剔透的少年。陈纵安静地走上前，走到她的小床边。他一定在做噩梦，陈纵心想，不然不会睡着了，还将眉头皱得这样紧。

爸爸在身后和一位陌生女士交头接耳。

"她一直想要有个哥哥。"爸爸小声同旁人解释。

陈纵嘘了一声，呵斥身后的大人："不要吵到哥哥睡觉。"

两人装作被她吓到，点点头，轻轻笑起来。

陈纵小手拨开他因出汗黏在额上的碎发，以便看清他的脸。看来看去，左右看不出个稀奇，她只好试着轻轻叫了声："哥哥。"

那一声出口，她看见他耳朵连接鬓角的肌肉带动洁净肌肤下的血管轻微地一动。陈纵才发现他很白，白到有一种近乎透明的脆弱。

她看得入神，许久许久，视线稍作移动，陡然对上一双黑白分明的眼，方才知道他在看自己，不知他何时醒来，不知看了多久。

陈纵莫名心跳如鼓。

那双眼中，有震愕、有防备、有不解、有困惑……种种情绪，十二岁的陈纵读不懂，她只管好奇地看他，好像看着橱窗里觊觎许久的昂贵礼物终于来到自己的礼物盒中，那般移不开视线。

爸爸的声音就在这时从身后响起："哥哥名叫子夜。"

子夜，陈子夜。

听起来平平无奇，也没什么特别。

陈纵读懂这个名字的过程，也颇有一点"小时不识月，呼作白玉盘"的意味。

班里有很多同学，名字也是这个格式。张子国、许子山、赵子棋……每一个都不稀奇，既不聪明，又不好看。还有隔壁班一个漂亮女生，叫罗子韵，所有人都说她是校花，陈纵喜欢过的两个男同学都喜欢她，于是陈纵就更不喜欢这个类型的名字。

别人不都说他爸爸是个大文豪？

大文豪，怎么也这样俗气。

还不如白小婷私底下给她们俩取的白冰蝶和陈羽泪好听——陈纵起初这样批驳他的姓名。

后来有一天，陈纵半夜看完电视，十二点穿过院子去厕所回来，立在院中望着夜半时分无风无月的天空，忽然有如电视主角顿悟绝世神功一样顿悟了哥哥的名字。

原来"子"不是个毫无意义的字眼，也不是为了二字名冒充三字的矫饰，更不是从姓到名的过渡。不是陈、子、夜这样断句，而是陈、子夜。

"子夜"两个字，本身有它的意义。

陈纵翻阅字典，立在院中摇头晃脑，大作总结："子夜是最深的夜。"逗得刚散场麻将和牌局路过的叔叔阿姨大笑不止。

再往后，等迈入高中，老师说："茅盾代表作《子夜》。"

几乎全班女生都埋下头窃窃笑，谁不认识陈子夜？原来读文学经典，才能大大方方念出他的名字。

而那时，陈纵也深以为然，觉得子夜也像一本晦涩的书，好难懂。她昼夜不休地参阅，也都好难懂。

她那时哪里知道，这本书她艰难地读到二十四岁，方勉强启蒙。

白小婷第一次见过子夜之后，天天都在她面前提子夜，讲得陈纵不胜其烦。

"你哥哥真好看。"白小婷一眼相中他的脸，"气质更绝。"

白小婷那一阵沉迷仙侠剧，想不明白："搞不懂一个现代人身上，怎么会有一种谪仙的气质。"

后来她们才学到一个词，叫作古典。

陈纵的审美形成得很晚，那时候还不懂美丑，成日跟在白小婷屁股后面打转。

白小婷早熟得厉害，上小学四年级就开始情窦初开，说起帅哥头头是道。那个时候，白小婷对帅哥美女的品鉴，对陈纵来说就是真理。

初中二年级有个很帅的男孩子，叫丁成杰，又帅又会打篮球，白小婷暗恋了他好久，导致陈纵被洗脑审美，也暗恋了丁成杰好长一阵。

直到子夜出现，白小婷一见到他，立刻移情别恋。

陈纵审美慢半拍，仍旧沉浸在白小婷早已抛弃的老一套帅哥标准里，暗暗地爱慕着一个黄毛混混，看着成日在她眼皮子底下晃悠的陈子夜，左右看不出个稀奇。

但到底架不住白小婷成日念叨。陈纵虽不愿意，却也渐渐打量起子夜来，带着点嫌弃。

暑假结束，邱娥华并没有和子夜回港市，而是决定长期住下来。子夜办了新身份证，和陈纵入学了同一所初中。

他来学校那一日，宛如天神降临，衬得学校里只会耍帅、抱吉他、学小混混满嘴脏话的校草、校霸统统黯淡无光。哪怕陈纵仍"深深爱着"丁成杰，左右看"八竿子打不出一个屁"的陈子夜不顺眼，却也不得不承认，那是一种降维打击，是一种绝对意义上的碾压。

子夜一个暑假都没有开口讲过什么话。陈纵为什么不喜欢子夜，起初是因为她的审美偏好个性张扬的少年，但子夜是个闷葫芦。他成天不是一声不吭地在桌前画画写字，就是一声不吭地坐在沙发上看电视，简直把装模作样发挥到了极点！

陈纵不喜欢他，也要装作喜欢。因为她从小就想要一个哥哥，哥哥真的来了更不能立刻就变卦。因为这样的小孩很不讨人喜欢，以后就不会有人送她礼物了。

她觉得自己真的很难做。

很为难的是，子夜和她都处于身体发育的尴尬年纪。学校生理教育的缺失，陈纵母亲的离世，过分传统的父亲对性教育的讳莫如深，集体诱发了陈纵对男女亲密关系打从心底的厌恶与恶心。

更要命的是，暑假临近末尾的时候，陈纵来了初潮。

以前白小婷常念叨："西瓜和冰激凌吃太多，痛经会痛到死。"但那时陈纵没来月经一身轻松，暑假最期待的就是西瓜及冰激凌。

西瓜是后院周阿姨种的，五毛钱一个，可以吃到吐；冰激凌是爸爸去批发的，暑假一开始就塞满冷冻柜三只抽屉，陈纵一天吃八个不嫌多，一个暑假也都吃不完。

初潮来的前几天，西瓜翻砂，都不够好吃了，陈纵只好一天多吃两根冰激凌来作为弥补。

趁开学前，爸爸开车带他们去云城避暑。一路上，陈纵脸色很差，还有史以来第一次晕车了，吐了七八次。

到了云城，当天夜里，陈纵肚子就开始绞痛。爸爸去问医生，医生说她冰激凌吃太多，肠胃受凉了，到高海拔地区身体又更虚弱。爸爸拎着药回来，邱阿姨叫子夜照顾好陈纵，两人就回去了隔壁房间。

云城是旅游城，酒店房价高，爸爸只订了两间房间。

爸爸不懂养女儿，是个浮皮潦草的爸爸；邱阿姨没养过女儿，是个事不关己的阿姨。两人又正值蜜月期，成日只想黏在一起。

回房间前，邱阿姨甚至想到了："他俩年纪不尴不尬，会不会有些不大好。"爸爸讲："她就是个美丑都不懂得的小孩，哪里懂得这个！你想太多。"邱阿姨也觉得自己多想："子夜懂事，能照顾好她。"

大人们根本想不到，从这天起陈纵就不是小孩子了。

和陈纵一起认识到这件事的，竟然是那时她还很讨厌的子夜。

那时，她躺在床上，无助地流眼泪。她想起便池里刺眼的红，还有绞成一团的肚子，怀疑自己的死期就在今天了。

子夜从卫生间出来，大抵是看见垃圾桶里沾了大团大团血迹的纸巾，立在离她床很远的地方问："是不……是 menses（月经期）？"

这是子夜开口讲的第一句话。那时他讲话还带口音，也不知道来月经普通话该怎么讲。陈纵听不懂，与他完全鸡同鸭讲。

尽管如此，子夜还是去小超市和药店给她买来止痛片和花花绿绿、长短不一的卫生巾。

陈纵后来回想，甚至都想不出他凭借那样简陋的普通话，到底是怎么和甚至不太讲普通话的云市小老板沟通的，还沟通得那么周全。

他这么细致又靠谱，陈纵该感谢他才对。

但偏偏适得其反。那次旅行的要素实在太过齐全：男女授受不亲却共处一室，耻于提起的月经初潮被男孩子撞破，隔壁大人隐隐约约的声响……

陈纵几个晚上都背对着子夜睡觉，不跟他讲一句话，不给他半点好脸色。可是想象力丰富的她，只要闭上眼睛，脑海里就会浮现一幕幕电视里看来的，最令她作呕的画面，在和子夜一起上演。

青春期以一场可怕的噩梦开场，迈入初中，操场上，教室外，无法避免常常要见到子夜，可她根本无法直视子夜。幸好子夜也不大爱搭理人，大部分时候，两人都能相安无事，做着貌合神离的"好兄妹"。

陈纵那时恨自己是个健忘的人。校牌、文具、作业、课本，忘带是常有的事。三不五时，就要靠不用早读的子夜捎到教室给她。

子夜一来，势必要引起轰动。女同学的视线一齐跟着子夜走进教室，男同学们都从走廊的四面八方围到门口和窗户外头，连迟迟没离开教室的老师都在笑，所有人都在起哄。

子夜坦坦荡荡，无所畏惧。他面无表情地走到教室中间，将东西连带面包、牛奶一齐搁在她桌前。

陈纵羞愤难当，从头顶红到脚底，连一句"他是我哥"的瓜葛都觉得可耻。

后来，陈纵怕谣言传到丁成杰耳朵里，便挨个请相熟的女同学吃烤肠，煞有介事地通知："那天来教室给我送文具盒的男的是我哥！"

女同学们都是大嘴巴。事态正如陈纵所愿，一天之内，所有人都听到了："他是陈纵的哥哥！"

但事态又总不如陈纵所愿。自从所有人都知道了他是陈纵的哥哥，陈纵便开始没个消停。

有不知名女同学给陈纵的哥哥写信，又没有渠道打听到他的名字，就将信装进信封里，信封上写，"给三年级最白最帅的那个新转校生"。信当然被其他人领走了。

有人认识高年级的，打听到他叫陈子夜，立刻脱颖而出，以笔友身份写信，请"初三（1）班陈子夜亲启"。

有更聪明伶俐一些的女同学，经过门卫室，发现了这封"初三（1）班陈子夜亲启"的信，便擅自取了信，请陈纵喝五块钱一杯的天价奶茶，叫陈纵带她去子夜班上，要把信亲自交给子夜。陈纵吃人嘴软，只好硬着头皮，第一次主动去楼上找寻子夜。

两个低年级嫩生的女孩组团擅闯入高年级资优班的世界，也引起不小的轰动。这一次陈纵虽也脸红了，却没有太反感。毕竟她为钱所困，也没有什么好丢人的。

将女孩子领到他课桌边，陈纵仰着脑袋，腰杆挺得直直地讲："许薇薇拿错信，特意带过来给你。"

子夜坐在后排看书，见到她倒有点意外，没有多话，一路目送她出了教室，并没有被别的任何事情打扰。

回家之后，两人心照不宣，都没有提这件事。陈纵为五块钱将他出卖，到底过意不去，饭桌上不停地夹五花肉到他碗里。小孩其乐融融，大人更是开心。

邱阿姨笑着说："子夜你看，妹妹待你多好。"

爸爸嗔怪道："陈纵，你当是在喂猪是不？"

子夜没有为此更不爱搭理她，也不会因她的故意示好而亲近半分。两人依旧表面亲亲热热，私底下不咸不淡，从早到晚最多的接触就是目光接触。陈纵看他少一点，因为无法直视。子夜看她多一点，原因不明。

许薇薇主动了几次，约等于一次没主动，没有激起半点水花。

陈纵有时候放学碰到子夜，会盯着他后脑勺思考。

陈子夜，你傲什么傲？

丁成杰暗恋许薇薇，主动找上陈纵为自己创造机会。他成绩不好，自习时经常跟陈纵同桌换座位，请她为自己的暗恋提意见。后来发展到，做操时他要站在她背后方便策划，送早餐要多送一份方便收买……渐渐地，丁成杰顺理成章，每天早晨骑自行车买好早餐等在院子门口接陈纵，放学回家载着陈纵第一个冲出校园，以十分钟"光速"抵达小院门口。

丁成杰渐渐不提许薇薇的时候，邱阿姨后知后觉，竟比爸爸还先发现陈纵早恋。老师都还没讲什么，陈纵先被邱阿姨和爸爸联合勒令给丁成杰打电话。

"就说，你以后都别来找我了。"

爸爸将电话拨通递给陈纵，两个大人都守在门口，监视她打完这通电话。

"以后你不要再给我打电话了，"陈纵坐在书桌前，流着眼泪，狠狠地说，"也别来找我了。"说完，立刻挂断电话。

陈纵将手机还给大人，眼泪忽然汹涌而下。不是失恋，不是舍不得丁成杰，而是觉得无助，觉得窒息。她推开大人，跑过院子，躲进厕所号啕大哭起来。

子夜刚刚放学，与泪流满面的陈纵擦身而过，听见两个大人皱着眉交头接耳："这个时候不严厉管教，想管就来不及了。你不是认识学校老师吗？麻烦他们帮忙看着，又黏在一起就打电话给你。"

这间接导致后来陈纵与子夜在一起，心里萌生的一个恶毒的念头竟然是，我同时报复了他们两个，真爽快。

她将这个想法告诉子夜，子夜不但没有生气，还笑了，眼睛很亮，笑看着她。两人心照不宣，莫名笑了很久，事后连自己都觉得有病，觉得幼稚。

156

可是"此仇得报"，这辈子终于可以像一个正常人一样恋爱，而不是一旦坠入爱河，便觉得有一万双眼睛在斗兽场边窥视。

陈纵暗暗发誓，十天不要和爸爸以及邱阿姨讲话，十天后才能原谅他们。谁知道，等着她的，是更具象的羞辱。

第一次就是她看《飘》。

邱阿姨在饭桌上当众笑着宣布："我知道你看这本书是在看什么。"

陈纵那时候处在对性羞耻的巅峰期，读《简·爱》时，偶然蹦出一幅接吻的插图，如同读到鬼故事的高潮部分，吓到她当场撕了插图页，数年不敢再拾起《简·爱》。

她当然喜欢白瑞德和斯嘉丽的爱，觉得这种由爱而生的、自然而然的性意外不那么令人厌恶。"我知道你在看什么。"至今回想起来，陈纵仍觉得这是多么歹毒的一句话。

你们大人平时教都不好意思教的两个字，却当众宣读出来，借此恶意揣测一个少女；同时，轻轻松松就摧毁一个人用以逃避世界的乐园，一句话将净土变得肮脏。

肮脏的究竟是谁？

连爸爸也要附和邱阿姨，当他说"想看什么也没什么嘛"的时候，那种恶意终于变得具象。

如果非要陈纵形容出来，她只能说，在这一日的饭桌上，遭受了一场来自父辈精神上的凌辱。

直到子夜讲："为性爱描写看名著，也没什么好值得羞耻的。你们大人是不是想说这个？"

"性爱"两个直白到近乎恐怖的字眼，使邱娥华和陈自强尴尬到哑口无言，好似被架到火炉上一般焦灼，两人嘀嘀咕咕，说天说地，话题终究再也绕不回来。

子夜也大发慈悲，没有再提，装作方才什么都不曾发生。

陈纵却如蒙大赦，被他从绞刑架上解救下来。

也是从那一刻起，陈纵开始不那么不喜欢子夜。

那一刻之前，子夜是一个沉默的黑白的子夜；那一刻之后，陈纵一笔一笔为他描上色彩。

他是一个和她同阵营的少年人。他是一个很好的人，是一个明事理的高尚的人。

这类事件无独有偶，陈纵每一次都在语言羞辱重击落下之前，被子夜有惊无险地拯救。

那时候她哪里想得到，她眼中无所不能的子夜，一身备五弓的子夜，在他十四载短暂人生中，从没有幸存下来过一次。

"如果不是你，"后来有一次他这样讲，"连做爱都像在一群长辈视奸下完成。一群人，高举镜头，对着赤裸的我进行电视直播。"

那时她隐隐能感知，却不解其意。

等回过味来，陈纵惊出一身冷汗，觉得自己都快在感知他的感知里，生出心理疾病。

长大后，陈纵回味这段过往岁月，渐渐发觉，她接纳子夜的过程，也正是她完成去性羞耻、去身体羞耻，以及自我接纳的过程。子夜无意识间，成全了她的自我。

陈纵对世界和对自我的理解，也是经由子夜领她在阅读中完成的。

刚上初中的女孩子，品位差一点的，都爱看三俗畅销言情小说。陈纵也不例外，零花钱除了吃零食，都用来买了言情小说。

什么霸道校草爱上我，与魔尊几世爱恨从天上到人间，救赎，囚禁，虐恋……陈纵畅游在爱情的海洋里，五颜六色的书堆满了书柜。

老师批驳这些没营养的小说是韩国资本发出的"女性洗脑包"；邱阿姨讲这些充斥着情爱幻想的小说和琼瑶的作品一样，都是批发"春药"。

老师的话是真理，邱阿姨又是极有品位的，陈纵理所当然地将他们的话奉为真理，每每偷看小说，总是被快乐和羞耻两种情绪同时拉扯。

学校里女孩子兴奋地交流言情小说，陈纵从抽屉里抽出本《围城》，面上不屑，却也耳朵动动，快乐地听着，心想，我能讲出比你们更有营养的书评。

别的女同学说她假清高，陈纵深以为然，有时候她都觉得自己闷骚得很。

有一天礼拜六跳完舞回家，陈纵看见子夜坐在屋檐下读一本封面花花绿绿的书，定睛一看，书名是《清冷校草下神坛》。他手边已堆了高高一摞书，都是他在这个下午读完的三俗小说。

陈纵觉得这画面异常奇特，不禁走上前问："你怎么在看这种书？"

子夜闻声，翻手瞥一眼书封，问："哪种书？"

没收了无数言情小说的教导主任这样批评："这种没营养的垃圾快餐，你也要看。"陈纵也有样学样。

子夜不以为然："怎么会。这些书，也常常有一两句点睛之笔。只要能成书，总有可取之处。你叫吴主任写，他未必能写得出。"

听到这句话的陈纵心中震撼无以复加。

从小背诵经史子集、读遍文学经典、品位别具一格、下笔信手拈来的哥哥，不会看不起任何一本三俗小说。

也都有点睛之笔，都有可取之处，他这样讲。

子夜原来是一个异常包容的子夜。

也就是那一瞬间，陈纵忽然与异常俗气的自己达成和解。"雅俗共赏"四个字，也在她浅薄的人生阅历里有了第一行注脚。

子夜对人性的认识也异常深刻。他虽没有亲眼见过吴主任批评低年级女同学，却能经由语境揣摩出什么样的角色才能讲出这种话。

《围城》，陈纵是和子夜一起读完的。两人成日头抵着头，在书桌前、树下、餐桌边、屋檐下等各种地方共读同一本书。

子夜阅读速度很快，偶尔为一两句话停留；陈纵看故事看得很慢，子夜也从不催促。安静等待她翻页的时间里，子夜开始打量路过他身边的形形色色的人。

"金叔和王叔两人在一起的时候，像不像方鸿渐和赵辛楣。"他问陈纵。

两人同上一所大学，在情场上摸爬滚打，通些人情世故，渐渐各有所长。

遇上难缠的漂亮女人，各自有各自的揣摩与心照不宣。夜里牌桌上常讲出些荤段子，引小院来打牌的年轻女客捧腹大笑。

子夜这话过分形象，逗得陈纵咯咯直乐。

笑了好久，她说："教数学的张老师和教英语的文老师也像。"

子夜见她仍在思索，便安静地等她发言。

陈纵又讲："吴主任像李梅亭。"

都是滑稽生动的丑角。子夜点点头，有那么一点像。

陈纵小心地讲："邱阿姨有时候像苏文纨，有时候又像汪太太。"

子夜笑起来，说："童言无忌，不会有人怪你，只是不要给她听到。"

陈纵于是更大胆，像在为自己的剧目挑选演员，第一次展露导演方面的天分："我爸爸有时候又很像方鸿渐，这个时候的邱阿姨就是唐晓芙。"

围城读完，两人又开始读张爱玲。

先看一些早期的作品，看到《红玫瑰与白玫瑰》，陈纵已能自然而然地讲出："好像男女作者两个视角的互文。张爱玲是自己的王娇蕊，是方鸿渐中的苏文纨。方鸿渐和振保太像，在女人书中全无可爱，在男人书里却有时风趣。那位太太，既是孙柔嘉，又是孟烟鹂。"

那天子夜笑了很久。陈纵乱点鸳鸯谱，使张爱玲与钱锺书暗通款曲，总会气死深恨前者的后者妻。那时的陈纵并不知道这些背景八卦，只以为自己笑话讲得好，能把子夜也逗开心，不失为一种成就。

书看完第一遍，陈纵还不尽兴，将《围城》揣到学校，借课间时分争分夺秒重刷。语文老师偶然撞见，十分诧异地问："你年纪还小得很，不到时候，怎么看得懂这本书？"

陈纵一早受过子夜点拨，却也不全拾人牙慧，已有自己的体会可讲："任何地方，只要有适龄单身知识分子的圈子，就总会有围城。"

讲完这话，广播适时播报："请三十五岁以下青年教师到会议室集合，准备一下，到节目室彩排节目。"

语文老师没有离开教室，全班同学都在嘲笑老师，以为老师已经超过三十五岁。

唯有陈纵接了一句："老师你看，这所学校，是不是也像一座围城。"

她看到老师望向自己时的表情，是震愕，是不可置信。陈纵明白这番感悟恐怕已经凌驾于面前这个文学修养成熟的大人之上。

也是那个时候，她间接地懂得，子夜在这个领域是天才。

初中毕业，子夜一直在写的小说已有雏形。他也不避忌陈纵，任由她坐在自己房间的地毯上品阅。

小说的时代背景是靖康之耻之后，北宋覆灭，汉人国土被金国侵吞。主角周复是汉人，父亲为金国朝廷效力，是名副其实的走狗。

在如此割裂的身份下，周复有过挣扎，挣扎之后是毅然决然的反抗。但他的仇敌不是任何切切实实作恶的坏人，而是至高无上的皇权，是尊严不容挑战的父权。所以尽管计划周密，算无遗策，周复的反抗仍旧失败了。

在株连九族的重罪落下之前，父亲为求苟且，选择将自己唯一的血脉送到帝王眼皮子底下任其自生自灭。

从这一刻开始，周复的仇敌便是天意不可违。他变成一个玩物，一个笑话，一个权力金字塔底端的"女人"，被包括亲弟弟在内的男权无限凌辱。儿子遭受身心双重侮辱，他依附于皇权的母亲，选择的是袖手旁观。

起初陈纵不懂历史背景，前几页看得晕头转向。子夜便每晚吃过晚饭，带她在电视前播放租来的《满江红》碟片。陈纵一集集看完，回头再来看子夜写的书，时常因主角遭遇过分悲惨而读不下去。

"周复好惨，好像全天底下最痛苦的刑罚都让他受了个遍。"陈纵很容易为周复落泪，不懂子夜为什么会对一个这样可爱的角色如此心狠手辣，"我只求他最终能有个好结局。"

子夜听到后很诧异，安静地看了她一会儿，又很温柔地问："你希望他能有个好结局？"

陈纵无比认真地点点头，又无比诚恳地讲："我希望书里害过他的人全部去死。"

那是她从小到大说过的最最恶毒的诅咒。

161

末了，陈纵又问他："《毗舍阁鬼》是什么意思？"

"是一种鬼。"

"书名是鬼，内容却和这四个字没有任何关系。"陈纵仍旧不懂。

"因为这世上到处都是披着人面的鬼，"子夜耐心地浅显地讲，"有时候它们就在我们旁边。"

陈纵莫名被这句话吓得起了一身鸡皮疙瘩，在似懂非懂之中做了最浅显的理解。

整本书里，陈纵最怕周复进宫被凌辱的部分，却也有点喜欢。那个段落异常流畅，异常残忍，异常水到渠成。陈纵在阅读的过程中，几乎可以看见子夜伏案昼夜不休，灵感如水注入文字。

她不知道十五岁的哥哥是哪里来的体会能完成这样残忍的创作，那时她只替他担心："这么露骨，出版社会不会拒收？

"会不会被邱阿姨骂？"

"无所谓，"子夜这么讲，"只要他们能看懂我在写什么，就骂不出一个字。"

他要写，就写不爱的血缘、父权的余恨、无情的命运、不可反抗的倾轧——能真正伤害到一个人的所有，有人穷尽一生不可承受的总和，便是《毗舍阁鬼》。

这是十四岁天才子夜的自传。

《毗舍阁鬼》中周复的命运不可扭转，陈纵却可在别处挥笔做判官，为他改写命格。

陈纵第一次尝试下笔写作，竟是为了书写《毗舍阁鬼》的同人文。她看充满粉红泡泡的言情小说最多，所以落笔自然也是浪漫非常的女性视角。

她写周复入宫前的婢女爱慕家中少爷，为了拯救周复，而试图拯救他的一切理想国，从军入伍，一步步晋升成了女将。

女将领率大军攻城，杀入金国宫廷，取了一切仇敌首级高挂于城墙，让周复立在城头看。她说："看，这是臣为您杀的仇人，这是臣为您打下的江山。"痛哉快哉。

为了使故事更合理，陈纵为女主角添加一笔情感驱动力——那个弱不禁风、不起眼的小小婢女，一睹少爷风采，在很早很早的时候就爱上了他。

在增加情爱浓度，说服女主角的过程中，陈纵也说服了自己。她渐渐发现，子夜用文字勾勒的周复这个人物，尽管物理上残缺，却意外地性感。她经由女主角之眼，爱上了周复。

有了爱之后，便又有了爱欲——这在陈纵人生履历上异常空白的一页，只能通过模仿他人的经验来完成。于是，陈纵开始模仿子夜笔下的爱欲，却常常因为理论知识的缺乏而错漏百出。

子夜于是又成了陈纵的生物老师。

"男孩子没有这个部位……是无法完成这个动作的，"他解释道，"女孩子也没有。他们俩都没有。"

陈纵红了脸，为自己的错笔而感到羞耻，同时虚心地请教："那应该怎么办才行？"

"我也不知道，"向来镇定的子夜，在思索的过程中红了脸，声音也轻了一点，"也许用别的方式替代，手，或者……"

小小昏暗的台灯下，两人紧挨着席地而坐。子夜不敢看她。

陈纵也莫名不敢看他。

第一次因为描写爱欲，而在子夜面前也有了意外的羞耻感。像是为了打破尴尬，她低声开口："写这种东西，又写得很差，感觉自己好俗好可憎。"

子夜清润的声线像泉边的风："没什么的。有人从痛苦中获得灵感，有人从爱欲中获得灵感，有人借助香烟、咖啡。只要不违法，就没什么好可耻的。甚至有人诉诸……"

子夜没有讲下去。

陈纵又问了一遍，他也没有再讲。

子夜《毗舍阇鬼》的手稿，经由"很像方鸿渐和赵辛楣"的金叔和王叔交给出版社。经过一番竞价，以金城人民出版社三万块钱五千册首印的最高版税拿下书籍的第一次出版。

那笔钱，子夜绝大部分交给了陈纵爸爸，用来支付日常和学费开支。余下的一笔，子夜存进小金库，以备陈纵嘴馋的时候给她买零食之需。

陈纵爸爸又贴了两倍的钱，在那年暑假找到两个来金城市旅居的台湾地区的国画老师，让他们教子夜写字和画画。因为照邱娥华讲的，金城市现有的师资，教不了子夜这样的学生。

就这样，那年暑假，每个周末，陈纵都会跟着哥哥和爸爸去市区。子夜学字画，陈纵学跳中国舞。舞蹈班下课往往比国画老师下课早，陈纵常常为图方便，穿着怪里怪气的舞蹈服到国画老师家等子夜。

那时候，他们俩已经常常被人说很相像。

陈纵那时已能讲出一二道理："我模仿他，他也经常模仿我，久了变不回去了，当然会有点儿像。"

再大一点，更多高中同学点评他们。有人讲话精辟，说，和陈纵相处久了就知道，其实她性格并没有长相冷酷；而陈子夜则刚好相反，他外在比他真实的自己亲切。

陈纵也有了更深刻的感悟：因为她试图表现得高深莫测的方式，是学大人说话，运用一些自己都不甚理解的生僻词汇；而陈子夜试图平易近人的方式，是简化自己。

旁人并不知道这一点，只觉得他们乖得很一致，乖得很温和讨喜。

国画老师和书法老师的两位太太会各自捧出手工的蛋糕和奶茶，请陈纵看电视的时候吃。两位老师的小孩总要出来捣乱，把文艺电影切换成奥特曼。这时候，陈纵只能去看子夜写字。

子夜画画时，教写字和教画画的老师都会赞赏："学得太快了，能给你爸爸省不少钱。"

子夜写字时，两位老师家六口人都围过来看："字真好，一篇文章，几乎没有败笔。下次可以写写《颜勤礼碑》。"

大家都在称赞。

看见陈纵过来围观，老师也笑眯眯地问："好不好看啊？"

陈纵没有回答。因为她的字写得很丑，字丑的人，向来不配点评，怕侮辱了哥哥的一手好字。

学校老师将陈纵的作业本嫌弃地丢还给她："鬼画符，批改一次你的作业，近视能高一百度，暑假回去好好练练字。"

该从哪里练起呢？

陈纵身边有绝好的榜样。于是她满心欢喜，开始模仿哥哥的字。

课本封面上就有"陈子夜"三个大字，于是陈纵从"陈"字开始临摹，渐渐将此字写得炉火纯青。

和陈子夜写的难以分辨的时候，陈纵也累了。承认自己在写字方面没什么天分，也不是一件很难的事。何况，以后如果考试考得差，陈纵已经可以大手一挥，签下一个"陈"字，表明已经由家长过目。

一次开完家长会回来，爸爸问："谁给你签的字？这卷子我见都没见到过，上头就写了个陈。你是要揭竿而起，翻身当我的老子了吗？"

陈纵已经学会甩锅，尖叫着躲避打过来的板子，高呼援兵姓名："是陈子夜！"

反正子夜那么乖，爸爸绝对不舍得骂他。这一招大部分时候都奏效。

大抵就是因为这种种原因，陈纵看子夜越看越顺眼。

他在书桌边站着写老师布置给他的临摹作业，百无聊赖的陈纵就趴在窗前看他写字。

从某一天起，她忽然感受到白小婷的感受，发现他压根儿就是古典本典，谪仙本仙。他的字渐渐也就没有他本人好看，陈纵的审美就在那一瞬间诞生了，由此开始借看写字而明目张胆地看他，近水楼台先得月地看他。

子夜有时候被她盯得不自在，分神问她："看我好看？"他并不知道自己好看这一点，莫名使他更好看。

陈纵倒也磊落，点点头，当众宣布："你好看。"没留神子夜那页字越写越丑，耳朵尖也不自觉地泛红。

陈纵一开始会将自己观察子夜得来的体会和白小婷分享："我知道你为什么说他好看了。

"你看他虽然白，却不虚弱，不像方凡那种看起来白得亚健康，白得很肾虚的样子。

"他讲话时口齿、逻辑清晰明了，整个人很定。

"神定，眼神也定。有种满不在乎的气度，优哉游哉的自信。"

"气定神闲。"陈纵这样总结。

后来陈纵还发现了更高级一点的词来形容他，这句话同时概括了他外貌的优势和内在的富足。

"哥哥人如圭如璧，写的东西却异常风流。"

这样的佳句，陈纵得来实在费点工夫，当即写在自己的日记本里，决定用来形容下本书的男主角。

出于对周复的喜爱，她原创小说男主角仍旧叫周缚。起初这个周缚仍旧有周复的影子，但渐渐地，此周缚非彼周复，某一天下笔勾勒的细节处，有了子夜的影子。

自那时起，什么都愿意与白小婷分享的陈纵，忽然不愿将这难得之句分享给她。

陈纵对子夜产生了独占欲，连自己都没有意识到，连自己都不知道为什么。

在学业上，爸爸对陈纵几乎是放养式教育。到底传统一点，觉得养女儿嘛，她快乐就好，大不了以后啃老，他自信还是养得起她。

而邱阿姨却有一点不一样的见解。她虽没有自己养过女儿，却也见过陈沪君做单身妈妈养戴英。港市人养女儿，意外地保守，觉得女孩子最重要的是教养得体，然后是，要像个女孩子的样子。

港市阔人的话对于邱阿姨来说就是真理，所以她无法接受陈自强的粗糙放养，看不下去时，也会忍不住替他管教陈纵。

邱阿姨人虽温温柔柔，讲话却常常有一针见血的刻薄。陈纵在尚还脆弱的头两年，被扎到常常痛得眼泪直流。

嘴皮子不及邱阿姨厉害，讲不出什么真知灼见来反驳，陈纵气得表示自己"想要跳河"。她哭着离桌，回到房间开始写"遗书"，以此来与"恶毒"的邱阿姨抗衡。

她这遗书写得也奇怪，没有讲"遗产"分配，而是一条条记下自己的临终愿望，罗列一二三。

最后一句是——"做完这些再去死。"

最开始的愿望常常是，"要有一只达菲玩偶"，或者奢侈一点，"要去港市迪士尼"这样物质上的满足。

后来有一天，陈纵哭完之后冷静下来，竟然离奇地发现遗书上写着一句，"死之前要和子夜接吻"。

她胆战心惊地将日记本锁进抽屉，此物成了第一个她向子夜保守的秘密。

起初，陈纵恨邱阿姨恨得要死，觉得用"恶毒"来形容她也不为过。

后来，陈纵自己在心里默默地又原谅了邱阿姨。

因为她是一个在金城异常闷热的夏天也穿长袖，从不露出一寸除双手和脸蛋之外肌肤的异常保守的人。

因为她老古板，所以她也想用她的囚笼禁锢我，并不是想害我。

后来上大学，陈纵学了些女性如何在婚姻中保护自己的细节，忽然意识到，那并不是因为邱阿姨保守，而是因为在婚姻中受害的女子，常常遮蔽罪证以维持自己的尊严。

也因此，陈纵明白了，带子夜回到金城后不愿意再回去港市的邱阿姨，不是正常的婚姻破裂，而是在躲避灾难。爸爸为了保护邱阿姨以及她的尊严，选择对所有人保守秘密。

而不曾读完大学的邱阿姨，常常口出异常犀利的恶语，也并非她真正恶毒，而是因为向来崇拜陈金生的她，如同陈纵幼时模仿子夜一样，时常模仿陈金生讲话。而从陈金生处模仿来的屈指可数的恶毒，不经意间便伤害了陈纵整个童年。

子夜始终不曾讲完的那句话也在那个时候开始解码。

有人从痛苦中获得灵感，有人从爱欲中获得灵感，有人借助香烟、咖啡。

还有人的灵感来源，是暴力。

精神和实际意义上双重的暴力。

第八章

《子夜》的夜

"半殖民地，半封建社会"，对刚刚接触历史皮毛的初中生来说，这是个过分抽象的概念。有的人可能毕生都无法将这个概念具象化，陈纵却过早地经由子夜，而在港市和陈金生身上懂得了它的双重释义。

百科对陈金生的生平有极丰富的介绍，以至于陈纵在网吧点开这个链接，鼠标滚动二十余次也没有走到百科末尾。

上头写陈金生一九三五年生于民国上海，一九四九年举家避祸搬到港市，在十八岁的年纪有了第一任妻子，三十岁第二次结婚。两位妻子都有名有姓，有百科黑白照片，毕生最大的成就却也都是曾和陈金生结过又离过一次婚。

第三位妻子则只有一个港媒抓拍的模糊头像，其名邱娥华，其生平一行介绍，与陈金生育有一子名陈子夜。这样简单的一行字，宛如旧社会依附于丈夫的妇女坟头的墓志铭。

百科下还有其他许多关联人物。妹妹陈沪君，受沪港两地文化熏陶，十七岁写了第一本都市女性小说，风靡两岸三地，几十年笔耕不辍，系列书被奉为"女性圣经"。十九岁未婚生女戴英，生父不详。戴英十岁时，陈沪君与在美国结识的华裔牙医结婚，母女定居北美。

父母兄弟，堂哥表姐，族中好友，每一个都叫得出姓名，都有头有脸。交朋友都交才子，比如挚友谭正良、知己倪山等等。任择两人一段经历，便都是一段才子佳话。

还有子孙辈，也渐渐在不同领域崭露头角。其中有一人最叫人印象深刻，什么问题学生十五岁被英国知名公学退学，酒吧抢人女友被人当街暴打，争夺女明星被盯梢等等……最让陈纵记得的，是他的名字，谭天明。谭天明，陈子夜，是父辈商量好的吗？是子夜的朋友吗？

子夜也有百科，没有照片，介绍只说金城人，九零后，代表作《毗舍阇鬼》，有短篇刊载于某杂志。百科撰写也不大走心，直接抄写书本背后作者简介栏。

也没人深究过这个陈子夜是谁，他的名字好多年不曾出现在陈金生头像下的那个相关人物栏。

直至销量并不好的《毗舍阇鬼》评上了一个不大不小的奖项，保送女儿戴英入围，却最终仍令她与奖项失之交臂的陈沪君捧读了《毗舍阇鬼》，被影射得在家坐立难安，终于发现作者竟真的名叫陈子夜。

她顷刻间大为光火，觉得家丑不可外扬，登报批评此书"大逆不道"，甚至对此书进行举报。

报社不得不下架了《毗舍阇鬼》。而那时金叔、王叔正帮子夜同出版社谈的另几本小说，也因此告吹。

《毗舍阇鬼》遭遇封杀，故事照进现实，子夜最后一点反抗泥牛入海。

也是那个时候，陈纵认识到了什么叫讽刺文学。

失败的讽刺是滑稽的笑柄，成功的讽刺是置身斗兽场里的表演。讽刺很难，讽刺也异常危险。

在这个事件中，子夜包括陈金生在内的其余家人，都呈现一种隐身状态。唯有那个陈纵在百科上留意过的，名叫谭天明的二十二岁年轻人，帮子夜出过一次头，由此引发了那次和陈沪君著名的檄文骂战。却也孤掌难鸣，以至于陈纵在很多年后，偶然搜索两人姓名，方才搜到了这起新闻。

因为这件事，邱阿姨意识到文学这条路，子夜是走不通的。怎么走，最终都只会走回那个家里。

"到时候，还不是要去舔着脸求他们。"

邱阿姨又担心又后怕。无论如何，子夜是不能再学文了。

正好那时候，他一篇短篇小说获奖，由此子夜获得了一所极有名的高校中文系的保送资格。邱阿姨断然不肯让子夜去。

十五岁的陈纵不知是非轻重，只觉得子夜不学文，好可惜。

白小婷也说："反正高考考再多分，也只能上那所学校。现在有这么个绝好的机会，可以节约一年光景，平白无故就这么浪费了，几乎可以算耽误子夜。"

白小婷开始以子夜未来老婆的视角为他筹谋。

可那时的陈纵却没白小婷这么坦荡……

陈纵在日记本上对子夜的意淫早已发散开来，虽然已经不再寻死，"遗愿"清单上的愿望却也在一行行添加下去，愿望也越发恬不知耻，比如最近的一条遗愿——临终前一定要与子夜上床。

死之前不能与子夜上床这件事，她是发自内心觉得可惜。写下这行字时的心情也全无猥亵，甚至带着一种虔诚，如同善男信女去庙里进香请愿，希望可以长命百岁那样由衷地希望可以和子夜上床。

陈纵忘记小院里是没有秘密的，而白小婷又是异常八卦的。有一天，陈纵开着窗伏案写作，写故事的本子被白小婷探进来一把抓起。热辣辣的文字烧到白小婷脸上，在她尖叫着捂着一只眼的拷问下，陈纵只得从牙齿缝里挤出一个她的前任青睐者的姓名。

"丁成杰。"陈纵硬着头皮回答道。

白小婷感佩于她的长情，在尺度上对她进行了原谅，并擅自以未来嫂子的身份，对陈纵进行了格外的情感关照。

丁成杰认识很多社会上的混混，有很多歪门邪道的本事。听说了子夜的事后，他说："虎毒不食子，他妈不答应，怎么不去求一求他爸？"

丁成杰找来一辆来往金城和深市的货运卡车。司机到这边卸了货后，没有货拉回去，等于白白跑一趟空车。丁成杰以两百块的价钱和他谈妥，让他将四个人搭去深市。副驾驶室两个位置让女孩子坐，等她们想活动的时候，就轮岗，让他们两个男的过去打个盹休息。他有个堂哥是中山大学毕业的，在深市做投行，有很多门道，到时候他堂哥来接应，找人将他们四个带过关去。

171

那时候的陈纵哪里知道子夜与他爸爸背后的纠葛。子夜又从未宣之于口，陈纵也只能偶尔从邱阿姨的只言片语里揣测那个大文豪有时候对她多么坏。父母不和，总怪罪不到子夜身上。何况左不过是钱的事，他只要出一点点钱，就可以供子夜上完大学。也不是什么很过分的要求吧？何况他那么有钱。

陈纵那时看人情世故的眼光局限在自家小院的一亩二分地里，头脑也就跟着眼光受到了一点局限。

谁知子夜也没有拒绝，听完几个人的计划，想了几秒钟不到，立刻就答应了。

四人小团伙，暗暗密谋起一场为期三天的大冒险。陈纵后来回想，应该也正是那一次经历，让白小婷见识到了子夜足以让她铭记一生的个人魅力。

那时候正值几所学校集体春游，两人谎称报名春游，白小婷与他们里应外合，加上丁成杰这职校无业游民来去自如。于是春游出发当天，丁成杰指挥卡车司机将车开到学校围墙边，陈纵和子夜在白小婷的带领下偷偷离队，翻越院墙，跳上了出省的大卡车。

起初一段旅程尚算愉快。白小婷怕旅途无聊，带了副牌，开着卡车后车窗和子夜、丁成杰斗地主。陈纵月经没结束，仍有些不舒服，偶尔参与，听丁成杰与白小婷讲垃圾话听到捧腹。

卡车出了省界，卡车司机见这几个小孩穿得好，便动了歪心思，开口同驾驶室两个姑娘漫天要价："这趟收费站多，得涨到四百。"

陈纵和白小婷听到都傻眼了，叔叔长叔叔短求了好久，司机坚决不松口。丁成杰脾气冲，又因为卡车是他找来的，在女孩面前出岔子伤他面子，差点跟司机打起来。

那个时候，卡车行进在高速路上，前不着村后不着店，离目的地深市还有一千两百公里。白小婷既害怕两人真的动手，又不敢拦着丁成杰助长司机的气焰，还有个病恹恹的陈纵需要她照顾，险些都急得哭了。

子夜一直没开口，等司机在应急车道停下上厕所的时间，子夜和白小婷商量换了座位，坐到司机身边去。

接下来的旅程，便是子夜对略显狂躁的司机进行的温和安抚。

子夜心态平稳，逻辑又清楚，先委婉地解释了一下几个人平时没有什么零花钱，不然怎么不选合法渠道的交通工具？

他又讲，知道司机这一趟辛苦，而且刚过完年，大家都不容易。但他们几个身上加起来都没有一百块，等到了深市，可以叫来接他们的人将钱补上。

子夜还自掏腰包，给了司机二十块叫他安心，又亲热地叫他叔，说请他喝可乐。司机渐渐被哄得眉开眼笑，也放下了防备心。十几岁的乖小孩能有什么心机呢？

旅途无聊，卡车司机开始与子夜闲聊家常，问他们去深市做什么。子夜半真半假地讲，我爸妈离婚，他们陪我和妹妹去找我爸要抚养费，没敢让人知道。

卡车司机又生同情，开始讲自己的家庭。他说自己老婆跟人跑了，一个人带着女儿不容易，没什么愿望，只希望多挣点钱，将她好吃好穿地供着。

子夜便夸他，讲单身父亲是一个伟大的职业云云。

司机喜笑颜开，驾驶室其乐融融。连在后座听得目瞪口呆的丁成杰，也无意间受到了子夜的情绪安抚。

殊不知，子夜这项技能，是一早经由千锤百炼得来的。

由此安安稳稳到了目的地，见到来接四人的成年男子，司机便也没有再开口要那笔钱。

等人一走，子夜才开口解释其中的厉害关系。

比如司机一出省就狮子大开口，无非是觉得他们没了倚仗。他们四个人未必不能打得过他，但他们之中没有一个成年人，得罪了他，根本没有可能将车开走。一千两百公里路程，人有三急，四个人总会出点岔子。去服务区小解，他一个不高兴，趁机丢下一个人，将车子开走，也拿他没有任何办法。于是只好事事顺着他，先讲些好听话将他稳下来，安全到目的地才是第一要紧。

白小婷听子夜讲完，才知道背后潜藏这么多危险。她后来对陈纵说："他讲那番话时，我后背直冒冷汗。如果那一趟他不在，那司机再歹一点，搞不好我们几个都没命。"

丁成杰折服于子夜的逻辑，自然不会责怪他将自己陷入窝囊的境地。

那时候通常不允许单人旅客入境，往往要通过口岸门外五花八门的旅行社来达成通关。丁成杰的堂哥在深市待了许多年，对这行摸得门清，一早收到他们几人传真的证件，帮他们制作了旅行团通关证明，又在口岸花十五块找了个"导游"领着他们通关。然后他们便可以在港市自如游玩了。

对那时候的港市，陈纵印象最深的是：逼仄街道，积木楼房，卖各路水货手机的电子商品店，杂货店门口摆满了时事杂志。

而那位堂哥，也是当代被严重洗脑的愤青之典范，问他们来之前有没有想过要带什么回去，了解国际形势吗。还说，他大学同学好多过关来这里买杂志，就那种杂货铺门口摆的。

一看这类杂志销路就很好，否则不至于一路走来，家家都摆在最显眼的地方。

丁成杰自小将堂哥奉为偶像，买下两本杂志要回家"好好学习"。

堂哥还讲，除了买杂志，还可以买手机。买杂志拓宽视野，买手机可以挣钱。他展示自己的手机："这个，这里只要三千五，多买可以讲价到三千二。带回内地卖给收货商，一部可以卖到四千。一个人可以合法带两部。"

丁成杰一早就知道这个渠道，白小婷虽跃跃欲试，奈何囊中羞涩。堂哥立刻说："我可以帮你垫付本金。"

等离了港，再过几年，陈纵回想起这一段过往，后知后觉：他们一趟来四个，可以赚八部手机的钱，堂哥会做生意，这趟导游并不白当。

夜里堂哥请吃饭，几人在旅馆的四人间里围着简陋的小方桌边吃边闲聊。

堂哥问子夜爸爸家住哪里，子夜就讲半山。堂哥也不知道半山是个什么概念，叫子夜给他地址，明天一早可以一齐乘巴士送他去。子夜讲不用，他可以自己去，不会走丢。堂哥自然高兴，安排起明天买手机的行程。

白小婷被港市的富贵看花了眼，临睡前心生伤感，才想起子夜来："子夜会不会明天回去，就不走了？"

丁成杰讲："很有可能。大家都挤破脑袋往港市钻，港市还有个有钱爸爸。我是子夜，我也不想回去。"

连堂哥都说："你妈怎么想的，好好的港市不待，要带你跑回内地？"

太难回答的问题，子夜便没回答，笑笑说我也不知道。

第一次见识到了港市繁华的陈纵忽然也意识到，别人争先恐后来的地方，子夜又不傻，回来之后一定再也不会回去金城那种小地方。她躺在床上，暗叹自己做蠢事，亲手将子夜送走，至此也没有转圜余地，眼泪生生流了一宿。第二天一早，虽然肚子早已不疼，她却借口痛经不肯起，窝在白小婷下铺流眼泪。

事已至此，她又有什么办法去阻止子夜？情急之下，陈纵只剩下假装痛经这一条出路来挽留子夜。但她也明白，子夜真的要走是无论如何也留不住的。听到三个人关门离开，陈纵下不来台，假的痛经于是成了真的心痛。她一个人占着一间天价陋室，裹在被子里哭到撼天动地时，子夜自己回来了。

他坐在床边听了一会儿，笑着说："你哭成这样做什么？"

陈纵既震惊，又觉得丢人，哭声也由此暂停了一瞬，呆头呆脑地讲："痛经，没见过吗？"

子夜"哦"了一声："是吗？这样的话，那我走了。"停顿了一会儿，他方才将止痛片给她放在床头。

陈纵听到这话，不顾丑样子，不顾衣裳没穿齐整，整个人从床上蹦起来，扑了出去，手脚并用，像抱住一只大玩偶那样抱住了子夜，号啕起来。

怕她摔了，子夜搂紧她坐在床头，温声安慰："我不走，你别哭。"

陈纵万万不信，仍旧要哭："除非你发誓！"

子夜成功被她逗笑，讲："我跟他们讲，先去给你买止痛片，再去找我爸。"鉴于她哭得实在撼天动地，未免惊扰旁人，子夜只好先同她透露，

"哭好了，起来换身衣服，我们去迪士尼。"又低声讲悄悄话一样讲，"再晚一点出发，还没到就要关门了。"

这一招果然奏效，陈纵立刻不哭了。

子夜好笑不已。等她换衣服时，他开口问："不想我走，直说就好了。干什么自己偷偷躲起来哭？"

这么百转千回的情愫，要怎么解释？

陈纵哼着歌，装作没听见。

街上人挤人，子夜自然而然地牵起陈纵的手，拉着她走在人潮中。

少年的子夜也囊中羞涩，身上所有的钱只够两人门票以及回去的大巴车票，故也只能坐坐木马，玩玩漂流，看看烟花。甚至不足以在美食街买午餐，也没有留下一张影像照片。但那天的每一幕陈纵都能记得，一辈子也忘不掉。

大抵因为讲普通话，两人一路遭了无数白眼。即便在那样的情况下，子夜自始至终都没有讲过一句白话。原来他自从离开这里，便已决定和这里的一切过往做最彻底的切割。这样的子夜，又怎么会轻易回到这里？

那一次他答应来港市，仅仅是为了带她去迪士尼。

迪士尼是什么？旋转木马是子夜陪她坐的少女彩绘，漂流是湿淋淋无处可逃的微笑的子夜，烟花是映照了人群倒影的绚丽油画，她和子夜也是童话之神守卫的众生之一。

迪士尼是什么，也已经不再重要。

从那一刻起，她人生中所有最永恒的快乐都已经镌刻上子夜的姓名。

回程的巴士是与普通巴士同价钱的观光大巴。陈纵看着城市霓虹灯璀璨映照出子夜脸上的漠然，心生好奇，想知道这座城市对他而言意味着什么。

她问得很委婉："港市是什么？"

他知道她在问什么，回答却如一部毫无感情的史书："半殖民地半封建社会。"

巴士里在播放一则名人访谈，人物下方角标赫然显示着"陈金生"大名的繁体 logo（标志）。陈纵望着电视机里那名地位尊贵、精神矍铄的老人，又问子夜："陈金生是什么？"

子夜神态语言波澜不惊，又重复了一次那句话："半殖民地半封建社会。"

陈纵坐在他旁边，想了一下，忽然爆笑，自顾自笑了好久。

"笑什么？"子夜偏头看她，不解其意。

周复的身世因为子夜两句回答而有了传记。这座东亚金融中心和它代表性的时代人物同时成为了史书的一行角标，往后每一次填写试卷到一个具象时代时，陈纵脑海里都会浮现一座具象的城，一个具象的人，而因此会心微笑。

那时陈纵脱口而出《毗舍阁鬼》周复父亲的人设背景："北宋叛臣，金国走狗。"

子夜也笑了，与她越笑越一致，笑到令行人侧目。全都不管，两人眼里只有彼此。

他谴责她时也是谴责自己："什么都懂了？

"自以为什么都知道了，是不是？"

陈纵笑到含泪，捂住嘴，使劲摇头，又摇头。

子夜从不会问陈纵开不开心。在她的世界里，子夜好像知晓一切的神仙，从不使用真正的疑问句，只管满足她的愿望，他知道什么会使她开心。

这一趟旅程大家都很高兴。约等于空手套白狼地入了笔款子，白小婷开心，丁成杰开心，连堂哥都开心，堂哥大手一挥，给四个人买了奢侈的回程大巴。众人开心到忘我，几乎忘记当初来这儿的目的。

心里约莫想着，只有子夜不开心。他爸爸不要他了，于是只能空着手原路返回。于是，所有人都三缄其口，用高兴来掩饰讳莫如深的问题本质。

回去的路上笑得有多大声，那顿打挨得就有多惨烈。

白小婷外婆大嘴巴走漏风声，说他们都陪着子夜去找爸爸了。于是一群家长在大巴放客点守株待兔，阴沉着脸将三个人带回小院。丁成杰又担心，又不敢跟去，怕这事再多添个自己这街头混混，会在事态上火上浇油，只好守在院子外头听。隔着老远的距离，他都能听到白小婷和陈纵的哭声。

两人各挨了顿打，打到众人都出来劝，才轮到子夜。

邱阿姨拿了竹棍，亲自上阵，手下不留情，捋起从未捋起的袖子，将早已愈合生了粉肉的烟疤、烫疤，还有各种不知名的蛇一般蜿蜒进衣袖中的痕迹，触目惊心地坦露给子夜和众人。

"妈妈身上的伤才刚刚愈合，你就念起他的荣华富贵来了。他是个老孽障，你也与他一样是个孽障！我怎么养出你这么个白眼狼……"

邱阿姨一棍一棍落下来，白小婷外婆来劝，周阿姨来劝，统统劝不住。谁劝都劝不住，人人都哭了起来，她自己也哭了起来。邱阿姨在哭，陈纵在哭，连爸爸也在哭。

只有被打得跪在地上的子夜没有哭。

无论陈纵怎么为他辩解，只要子夜还一言不发，邱阿姨便不会停，总要他求饶才肯罢休。

子夜却绝不是会轻易求饶的子夜。

几乎是下意识地，陈纵扑上去，和子夜跪在一起，用自己全副身躯将他紧紧搂住，护在怀里，等待着她极有可能无法承受的重击降临。在这个世上，她势必要做他的同盟。

那一棍子终究没有落下。

整个院子陷入一种奇异的宁静。陈纵感受到子夜紧绷的身体在那一刻渐渐松懈下来，同时，她听见子夜开口。

"我不学文了。"他这样讲。

子夜在那一瞬间全然溃败，如同在请求一整个世界饶恕。于是邱阿姨丢开棍子，态度也软下来，如同代表一整个世界对他的罪行进行宽恕。

后来人们不知道为什么，常常津津乐道那一次挨打，夸赞子夜懂事，夸奖陈纵重情义。

"她咚地跪下去，将她哥哥紧紧抱着，我看见，眼泪哗地就流了出来。"

金叔这样形容，"都是好孩子，两个小孩都是好孩子。"

王叔感佩于他们俩的兄妹情深，等陈纵中考结束，宣布考上了子夜所在的高中，便出资，请来当时城里最有格调的影楼给他们拍照留影。

那天太阳很大，两人刚吃完冰棍，别别扭扭地站在太阳下，穿着各自的校服，像太阳晒蔫儿了的两只萝卜，中间隔了条银河。

"抱一个吧，你们两个抱一个。"摄影师为了画面好看，这么提议。

院子里所有人为两人腾出地方，端来小板凳，坐在摄影师背后参观两人合影。

两人对视一眼，觉得好生奇怪。陈纵一看他眼睛，脑袋里就"嗡"的一声响，忽然间手不是手，脚也不是脚，从小跳舞跳到大，四肢第一次不听使唤，全然无法协调，畏首畏尾，展现出了一点唐氏综合征初期表征。

子夜也没法看她，看一眼陈纵，立刻转过脸，看天看地看人，就是不看陈纵。他忽然间笑起来，也不知在笑什么。

两人身体距离稍稍靠近一点，目光却越离越远。貌合神离，像极了那种闹了别扭的小情侣，像那种离了婚还有情的前任夫妻，还像那种街上第二次碰到却早就觉得对方长得好看的路人。

摄影师都觉得离谱，问两人："哎呀，你们两个，是不熟吗？"

背后众人都跟着着急，跟着起哄，抱一个，抱一个！

陈纵和子夜更无法直视对方。

白小婷也讲："那天相亲相爱，这几天又有仇了，又见不得对方是不？我看就得叫邱阿姨拿了皮条来，再追着子夜打一顿，你们俩才能好好拍个照。"

众人哄笑起来。

最后还是子夜主动靠过来，像抱一截笨重的木头一样将陈纵搂进怀里。

陈纵整张脸埋在他胸口，有了遮蔽，明目张胆地心猿意马：他看着清瘦，没想到怀里这么有安全感。脸烧到耳根，别人统统看不见。

只有子夜看见了，故意讲："你不将脸露出来，别人以为我同谁拍结婚照。"

179

陈纵耳朵更烧，大叫："不露！"

"那你看我。"子夜笑着讲。

"不看。"

"我是抱了个桩子吗？"

"你才是桩子！陈子夜，字庄子！"

……

闹到最后，摄影师也没抓拍出个好照片，暗叹自己技术大跳水。幸好王叔也没怪罪，抱了周姨劈的西瓜出来待客。

陈纵与子夜分了个瓜，一人一半，坐到屋檐下躲太阳。

子夜用勺子舀，陈纵徒手掰，这时候两人性情上最大的差异就显现出来了。

陈纵仍无法直视他，一看到他的脸就要爆笑。

瓜吃到一半，子夜又想起追究那个问题，凑近拷问陈纵："我长得很滑稽？"

陈纵被他盯到浑身发毛，偏过脸，拿手推他，叫他走开，笑着嚷嚷："你不滑稽，我滑稽。"

正在调试镜头的摄影师趁机抓拍下这一幕，将相片放大，脸上渐渐带了得意的笑。

金叔、王叔、周姨凑过来看，都说好！

白小婷看到，也说，这张好这张好！

众人都说好，那必然是极好极自然的照片。两人也总算有了一张像样的合照。子夜第一次有了物欲，见到照片，主动跟摄影师讲，这张可不可以多印几张？那张照片于是一直跟着他，跟着他换了几次学生卡卡袋，跟着他去了许多地方，又一路从学生卡袋换成钱夹。

子夜不学文了，也尽量克制自己，很少写作。因为一写，邱阿姨便觉得他断不了念想，便会神经质地大闹一场。子夜的情绪少了宣泄出口，大部分时候便只好画画。工笔花鸟素描，寥寥几笔，栩栩如生。他的画和他的文字风格很像，简单几笔便直击人心，有种大道至简的意味。

所以很容易地，子夜高三伊始，几幅画作也获得了日本的奖项，得了个机会公费去京都。

一个星期的旅程不算长，爸爸接了子夜回家。子夜对那个近处的国度仅有寥寥几句陈述句，随后从行李箱中拿出一只玩偶给陈纵当作旅行总结。那是一只脸蛋特别可爱的中号达菲。

"在东京转机时买的，"子夜吃饭时，在大人的询问下随口说道，"听别人讲，东京迪士尼的公仔脸做得最好。"

这话是在港市迪士尼时，同坐漂流筏的女孩讲给他们听的，没想到子夜牢牢记在了心里。但当着邱阿姨的面，他不敢提，一提港市，她就要发疯。

爸爸对子夜说："你真是有心了，东京转机那么点时间，还跑那么远去买这个布娃娃。"又对陈纵说，"你看你哥，把你宠到天上去了。"

陈纵收到达菲，自然是开心的。可那时她心中，更多的是狐疑。

她的临终愿望，怎么就这么一条接一条地实现了？

陈纵拿到心爱的达菲之后，将遗愿本子翻来覆去地看，心想，这和白小婷一齐挑选的日记本，难道是什么愿望实现簿？可为什么她的愿望实现了，白小婷的却没有？

又或者，她还想到一种可能性。由于这些愿望都是直接或者间接经由子夜实现的，所以她一度怀疑子夜是上天派来拯救她的无所不能的神仙，或者是未来的自己穿梭时光送到她身边的机器猫。

自从有了这个想法，她时常趁子夜不注意，偷偷打量他。吃饭时看，睡觉时看，半夜偷偷打开他房门看，看他什么时候双脚离地呈仙人模样，又或者什么时候藏不住，露出一截儿尾巴……可惜子夜掩藏得很好，始终不曾露出马脚。

而陈纵的愿望一直进行到那条"死之前要和子夜接吻"，便停滞下来，再没有了任何动静。

还有呢？

陈纵常常在各种场合，奇怪地望着子夜。

然后呢？

在她略显诡异的视线的注视下，子夜仍是那副泰山崩于前而面不改色的淡定模样，有时候被她盯到发毛，他至多问一句："看我爪子（看我做什么）？"

陈纵便会成功被他逗笑，忘记自己对神仙许愿，神仙却故意遗漏她某些可耻愿望这回事。

那时候陈纵想了许许多多离谱的原因，来解释子夜究竟如何知晓她临终愿望的。

再大一点，往细想，哥哥这样一个君子，有什么必要非得去留意背诵一个少女的临终祈愿。

她什么都想到了，却从没有想过存在这么一种可能：这世上有一个人，也许曾无数次地真正想过要去死，所以推己及人，真的怕她要死。于是不惜做小人，也要将她小小的心愿一一满足。

从没想过，这世上有一个人，他已经立在悬崖边上，却仍想要搭救旁人。

而好笑之处在于，在当时的情境下，他们两人，一个不敢讲，一个不敢猜。

于是故事便成了：子夜在明知道她一切小心思的前提下，选择做一个好演员，面不改色，硬生生地看她在自己面前演了两年。

上了高中，课业紧，舞蹈课和国画课自然而然都停了。他们有一阵子没见到两位老师，但两位老师却常常想念他们，每个季度都会寄来真空包装的酱料或者铁盒装的牛奶小饼干。隔三岔五也会通一通电话，慰问子夜的近况。

两位老师一早听说子夜写书讽刺陈金生而遭陈沪君封杀一事，气得将港市姓陈的都骂了一通，又讲："不如子夜到这边来念中文系。"

但最后，说来说去，仍旧行不通。"这百年华语社会就出了一个陈金生。"连国画老师都这么讲。走文学这条路，最终只能走回到陈金生家中去。

"除非子夜耐得住寂寞，"一位太太恶毒地讲，"要么熬死他，要么熬出头拿个奖，再不然运气好点，出一本销冠，他也没什么话好说。"

"第二种熬阅历。后者看时运。"另一个太太这么说，"还是前者容易些。不指望他态度放软讲好话，就指望他嘴能永远地闭上。"

"后头还有个陈金生爸爸小老婆生的陈沪君呢，今年才三十六吧。"两位太太都叹气。

两位老师对陈金生家的秘辛了如指掌，并且热衷于讲陈金生兄妹坏话。这侧面印证了资本社会上三路是打通的，也印证了这世上唯一一个华语社会其内部的紧密性。也许还有点文人相轻之意，但更多的是一种看不上又打不倒的愤懑。

最后总结，"倒也不是非得走文学这条路，"教写字的老师讲，"先找到立身之本，憋住这股劲，再从长计议。"

邱阿姨深以为然："中文系出路不算多，何况路的尽头挡着拦路虎。"

爸爸却觉得："喜欢什么就学什么。"他说，多挣点钱，怎么就养不起两个小孩了。

子夜还没说什么，陈纵便开始大言不惭地讲："我要学天文学！"毕竟她理科三门几乎全凭物理获取分数。反正她也不知道自己喜欢干什么。

陈纵每天最开心的事就是坐子夜的单车上学，坐子夜的单车放学。那所高中离家有二十分钟骑车距离，陈纵每天在后座都要发表一番对今日新闻的真知灼见。子夜做着全世界她唯一的忠实听众。

"我爸送我学舞蹈，是为了将我卖个好价钱。"陈纵往往会有这样惊人的开场白。

子夜会耐心听着，在她讲到起承转折的重要之处出声问："嗯。理由是什么？"

"我又不靠跳舞谋生，也没太多天分，普普通通，就像我勉强造就的学业——未来拿一份好文凭充作嫁妆门面——邱阿姨说'这世界上又不真要女人来铸就'。"

陈纵叽里呱啦，其实全在讽刺邱阿姨——子夜听得明明白白，像在听单口相声，可惜骑着车，不能腾出手为她鼓掌捧场。

她接着又讲："就像我爸讲的'爸爸养得起'，但是还是要求我有个好成绩。每次学校文艺会演结束，总有一大票男的突然间喜欢上我，还不是因为突然看见了我的价钱。上了高中，没有文艺会演，最近也有男的明里暗里跟我示好。我不懂为什么，去问同桌，同桌说'他们没想到你居然成绩还可以'。你看，成绩也是我的价码。

"这个世界只是少部分人的游戏，其余人的努力不过是成为市场上等待贩售的猪。"这一次陈纵主动总结，"那些男的来追我，我就说，你比过高三（1）班的陈子夜再说。他们听到你的大名，几乎立刻就放弃了。"

子夜点头称是："所以我是一只快上砧板的猪，车后座搭着一只堪破世情的猪。"

"那哥哥呢，"陈纵话锋一转，"女生追你，你会怎么讲？"

"没有人追我，"子夜答，"你看我像有人追的样子吗？"

陈纵实在佩服他睁眼说瞎话的本领。她偏要使他局促："我们班就很多人喜欢你。"

"哦，是吗？"子夜仿佛不知道这回事，"可能她们都跟你一样，'比过高三（1）班的陈子夜再说。'"

陈纵怀疑子夜从前偷学过太极。她仍不罢休："哥哥的择偶标准是什么？"

子夜倒认真想了一想，才答："人？大活人。"

什么嘛，这算什么回答？陈纵大失所望。

"我要一个活生生的凡俗的人，而不是一只待价而沽的昂贵的猪。"——那时候她还不懂得越低的要求就是越高的标准。

"最近我发现好多同学都喜欢看小众艳情小说，"陈纵试图同略显守旧的哥哥解释这个概念，"就是某种边缘恋爱。但不是随便街上抓一个张强一个刘伟过来，而是具有一定外貌标准，比如抓一个陈子夜，再抓一个许晨明。"

"那不会很奇怪？"子夜用的是"奇怪"这个词，而不像其他男同学一样真情流露，说"恶心"。

子夜讲："欲望的本体是什么？"

他一下就说到关键点。

"她们可能会代入一个男性视角来恋爱。我分析了一下，似乎她们只有将欲望寄予男性这个性载体，才能堂而皇之地谈论'性爱'这个命题。好像她们没法接纳，或者承认自己的身体本身，是充满欲望的。"

子夜想了想，笑了。这个问题的本质，第二性，它寄予这个文化圈层几千年对女性和弱者的漠视与厌弃，它——很残酷。

"现在走进书店，最显眼的地方全是这一类书籍，可想而知它的销量，可想而知受众是多大一个群体。"

看到陈纵叹惋，子夜试图安慰："无论寄予什么载体，能直视欲望本身，也算好事。"

陈纵惋惜地讲："我想到《毗舍阇鬼》如果还在，这两年不知该有多火。"无论多么不登大雅之堂的大火，也是火，至少不必为生计发愁。

子夜倒无所谓："人各有命，书也是。"

陈纵却没法像他一样无所谓。也是那时候，她第一次意识到，"时运"是多么难能可贵的东西，也因此，"生不逢时"是这世上尤其残忍的四个字。

她接着又讲："男同学有时候看些文艺男写手的小说，或者网络小说。他们看的书我都找来看过……啧，辣眼睛。"

子夜笑了，笑她只许州官放火，不许百姓点灯。

"不说看书的男同学，我只讲那些男写手。可能与我们同龄，或者大一些，二十几岁？全在宣泄无处安放的荷尔蒙。脏话、性征、上床、开后宫……所有文艺网文，全是这种调调。描写起器官来像刑侦小说里讲的特殊癖好，不允许女性在过程中做出任何反抗，还要从猎物身上割下标本珍藏。这个年纪的男人都是隐性器官癖。"陈纵如此总结，更觉得子夜可贵，"你为什么不会像他们一样？"

"我有时候也会，"子夜微微眯了眼，稍加思索，便讲，"以前书评都讲'苦难文学'，所以我一直没看《白鹿原》。活着已经很苦了，不想看书还要吃苦头。后来某天我翻开书，看到第一行字，立刻就看了下去。"

陈纵愣了一下，当即大笑起来。《白鹿原》开篇那句话——"白嘉轩后来引以为豪壮的是一生里娶过七房女人。"

子夜总结："书写普世欲望，一定能引人入胜。"

他虽这么讲，陈纵却觉得不可信。但凡换作世上任何一个人，她都信了，偏偏子夜这么讲，她只会觉得这番话是他试图通俗的一种手法。

陈纵接着讲："那么我以后写小说，第一行就写，'我这辈子没什么出息，唯一宏愿就是和这世上最最好的男人睡觉。'"

子夜微微笑了："也没什么错。活着就是享人欲。"

"是没什么错，但在邱阿姨和我爸爸看来，就是犯了天条，"陈纵愤愤地、爽快地讲，"我要将世上所有的艳情小说和最肮脏的小说手稿放在床头，这样邱阿姨偷看到如下内容时，一定会气到发疯。"

陈纵第一次离家出走回来，就知道邱阿姨偷看过她的日记了。

"她这么耍浑，还敢说要去死？威胁谁呢？"白小婷的表演绘声绘色，"还是子夜将几本笔记本抢救下来，才没使邱阿姨进一步观瞻你的遗嘱。她看到你写小说意淫丁成杰，说：'小小年纪，好不要脸。'子夜对她讲：'你如果要脸，我都不会生下来。'"

那时陈纵虽然已经对这种事情很坦荡，也具备了足够的自信和底气来反抗整个世界对她这第二性的不公正，却还没有完全谅解爸爸的专制和邱阿姨的迫害。

而她所能想到的最具体的报复，除了在床头摆放她所认为最最艳情的小说，还有，和子夜进行身体的探索。

那时候连她自己也分不清是报复多一些，还是愿景更多一些。

假如有一天邱阿姨发现她不是处女之身而羞辱她，她一定会大声回答："是陈子夜干的！"

陈纵想到这一幕，简直不知道自己会有多爽快。

对神仙许愿失灵了……陈纵好奇地望向子夜，望向心思莫测的天意。

天意难测，恐怕这两件东西她只能主动争取。

两人每天吃着同款全高中独一无二的小饼干，穿着散发了同款柔顺剂香味的同款校服，同款沐浴露的味道从肌肤向衣袖蔓延，讲话是同款的腔调，表情是如出一辙的神气。

子夜骑车搭载陈纵是一道风景，被沿途的人津津乐道了数年"陈家哥哥真好"。那时的子夜，并不知道后座小小的陈纵正阴暗地密谋着他的身心，还要为她枯燥的文学播报做总结。

陈纵为什么喜欢跟子夜讲话，除了他言之有物，还因为他声音好听。

那时她已为写作配备了诸多手法，色彩、形状、温度、触感……再加上一个声音。诸多变量，汇总成生命无穷无尽的感受。

在专注于"声音"这一特定形容时，她开始随时随地感受子夜讲话的声音。她不通乐理，发现这竟然是写作中最难的部分。

她试着用很多很容易得到的形容词来形容他的声音，什么清冽、温润、悦耳……都不够准确。

直到欢送高三学子那次会演——那时候学校文艺部已懂得用较高级的表演方式来提高学生的审美，而不是只顾取悦学校领导——是各种乐器演奏会。

夜色降临，陈纵趁班主任不注意，偷偷端了小板凳，摸索到子夜班级，坐到他旁边和他一起吐槽。

郎朗钢琴班的外国老师合奏弹得极好，当然这也是在十几岁高中学员平铺直叙毫无感情的琴音下衬托出来的"好"。

陈纵理所当然地认为："有了一定的爱情感悟，《致爱丽丝》也能让听众共鸣；将弹奏当作高中功课去完成，《爱的协奏曲》也能像肥皂剧一样使人面无表情。"

子夜没有讲话。

有了这一层想象，陈纵对于接下来的少儿班表演更不抱希望。

但离奇的是，一个接一个穿着西装的糯米团子坐上高高的琴凳，巴赫和肖邦却似溪水，似泉涌，似惊涛骇浪，似奔流一般自钢琴键下，自肥圆小手间流泻而出。

琴声全无技巧，全是天分。你甚至说不上几十年阅历和这天资相较，哪一种琴声更高级。

原来天分竟是如此残酷而直白的观感。就好比有人活了二十几年，对红楼的注解是"渣男贱女烂裤裆"，而有人小小年纪，便可以轻而易举地引导他人：你看这世上许多人，像不像围城。

原来天才被上天授予的礼物，是与生俱来的超凡绝伦的感悟力。

那一瞬间，世间诸多奏鸣曲，经由陈纵的眼，流泻到子夜身上，一切又归于宁静。所有精妙绝伦的琴音，都不及他一人的命运奏鸣曲。

子夜是一首咏叹调。

陈纵试着用另一种手法，再将他描摹。人的声音和气质原来是浑然一体的，子夜从不是什么粗浅的驳杂的市井声音。他是一首绝迹的古曲，一支哀伤的咏叹调。

但陈纵绝对不会将这种雅到以至于俗不可耐的形容讲给他听。她要吸引他，就要像《白鹿原》的首句那样俗到彻底，俗到耐人寻味，俗到立刻引爆眼球。我要用同款开场白，将你吸引。

"……他（周缚）叫声一定很好听。"陈纵决定将自己的三俗小说这样开篇。

这样难登大雅之堂的描写，陈纵故意在邱阿姨的大雅之堂——饭桌之上呈给子夜品评，如同她随时随地盘腿而坐一样，一半是出于自在，一半是出于报复。

两人装模作样地共阅一份夹在《五年高考三年模拟》背后的小说。在两个大人赞许的目光中，子夜还煞有介事地讲："这个开篇很吸引人。"

陈纵就故意问他："会吸引你读下去吗？我是说，你会想要读完全本吗？"

子夜侧过脸来，盯住她，不知试图看出些什么来。过了一会儿，他才讲："会。"

陈纵感觉自己被他蛊惑了。

那时候子夜早已高考完。他凭借书法获奖证书高考加分二十分，以全市第一名的成绩被录取。仍是他本该保送的那所学校，念的却是一切学科尽头的哲学系。

其实他不加分也是全市第一名，也能上那所学校。他做什么都好像不费什么力气，好像随便做了三年学生就考了状元。

陈纵耳濡目染，做起事来也常有那种举重若轻的姿态，虽然成效不如他好，但到底也是那种满不在意的气质，意外地吸引异性眼球。

子夜波澜不惊地考上了最好的大学，以至于整个家庭都有种无所谓的氛围。

唯一紧张着的，只有陈纵。

大家都说，那所学校有好多子夜这样的人，气质卓著，聪颖卓绝，是全国选上来最拔尖的一批一流美女。陈纵非常肯定，连邱阿姨都首肯他恋爱，那么其中一定会有一位拔尖美女与他看对眼，进而坠入爱河。她一定要赶在那之前，提醒神仙她的愿望还没实现。

那个暑假，子夜是这世上最闲的闲人，成日陪着她写那本无聊至极的爱情小说。

也许是那个极不登大雅之堂的开场白给整本书定了个极不登大雅之堂的调性，所以两人也只能在卧室里关起门来讨论。

有时候在子夜的房间，有时候在陈纵的房间。不论在谁的房间，几乎都是陈纵大刺刺地霸占着床，子夜则略显憋屈地蜷在床边的地上。窗帘也是拉上的，一线阳光只能从窗帘缝隙点亮昏暗的睡房，两人的视线便在这种昏暗里以各种形式错落交缠。

说起情节，两人都是认真的，坦荡的。

子夜揣摩人物心理，细致地讲述阅读感受："周缚这个人，天性内敛，生来被动，兼之又比较古典，比较雅致，不太会做出这种一下把人按到墙上强吻的霸道总裁行为。"

陈纵一时分不清他是在自我剖白，还是仅仅是在分析周缚这个人物。

稍作思索，她才讲："怎么办，我看的言情小说，好像都是那种霸王硬上弓的套路。而经典名著里，两人忽然就搞在一起，忽然又结束了。对过程讳莫如深，好像没有太多细节描写。"

子夜就讲："你再想想，一定还有解法。"

陈纵将一本本小说翻来覆去地看。从《挪威的森林》，到冯唐，到网文，再到《浮生六记》。书页哗哗地响，毫无经验的陈纵从他人的经验之中得不到任何理想解。

"'一定还有解法。'你说得轻松，我又不是那种悟性很高的小孩，可以在没有任何人生经验的基础上将钢琴曲弹到振奋人心。"这道题将陈纵难倒了，她望着天花板，忽然问，"哥哥写作的原始驱动力是什么？"

没有回答。

子夜清浅均匀的呼吸在耳边响起。

陈纵耳朵痒痒，心也痒痒，转过脸去将他打量。

近在咫尺，她与他姿态错落，视线错落，唇也错落。她看见子夜睡着了却不知为何紧抿的唇，呈现很浅的淡粉色泽，几乎约等于苍白。她生出了一种想要将它湿濡，咬上一点点红润的心情，于是慢慢挪动身体，向他靠近，再靠近。

她全然没想过将浅眠的子夜弄醒会怎么样。反正子夜也不会将她怎么样，她这样想。两人面容一样的安宁，紊乱的呼吸交杂在一起。陈纵试图让自己忽视这一点，试图摒弃一切杂念，去向他靠近，再靠近，试图闭上眼，去描摹他嘴唇的形状。

也就在那一瞬间，她看到子夜脸上的神情。不悲不喜，等待的神情。不知道等待的是什么，上天的垂怜，抑或是刑罚的降临。

陈纵停了下来，停在离他嘴唇咫尺的距离，停在纠缠缭乱的呼吸间。

她摒弃一切杂念，近在咫尺地问："哥哥。如果有人吻你，装作爱你，和你做尽一切男女之事……只是为了灵感。你会不会生气？"

陈纵感受到夏日的睡房有种异样的安宁。

就在这份安宁里，她听见他的声音。

"会。"

子夜仍维持静止的姿势，讲出一句肯定句。

她不懂本该凌驾于一切之上的子夜，为什么会习惯性流露出这种任人宰割的表情。

陈纵在那一刻油然而生一种怜惜。

她忽然懂得葛薇龙陷入恋爱，在不相干的情境下想起乔琪乔"像个小孩"，会油然而生母性。

她珍惜子夜。

而爱这个命题太过宏大，轻易讲出口往往显得有点滑稽。

爸爸妈妈是相爱的，但直到妈妈临终前，爸爸才在她病榻前第一次说出这个字。爸爸是很喜欢邱阿姨的，他们两个也从不提"爱"字。

中国人对"爱"这个字眼加诸许多它本不该背负的过分沉痛的东西，而外国电影里频繁出现的"爱"，又因轻浮而显得泛泛而谈，这两种陈纵都不喜欢。在她懂得自己格外珍惜子夜的那一刻起，她知道这二者都不是她可以随随便便对待的事物。

陈纵下巴垫在胳膊上，小心翼翼，声音异常轻地认真地对子夜讲："我珍惜你。"

她要轻拿轻放地讲。

子夜睁眼来看她，像镇墓兽偶然苏醒，像困死在纱窗之间的脆弱的蝴蝶。陈纵从他眼底看到他第一次在自己床上睁眼时的神情，困惑、震愕、不解。

这四个字对他来说好像格外生疏，所以他才会流露出外星人第一次听见远古地球文字的那种表情。

这对陈纵来讲，也是异常陌生的场景。一部部通俗的经典小说描绘的示爱场景，在她脑海中土崩瓦解。她忽然懂得年年该如何同周缚相处。

她望进子夜眼中，试图看清他此刻在翻阅何种典籍来试图解释她或者他自己。无数本书化身无数双手，在背后推着她，去向子夜靠近。她几乎能感觉到，子夜在阅览她的额头、睫毛、眼睛和嘴唇时，也在竭力克制这种靠近。

他们谁都没有轻举妄动。

第九章

绝迹古曲

那个夏天格外闷热，院子里的蝉鸣也意外地使人烦躁。

陈纵与子夜的房间一墙之隔，有时夜半醒来，她好似都能听见他的一呼一吸。她从没发现安静的子夜这么吵，简直随时随地，不分场合，无处不在。

就这个问题，她再也没有向无所不能的子夜求解。他们之间好像多出一块禁地，绕不过，攻不破，也拿不起。

那种气氛连邱阿姨都觉得诡异，讲："你们两个怎么回事？好的时候好得不行，闹个别扭闹成这样。"

陈自强逮着他们俩在走廊上看似冷漠的相遇，便会怒其不争地骂道："狗见羊！"还会批评陈纵，"你哥都要走了，你也没点好话，真是个白眼狼！"

陈纵倒是想讲，可是她的主动性遭受客观法律和宏观命题全方位镇压，连她自己都怕这轻易出口的好话，会使人对它的重要性大打折扣。

她更怕与子夜两年的分隔，会使这朦胧如纱帘、轻薄如蝉翼的感觉酝酿成一种滑稽、幼稚的过家家游戏。

陈纵每天都在同自己的情感搏斗，她最终说服自己，做人要沉得住气，要破釜沉舟。所以最好的时机是两年之后，她觉得等得起。

可是她对自己情感上种种周详的策略与谋划，都在子夜离开当天全面溃败。

子夜是乘火车走的。

为什么是乘火车而不是搭飞机，那时从未为生计发愁过的陈纵还不足以懂得其间的差别，自然也不晓得爸爸资金周转出了点差错。

　　她只知道，子夜要走了，那片禁地变成了一片荒芜之地。她立在站台，看见子夜弯下身，被嵌在点了灯的小小的窗格里，那个场景会变成一幅尘封的油画，被永恒地束之高阁。

　　报站员的声音毫无感情地响起，那格小窗也从她眼前滑走。

　　陈纵可以感觉到子夜的视线在自己身上长久地停驻。

　　原来人的眼睛是可以讲话的，原来人的情感是可以仅仅经由双眼讲诉的。

　　很重的爱也在那一瞬间变得很轻盈，陈纵的眼泪大颗大颗地滚落下来，她不由自主地动了，下意识地去追寻那一格搭载着子夜远行的窗。

　　子夜也在她跑起来的那一瞬笑起来，顷刻间从固定的那幅画中消失，一格一格倒退，在她能看清的最近也是最远的地方以口型告诉她，别哭，又指指手机，打电话给我。

　　子夜走了。

　　陈纵停了下来。

　　她不是子夜那种可以全凭天分、不靠老师的学生。因此高二伊始，她就被转到当地最好的市中学，开始了住校生涯。

　　爸爸和邱阿姨每个月来接她回家一次，两人大发慈悲，允许她每个月的这天晚上玩一个小时手机。

　　除此之外，爸爸和邱阿姨跟子夜视频之后，她还可以跟子夜通十分钟电话。

　　不论文字交流还是语音通话，都在家长的监视下进行。这时候，她作为未成年人的人身不自由就体现出来了。

　　陈纵与子夜只能闲聊日常。经子夜讲述，陈纵已经可以详尽地勾勒出他的校园生活。

　　他住的四人宿舍在三楼，去那里上学的每个人都很优秀，只有他自己"平平无奇"。留学生宿舍距离子夜宿舍很近，韩国学生喜欢买电动车，又担心被偷，总要给车加上过分夸张的电子锁，以至于隔壁楼一旦有人经过，一排一排电动车便会一齐警铃大作。这行为被投诉过无数次，却没什么成效。子夜睡眠大受干扰，常常需要通过午休来弥补。除此之外，一切都好。大学生活没什么稀奇，没有交女朋友，也没有人跟他示好，因为他"实在没什么过人之处"。

轮到陈纵，便是：那所高中的女生都更漂亮，男生却没有一个帅哥。学校招生标语是"搭乘前往一流大学的方舟"，而所有的俊男都早已淹死在了知识的汪洋里。白小婷今年被选去做了空姐，认识了一个富二代里少见的潜力股，约定法定年龄结婚。至于陈纵自己嘛，她成绩不好不坏，稳步前进。有一次考到年级前十名，以至于爸爸都怀疑她抄袭。末了，陈纵会讲，每天都有大考小考，没有时间给她写小说，故她也没有再问过子夜周缚和年年的问题。

陈纵连看课外书的时间都少了很多。但她还是会如实告诉子夜："我前阵子读了《笑林广记》，读到《辩捷》篇，晓得那本书为什么轻易激怒了你姑姑。

"原来世界上的好学生并不全都像你这么懒散，他们去食堂吃饭都是用跑的，睡觉五个小时都是嫌奢侈的。

"看到他们，我也跟着紧张。吃个饭都没工夫好好挑拣的人果然不会有别的欲望，古人没有骗我。

"因此最近我也没有读网络小说。

"只有一节高考语文导读，文言文和现代文居多。老师上礼拜提到《子夜》，整个班级风平浪静。我才意识到这所高中没有你。

"哲学系都学什么呢，课业紧不紧？"

子夜讲，他要在三年内修完所有课程，所以他比旁人更忙。

爸爸要养两个小孩，也有别的事要操心，常常不在家。

陈纵的高中要求重点本科升学率，因此也有许多非人的规定，比如一个周末只放半天假，一个月能有一天长假。

寒假只放除夕和新年两天，而子夜绩点在年级前几，获得了去洪堡大学交换一个月的机会，这一个月的学习也能换算绩点，他不愿意错过，也因此和陈纵错过了新年。

等到子夜从德国回到学校的那个周末，陈纵听说他在学校昏倒，邱阿姨接到老师的电话，赶去照顾过他一次。

那个周末，陈纵晚自习特意跟老师请了半个小时假，到校门口的小卖部借电话打给子夜。

"没事，"子夜在电话里这样讲，"忽然犯低血糖，在食堂里晕过去，被同学送到校医院。不是什么大事。"

"在家生龙活虎的，去上大学怎么就低血糖了？是不是食堂饭菜不合口味？"

"我也不知道怎么回事，也许是睡得不好，"顿了顿，子夜又笑着说，"食堂饭菜很好吃，什么菜系都有。等你毕业，我带你一一吃遍。"

陈纵帮不上什么忙，又不敢瞎操心，白白惹人心烦，于是她问："最近有什么开心事吗？"她只想知道他开不开心。

子夜意外地很有倾诉欲："倒是有一件。学校有名女同学——"

"女同学？"陈纵被激发出危机感，恰如其分地提醒他，"陈子夜第一次提及适龄异性。"

子夜接着讲下去："有很严重的抑郁症，严重到几度退学。"

陈纵差点就忘记危机感这回事。

"听说很难治愈，几乎只能靠自己。会有阅读障碍……而且还容易使身边人有情绪病，她……"她虽然很同情她，但她只是个凡人，分身乏术，只能担心子夜，"你不要离她太近。"

"不会，"子夜答应她，接着又讲，"她今年毕业，昨天举办了校园婚礼。婚礼致辞，她讲了很多，说她这些年走来很不容易……她尤其感谢她的丈夫，说自己被他治愈。"

向来逻辑清晰的子夜，不知怎么有些语无伦次。

隔着电话，陈纵看不出他的表情，也无法经由电子音听出他的情绪。

她只知道这件事使子夜开心，因此她也为他高兴："真好。"

背后请假出来排队打电话的女声催促了两三次，察觉到她并不是在讲什么要紧事，催得更急："我朋友八点就开始等我电话了！"

陈纵不理。

背后女生踮脚瞥眼通话时间，说："排队二十几分钟，电话讲九分钟，离校超过半个小时门禁了吧？小心门卫卡点不放人，将你扭送去教导主任办公室罚站。"

陈纵压制住喷薄的怒气，捂着听筒，很小声很不舍地讲了句："我很想你。"

"我也是。"子夜这么讲。

"等我来找你。"

"好。"

得此一句，夫复何求。

陈纵卡点十分钟挂断，将通话结束在最圆满的时候。

迈入高三之前那个暑假尤其重要，两个最炎热的月份也要在一周一轮的摸底考试中度过。

陈纵早已选定了另一所位于十朝古都的大学，那所学校物理系最好——你上最好的大学，那我也不能输——那时她的野心勃勃已略显山露水。

日子也因有了既定目标而心无旁骛地过下去。每个月她仍会回家一趟，大部分时候家中只有邱阿姨。经济状况一片愁云惨淡，显露在邱阿姨脸上，只有娇生惯养的陈纵始终无从察觉。

第二年新年只有两天假期，陈纵是和邱阿姨过的。两人一齐包饺子，走了个新年的形式。夜里坐在沙发上看春晚时，电视机下方突然跳出一则新闻。

一代文学巨匠陈金生病危。

陈纵转头去看邱阿姨的表情。

邱阿姨脸上没什么表情。

但很显然，两人都无心再看小品。郭冬临的小品演到一半，邱阿姨起身去走廊上打了个电话。

"老聋障应该快死了。"

邱阿姨这样开场，显然是打给爸爸报喜。

不知爸爸讲了句什么，邱阿姨讲："临死前见他一面？他活着我都不想见。"

过了一会儿，她又添一句："遗产怎么不要，我这么多年罪是白受的吗？

"你别劝我。不该我得的，我一分也不要。该我的，也不能少。

"那么多书的死后版权代理，我凭什么白白便宜那女的？"

……

爸爸劝了邱阿姨很久，她都不肯听，铁了心地讲，遗产是无论如何都要争的。

陈纵趁机从上锁的书柜中偷出手机，给子夜发短信。

陈纵：陈金生病危。

子夜：不关我事。我妈准你玩手机？

陈纵：她非要去争遗产，我爸正劝她呢。趁机偷玩手机。

子夜：别给她发现了。

陈纵：不会。

子夜：别让她去。

陈纵：我爸都劝不住，我哪里劝得住？

子夜：一会儿我跟她讲。最近都干了什么？

陈纵越发没脸没皮：没干什么，就想你。

外头邱阿姨已经在讲结束语："……你也自顾不暇，我总也要想办法帮着你……你别管我，我自己会去找律师咨询，到时候消息确凿了，带上律师一起过去。这么多年，不就是为了今天。他死了，我也没什么可怕的了。你放心。"

陈纵将刚才的消息一条条删掉，坐回沙发上剥橘子。

邱阿姨挂了电话回来，看见书柜里的手机亮了一下，狐疑地拾起来，看见一条：高三了，别想了。

她高声质问陈纵："你哥叫你别想谁？"

陈纵面不改色地讲："丁成杰。"

"这么多年，还想呢，也真难为你。你哥讲得对，快高考了，也收收心，"邱阿姨感佩她的长情，同时又啧啧称奇，"他还没坐牢呢？"

陈纵语塞："邱阿姨，大过年的，别咒人行吗？"

"行行行。"邱阿姨点头称是，电话铃适时响起，她步出房间接起，"你也看到新闻啦？"

陈纵竖起耳朵。

"什么别去？你晓不晓得那是多大一笔款子？我看你就是没吃过没钱的苦——

"你还顾这个呢？你自己学业顾得过来吗你！

"等你明年毕业挣钱？你读个哲学系本科，挣得着几个钱？

"你陈叔为你们两个未来的留学费奔忙好几年，一笔一笔养老钱投进去没个响，这会儿也没个着落……你以为这世上钱是这么好挣的？

"当心他诈死？他快八十高寿，还能诈几回……

"不离婚，那是我的诈，不是他的诈！

"有诈我也得去给他诈，总不至于我命还没他长，熬我也得熬死他——

"你别管了。"邱娥华讲得斩钉截铁，"你只管好好念书，听妈的话。"

听妈的话是邱娥华最严厉的教诲。过了这条警戒线，她便会痛哭兼发疯来达成道德绑架。

子夜适时结束了通话。

这件事却远远没完。

"陈金生病危"或者"陈金生进重症监护室"的新闻一年内出现了四次还是五次，港媒要同陈金生家人确认信息时却永远不会有下文，几次病危消息都没有确凿死讯。

邱阿姨反复搜索陈金生在任何公共场合露面的蛛丝马迹，却仍旧一无所获的时候，她彻底忍不了了，觉得这是陈家人试图侵吞、转移属于她的遗产的一种手段。

那时候，她本就敏感的神经已被折磨到濒于崩溃。她和陈纵草草道了别，拿起证件、银行卡和回乡证，带着律师离开了金城，自此再也没有办法回到这里。

　　原来书里写的娇妻带球跑都不写实，霸总追妻火葬场也是无稽之谈。真正的上位者，永远不会低下高昂的头颅。

　　世上也真的有人可以不动声色、不发一语，便利用人性让逃走的妻子自动寻了回去。那时陈纵虽没真的见过陈金生，却已觉出他的可怕之处。

　　那次通话后的四个月，邱阿姨还没走，却已成了热锅上的蚂蚁，一点就着，一碰就炸。

　　过完年后，高考之前，陈纵有心避着她，四个月没有回家。幸得没被她情绪影响，陈纵考试没出意外，还算正常发挥。

　　一出考场，陈纵立刻寻到考场学校门口的小杂货店，先给爸爸打了个简短的电话报喜，然后打给子夜。

　　"我买了去你那里的快车票。"

　　这笔钱是她从生活费里省下来的，攒了有一阵子了。

　　"过来我带你吃好吃的。"子夜一个多余的字都没有说。

　　"不，陈子夜，不要再拿对付小孩那一套对付我。"

　　他"嗯"了一声，知道这番话在她心头憋了很久，于是只管安静聆听。

　　"我已经十八岁成年，可以为自己说过的话，和做出的一切行为负责。"该死的，她终于自由了。

　　"然后。"他请她说下去。

　　"我爱你，陈子夜，你很清楚，你不要再装作看不见，"她一字一顿，讲得异常笃定，"你知道我要找你做什么。"

　　"嗯，我知道。"他语气听起来非常平静，像在路上听见人们激烈讨论他早知道的试题答案。

　　陈纵仍保持着刚下考场的亢奋，带着命令的语气，特此通知他："我要跟你接吻。"

这话立刻收获了正在吃晚饭的杂货店老板全家的侧目及白眼，陈纵全都不管，全都不理。此刻她就是她生命的主宰，她决定做个坦诚磊落的斗士，她一定要当众讲文艺作品里那些最直白的欲望议题，她为自己骄傲，也还不懂得究竟是谁给她的这种勇气。

子夜笑了，像是听见一句生平最幼稚、最孩子气的话那样，笑得无可奈何，却也无法拒绝。

"好，我去开个房间。几点到车站接你？"

"晚上八点。"

两人就这样波澜不惊地聊完彼此为身心做出的重大决定。

二十多个小时的卧铺车程，陈纵并没有睡太好。她一闭上眼，便开始谋划该如何对子夜下手。

她是应该循序渐进，见到他先给他一个拥抱，再亲他，再深吻，然后将他扑倒？还是直接一点，去酒店房间立刻将他扑倒？她盘算了二十几个小时，完全没工夫顾上自己。

因此，子夜一早等在车站外，等来的是个蔫了吧唧的陈纵。此人全程就吃了一包小饼干，喝了一瓶矿泉水，昨日凛凛威风全然不见，短短十几分钟的车程，肚子响了不下十次。

子夜也没笑她，叫师傅将车停在校门外，领着她先去将肚子填饱了。

时间有点晚，附近餐厅营业的不多，校内也只剩一两间食堂为师生提供夜宵。陈纵点名要吃饺子，吃到第二盘才终于缓过劲来，嘀嘀咕咕地品评食堂以及子夜："食堂这么好吃，为什么你还会瘦？念哲学这么辛苦吗？"

子夜一直坐在对面端详她的吃相，在她开口前就已笑了起来："你先吃，管得倒挺多。"

第二盘饺子吃完，陈纵还没餍足，拿了子夜的饭卡去窗口点面条。

有外校来参观的游客，见她吃饭香，也勾起馋虫，拿现金借饭卡打饺子。游客队伍里有同龄年轻人，以为这漂亮女孩是这所学校的大学生，顷刻间刮目相看，上前问她要电话号码。

陈纵指指不远处的子夜："我男朋友看见会生气。"

任何时候，任何地方，搬出子夜劝退异性，永远成效最好。

这一回，陈纵讲话比以往每一次都有底气。

回到餐桌边，子夜问刚才发生了什么。

陈纵若无其事地将贴了子夜寸照的卡片归还，说："这张小小卡片，居然也给我加了额外的价钱。"

你本来就格外珍贵。鉴于她当下的吃相，他到嘴边的话就成了："养起来是得费点钱。"

食堂离学校宿舍近，难免碰见晚归的同学同子夜打招呼，又诧异非常地端详陈纵，问："哟，子夜，你妹妹到了？"

陈纵大声宣布："我是子夜的女朋友！"

同学立刻起哄，问子夜："女朋友大老远来找你，今晚还回宿舍吗？"

陈纵根本不给子夜讲话的机会："当然不回！"

她拉着子夜的手走在校园，大胆宣示主权。悬了两年的心至此总算落地，陈纵觉得此刻自己简直是上天的宠儿。

走到酒店短短几分钟的路程，她又重拾了那种亢奋的感觉，成为子夜女朋友这件事让她无比快乐。陈纵一路喋喋不休，几乎快忘记自己本来的目的，被他领进电梯，领到房门口，她还在因刚才吃饭时的小小不满与子夜讨价还价。

"这一年我长了很多肉，"陈纵边讲，边自动地先于子夜走进房间，捏捏自己肚子上的肉，"吃得多，又不动弹，这会儿估计有一百零三斤，比你走那年胖了将近十五斤……所以你根本不算亏。"

觉察子夜没动静，她主动退回去，想引着他来捏自己肚子上的肉。

房门在子夜身后自动合上。他立在门口，一瞬不瞬地盯着陈纵，盯着她靠近。

刚被她随手插上房卡的灯火通明的房间，被子夜按灭总开关，陷入一片黑暗。陈纵什么都看不清，脚步也不自主地停下来。

黑暗中，她觉察到子夜在靠近，带着他的气味和热意趋近。陈纵看不清他的身影，莫名害怕，莫名心跳如雷。她试图开口叫他，启唇的瞬间，感受到近处凌乱的呼吸。

"哥……"

陈纵"嗯"了一声，后半个字遭遇阻截，咽进喉咙里。

视物的工具失灵，直接造成了其余一切神经枢纽的觉醒。陈纵恍然间以为自己被遗弃了游走在外太空，唯一能证明她存活的触觉只来自于子夜的唇。

她被动而略显凌乱地承受着，渐渐地回想起自己来这里的目的。子夜似乎是特意想提醒她这件事的重要性，而在其余一切感官上使她悬空，使她受尽折磨。

"你是来找我做什么的？"

她几乎能听见他的声音在黑暗中响起。

陈纵脑中空白，蒙了一下，下意识地回答问题："接……"

子夜又亲上来。

她讲一个字，他就亲她一下。她下意识地承受他的吻，就好像人本能地要呼吸，一呼一吸间，一颗心也跟着节奏跳动。

子夜还要循循善诱："再讲一次。"

他分明提出了问题，陈纵一个二字答案讲了三次都没能讲完。这一次陈纵刚出声，音节又尽数搅碎进口腔，身体也被推抵进床里。

子夜超乎想象地有攻击力，像天然的夜巡动物，没有技法，全凭本能，检视着闯入领地的不知名猎物身上的一切形状气息。

"哥……"陈纵什么也看不清，只感受到身上隐约的轮廓，莫名害怕。

……

陈纵混乱之中像一只挣扎着脱不开茧丝绑缚的蝴蝶，分明坦诚，却又无措。她从没想过事情是这么开始的，以至于有点想哭，感觉自己像是最终被自己断肢绊倒的羚羊。她对他的一切想象来自于记忆，那双沉静的眼、永夜的眼、漆暗的眼，她时常不敢凝视的眼，正在暗处一寸寸侵略她。

陈纵捂着眼，只剩下唯一哀求："……你别看我。"

"不看你……"子夜垂下眼睫，视线随之往下。

"又不能讲话惹你。"他埋下去，吻像蜻蜓落在一处处静态的水面，轻易激起一圈圈涟漪。

"那还剩什么可以做？"

……

原来肌肤才是人最敏感的器官，陈纵心想，大脑也是，解码他的声音，自动解读为欲望的工具。根本不须多余动作，她双手自动环绕上去，像解救溺水的自己。她被他的声音所惑，疑心他是真的喜欢听，又知道他不会真的让她讲完。

吻的存在感太强烈。她后知后觉地尝到他嘴里的味道，是某款叫得出名字的漱口水，熟悉的清新，还有点甜。子夜刷了牙出门，是有备而来的。

好笑的是，他们俩一个在电话里信誓旦旦，一见他却忘了要做什么；一个准备充足，却遭遇第一次滑铁卢。

前戏漫长得像酷刑，他们俩都毫无技巧章法，像那种令人慌张的游戏，两双手在黑暗中摸索细小锁眼，遍寻不得法门。浑身湿透淋漓，交错的呼吸像混乱的鼓点、乱敌的战曲。

"不行……"

子夜适时放弃，自我总结："太紧张了。"

陈纵浑身黏腻得似一摊烂泥，一面想不明白是什么不行，一面试图讲点什么安慰他。子夜垂头沉思片刻，忽然知道了另一种解法，立刻滑了下去。

子夜在拨一把琴，习一把弓。

漆黑的眼盯紧她一丝一毫的变化，写字的手精准揉捻古琴承露，启唇试着跟随琴音定调。

陈纵是绷紧的弦，满张的弓，还没开口，就已吟出声，声音变得很滑腻，透过窗帘映到天花板的霓虹在视线中轻轻晃动。

……

陈纵被他整个倾泻到被子上。她知道使自己变成这样的不是他并不全

204

然得要领的技巧，而是子夜本身。她是被打捞上岸的一尾缺水的鱼，一呼一吸，神志渐渐回归，她模模糊糊看见子夜撑在上方，一瞬不瞬地盯着她的表情，似乎在等待一句点评。

她像发了场高烧，给烧糊涂了，不知怎么讲了一句："你不用这样。"

"不用怎么样？"子夜不明白。

哪怕子夜是太监我也会爱他。陈纵心里想着，于是便这么说出口了。

子夜定定地看了她一会儿："你说谁是太监？"

陈纵意识到自己讲错话。她完全不懂得人在过于紧张的场合下是无能为力的，这是天然属性，又或者她根本想象不到子夜会紧张。

她试图解释："我是想到一种可能，哪怕你没有那种功能，我都会爱你。这种事也许重要，但跟你在一起，也可以不重要，甚至没有都可以——"

子夜被她气笑了："陈纵，你什么意思？"

陈纵脸都红透了："没有——"

子夜又将她压下去："那再来一回？"

陈纵已经到极限，奋力抵抗："不！"

子夜垂下头看她，近在咫尺地看她："那你说谁是太监？"

他的唇，红艳又湿濡，故意俯过来亲她，让她尝尝自己讲过的话是什么味道。他显然费了点力气，牙膏的清新气全然不见，除了些许腻，意外地还有点甜。

陈纵被他亲到"呜"的一声，手脚并用地抵抗："你个变态！"

"那你再说一次。"

陈纵盯着他的眼，讲："陈子夜善口技，陈纵超满意。"

子夜自然是不满意的，轻而易举捉了她两手挠她，挠得她在床上扭成一团，惊笑着讨饶："说你不行也不好，说你技术好也不行——"

趁他手泄劲的工夫，陈纵像一尾鱼一样溜走，钻进厕所，紧扣大门，透过一面透明玻璃墙向他示威。

子夜坐起身，正对她坐在皱成一团的被单上，被卫生间的灯映照，像一具美术馆里栩栩如生的洁净雕塑。

陈纵的眼是静态人物素描的笔，将他细致地、贪婪地勾勒。忽然，视线落在他双臂略显突兀的淡粉色印记上，刚要出声询问，子夜已然觉察，抓起衬衫盖住自己。

陈纵想，兴许是他爸爸。邱阿姨的伤要长袖高领来遮，而他是个小孩，所以伤在暗处。他不愿讲，陈纵更不忍多问。出神间，子夜已消失在玻璃墙前面。卫生间门锁响动，被子夜推开，他走进来。

陈纵转进淋浴间，打开头顶淋浴器。

子夜靠着墙，隔着一扇玻璃门看她。

她身上都遭了殃，一点一线都是他暴行的证据。她也觉察到他的视线，垂眼看了一阵，故意讲："别人嘴里的男神陈子夜，看上去有多么清高多么不食人间烟火，背地里就有多禽兽，亲个嘴差点将人舌头都嘬断。"

子夜回味了一遍自己的行为："有吗？"

陈纵在淋漓水花里哼了一声："我现在嘴都还在发麻。"

"那怎么办？"子夜垂下头回想自己的暴行，讲，"下次轻点？"

"也不用，"陈纵背过去，将头发揉搓出浓密泡沫，"我都很喜欢。"她讲，"我刚才完全没有在安慰你，而是真心这么想。如果有人问我理想型，我只能下意识地形容你。甚至我都讲不好，和你认识这么多年，我都不了解你。我刚才认真想过，陈子夜是什么样我都喜欢。你哪怕完全没有那方面的功能，我也喜欢，没有贬义。我甚至会因为更了解你一点而开心。"

她讲的都是真心话。只要是陈子夜，怎么都可以，温柔的粗暴的都可以。

"谁没有那方面功能？"子夜忍不了了，拉开门，一步跨进去。本就狭小的淋浴间忽然连脚步都挪不开，顶光也被尽数挡住。

"想得倒挺多，了解什么了？"

"哥哥，我错了，"陈纵嘴上告饶，仰头瞧着他，偏要画蛇添足、阴阳怪气，"哥，你怎么回事，平时看着知书达理，说起这些事来全是包袱。"

"要退货是不是？"子夜在陈纵的尖叫声里将洗发泡沫抹到她满身都是。

"不要。"陈纵被摸得乱糟糟，立刻举高莲蓬头反击，将他浇了个透顶。

两人湿淋淋地扭打在一处，陈纵还在讲："好不容易追到手，我凭什么要退？"

"很难吗？"

"是呀，你都不知道你有多不好搞定。"

第一次见面的这两天，除了吃饭，两人都是躺在那张大床上度过的。有时不太熟练地亲吻，但都很克制。也没有怎么聊天，这些年已经说了太多话来掩饰没有说的部分，安安静静待着反倒胜过千言万语。

除了这些，其余的部分，子夜一次都没有成功过。陈纵丝毫不在意，很快就接受了他这个设定，子夜也没有同她解释过一次。

两天之后，邱娥华一通电话将陈纵叫了回去，说什么"成天待一块儿不像话"。

邱娥华给陈纵在金城找了份教小女孩英文和跳舞的暑假工。陈纵一个暑假赚了两千块，邱娥华给她贴了一千块买了部手机。那部手机她后来偷偷查了下价格，发现总价要六千块。那时候爸爸没有钱，可惜她不知道。

能让邱阿姨胜过对钱的爱只到爸爸那里了，她还爱不到陈纵，自然也不会默默给予陈纵三千块的无言关怀。所以剩下的一半来自子夜的奖学金。邱娥华一般不舍得他在钱上吃这样的大亏，子夜将这部使陈纵大学里风光了两年的手机买来，真实价格却对谁都没有讲，陈纵也是很多年以后才后知后觉地想到这件事。

"当时只道是寻常"，子夜这个人就是这样。你在终于同频到他的瞬间，心口早已因他长了粒朱砂。

第二次是为期一个月的军训结束后，子夜来找陈纵。陈纵订不起豪华国际酒店，只能订那种房间昏暗的快捷旅馆。那时候，她已下意识里觉得和他在一起其实只是单纯想和他歪躺着靠在一起耳鬓厮磨。也就在那时候，她感觉到子夜身体的变化，熨着肌肤，烫着心惊。

陈纵不知道原因，以为太过灯火通明的酒店风格他不喜欢，反倒喜欢

207

这种小旅社的晦暗不明。

"陈纵……"

她听到他叫她，转过头，与他对视了一阵。

子夜猝然动了。

那一次没有任何前奏，又或者长久的等待已经是最好的前奏。陈纵吃尽了苦头，觉得那是根本不可能完成的工程，甚至什么都没开始，就已惨痛无比地结束。

反复几次，一次都没有成功。两人哪怕静静坐着，都能感受到彼此身上越烧越旺的热意。陈纵受折磨，却也能清楚地感知到他比自己更煎熬。有时候都有点欲哭无泪，她这时候心里想，宁愿子夜是个太监，也不至于两人惨兮兮地拿彼此没有任何办法。

她尝试用子夜对待她的方式取悦他，到头来却弄巧成拙。子夜忍耐几次，实在忍无可忍，将她从被子里捉出来。

陈纵不解，无辜地望着他。子夜只好抵着她的额头讲："再搞下去我真的会成太监。"

那怎么办？陈纵盯着他的眼，好奇地求证。

子夜握着她的手，引导她。

两人相对侧卧，面上波澜不惊，内里早已疾风骤雨。陈纵看着他，有时候会被海面上下两种状况搞得分裂，不清楚面前这人的真面目究竟是海面上的静态，还是海面下的惊涛骇浪。又或者，他自始至终，根本就是这样割裂的陈子夜。

最惊心动魄的时候，陈纵想要开灯以便看清他的脸。子夜颤声讲："不要……"以至于有了一些哀求的意味。见他额上出了层细密的汗，陈纵才意识到他是真的怕。

那时候她不懂得他怕什么，只隐隐觉得和他爸爸有关。

邱娥华是个挨打受伤会喊痛的女人，子夜不是。他也许伤在看不见的地方，以至于邱阿姨这个粗枝大叶的女人也没有察觉。但那时她也只是猜想，并不知道该怎么对待他。

后来，有一回去参观了一场面向大学生的催眠表演之后，她爬到他身上，将他眼睛捂起来，试着问他："你看到了什么？"子夜也异常配合她的表演，回答说："很多人，很多双眼在看他。"

陈纵问："他们有说什么吗？"

子夜顿了顿，很平静地开口："你与街上乱发情的畜生有什么分别。"

陈纵只觉得心都要碎了。她亲亲他失了血色的嘴唇，说："睁开眼看看？只有我。如果有错，也是我的错，是我主动跟你求欢的。哪怕真的是动物，也是一只可爱的小狗，那我也是一只小狗。小狗的世界里哪有什么对错？我爱你，子夜。你不要怕……"

她话还没讲完，子夜的吻已经落下来，密密实实，吻得她透不过气。

和子夜在一起的那段日子，因为条件所限，两人几乎都是在小旅馆度过的。陈纵后来回想，有时候她都不明白，为什么这场好好的初恋会谈得无比昏暗又迷乱。

像是某种献祭，是子夜单方面身体的献祭，以成全不懂得如何谈恋爱的陈纵对爱情的全部想象。他的爱里好像没有"我想""我配"这一类请求，只有——我还有什么可以给你。

可惜她从小被宠得有点过头，并不知道她习以为常的一点宠爱对爱贫瘠的子夜来讲是怎样的分量。

但子夜也确实做到了。

因为哪怕以后她遇见更阳光的人，更健康的关系，当她描述起"爱"这个字时，脑中只会浮现昏黄狭小房间里依偎着笨拙地相爱的两个人。

两个看起来最健康正常的那种人，谈了一段边缘恋爱。

很奇怪，却又无比合理。

那年新年，子夜比她晚回家几天，没能赶上白小婷从小院出嫁。夫妻俩一道回门那天下午，子夜才匆匆赶来，白小婷老公坐在树下晒太阳，陡然瞧见子夜那气质，几乎吓了一跳。

"没想到你们院子里卧虎藏龙，个个不一般。"那个富二代这样讲。

白小婷给他介绍："这就是陈纵她哥。"

"看得出来，"第一次见他俩的人多半会这么讲，富二代又小声了点，问出另一种可能，"组合家庭？"

陈叔和邱阿姨的关系不太好解释，白小婷只得跟老公打马虎眼："差不多吧。"

邱阿姨那几天还没走，在家里已根本坐不住，好不容易全家团聚，打不了一把牌就要起身去接电话，后来只好下场换王叔打，她则只能靠着周阿姨买马。

金叔在一旁跟几个小的一起在树下啃甘蔗，按惯例关心回家最少的子夜："小陈学习还可以吧？听老陈讲，上半年就要毕业了……有想好去哪里工作吗？想回来去宣传部，王叔与我都可以给你当介绍人。虽说你想帮你叔分担点，但说实话，也不必急于一时……你这样优秀，最好接着深造。"

子夜一一回答下来，听到最后一问，解释："算不上这行的人才，再读也徒劳无益，浪费钱和时间。"

金叔沉思了一会儿，瞧见远处讲电话的邱阿姨，讲："说句不合时宜的话。如果那位真的走了，过两天邱姐去那边争取些权利，你的书也好一一出版，也能解决眼下的问题。"

子夜答："可不可奈何，都与我无关。我安之若命。"

金叔中文系出身，也读庄子，听罢笑了，过了一会儿又问："小陈还在写书吗？"

子夜还没答，王叔在一旁听见，边摸牌边插了句嘴："怎么能不写呢？特别是小陈这种被老天爷眷顾的，灵感来了像洪水奔流，泄洪闸堵上一会儿都能冲塌那种。"

子夜笑了，讲："没那么夸张。"

金叔道："那自然是。"然后拍拍子夜的肩，安慰他，"好事多磨，也不必事事悲观，我们走一步看一步。"

白小婷老公听见，开启拉踩白小婷模式："你不是讲你与子夜同岁？

别人还没大学毕业都快出书了，你在干什么？"

白小婷也不甘示弱："我要是跟他一样牛怎么配你？"两人也算是一对欢喜冤家。

但新年最大的喜事毕竟来自白小婷。众人借机催子夜："看看别人白小婷，与你同岁，婚都结了。你呢，大学几年白念了，也没见交个女朋友带回来。"

邱阿姨也讲："遇见好的，也可以谈一个。"

陈自强帮衬子夜："子夜样样拔尖，咱们男孩子慢慢挑，不着急。"

白小婷得了机会就开始奚落陈纵："陈叔这是拿话点你呢，你这女孩儿，男朋友在哪里？"

陈纵坐在子夜旁边，理直气壮地拿他当挡箭牌："我哥都还单着，哪里就轮到我了。他先找着了，再来管我！"

大伙儿看着他俩的样子，笑了好一阵。

白小婷瞧了他俩很久，过会儿私底下跟院子里的婆婆阿姨们聊天，仍还是偏帮她的："陈纵身边从小都是王叔、金叔、陈叔这种出类拔萃的……特别又来了个陈子夜，陈纵成日跟在他屁股后头长大，见惯了子夜，往后也很难找到合心的吧？"

众人都暗暗点头称是。

也有人讲："也不能照着子夜的标准找。他这样的，打着灯笼也难找，照着他找，怕不是要单一辈子了？"

夜里在院子里摆桌开席，男人在厨房做饭，女人在树下打牌，小的往树上挂灯。

桂花树长高了，顶上够不着，只能靠子夜帮忙。

陈纵一直在树下吹彩虹屁，"哥哥""哥哥"地发嗲，叫众人打趣了好一会儿。陈自强端着一盆凉拌菜出来听见，又是一通批评。

"从今天起改口叫你哥'子夜'得了。多大人了，成天哥哥、哥哥的，自己听着不害臊？"陈自强这么讲。

子夜刚挂好彩灯，从爬梯上下来，陈纵扶着尾端。

两人一高一低错落站着，陈纵仰头盯着他，试了一下："子夜。"

奇怪的感觉流蹿全身，肉麻中又透着点正式。两人好像真的变成了平辈相称的亲兄妹。

陈纵仍在笑，子夜却有些不高兴。

"你不用改口，"他垂头看向陈纵，"也没什么不好。"

人家都笑了："子夜爱听是吧？"

白小婷讲："证明男的都爱听女孩子发嗲，子夜也不能免俗。"

陈纵也跟着人群一道望着子夜笑。

难得齐聚一堂，又逢新年又逢喜事，牌局散场很晚。

年轻些的，还有白小婷外婆都早早洗漱睡下了。众人各自回房，陈纵最后一个洗完澡，头发还没吹干，熄了外头的廊灯，在棋牌室窗户透出的灯光和树上的彩灯的映照下，听着麻将声和输赢笑闹声，蹑手蹑脚地走出几步，一溜烟进了子夜的房间。

子夜一早就躺下了，屋里没开灯。陈纵将自己脱了个精光，赤着脚带着热腾腾的、没被夜风吹散的水汽，从床尾钻进他的被子里。

子夜睡眠很浅，床尾一动他便醒了过来，摘了耳塞，尚没醒过神，已下意识地将她捞进怀里，与他一起枕着枕头。还没开口问她有没有被人看见，陈纵已翻过身，趴在他一侧胸膛上，细声细气、甜腻腻地叫他："哥哥。"

子夜觉察到只有一层阻隔，一瞬间蒙了："你做什……"

"子夜，"陈纵试着玩味了一下，笑着讲，"我这么叫你的时候，你有没有想过你都对我做过些什么啊？"

子夜没有讲话，微微支起身体，一瞬不瞬地看着她，几不可闻地笑了声。

陈纵还没适应黑暗，根本看不清那逐渐深黯的目光。

呼吸似乎重了些，带动她身体在觉醒的山峦上起伏。手可以触碰到胸口的心跳，似乎也快了些。

她还在讲笑话戏弄子夜："见到你当众斯文的样子，我只会想到你私下的样子，有时候都觉得分裂。你还要我接着叫你哥哥……"

她喋喋不休地讲着，子夜一言不发，只有手在黑暗中摸索。一只抱枕不知何时被扯过来搁在她半侧卧的腰际。他一动，两人的位置很轻松地掉转过来，恰到好处，陈纵也被调整到一个很容易的姿势。

等他做完这一切，要发生什么不言而喻，也是她自找的，逃也逃不掉。陈纵仰脸望着他，后知后觉，语速渐渐慢了下来。

小院屋子隔音很差，两人能清晰地听见白小婷房间里的电视声，和她老公的呼噜声。关了窗，金叔杠了周姨的幺鸡的麻将撞击声近在耳侧，仿佛牌局就贴着子夜书桌前那面敞亮的窗户进行。

条件全然不允许任何充分的准备，陈纵也在这全然不充分里感受到尖锐的痛。那痛来得很延迟，先是密密实实出了身冷汗以作预防，然后一瞬间眼前发黑发红，在她的身体提醒她该痛叫出声时，她结结实实咬在子夜肩上……她知道她下口不轻，子夜的痛未必就能比她好点，以至于他痛到周身肌肉紧绷，轻轻颤抖起来。

仍是因为条件不允许，他一声都没出，紧咬牙关，脸也因此绷得很紧。那是很少在他脸上看到的神情，像是被这痛感激发出隐藏的动物性，痛得越狠，便越激烈。

被风吹动的窗帘晃起来，月光也晃起来。陈纵不知怎么想到这床，并不是那种很结实的、经过质保的，而是从一个木匠处低价定做的单人床，接缝处兴许有些粗糙错漏。

以至于床上稍有动静，比如子夜在床上轻轻翻了个身，都会激发出大动静，是有时候夜深人静，她躺在隔壁都能捕捉到的大动静。可这会儿它被别的响声盖过。

外头牌局是不是该散场了？她该叫子夜停下来，与她一起听一听，可是她一点都不想打断他。

白小婷咳了一声，她老公立刻醒过来，与她低声耳语，似乎问了句要不要喝水。外头灯亮了一瞬，有人穿着拖鞋走到院子里，问金叔："都几点了，你们怎么还没打完？"……不管了，陈纵全都不管了，索性破罐子破摔，和子夜一道摔进月光里。

不知过了多久，也许很短，也许很长。和赤身肉搏也没什么分别了，

213

浑似洗了个澡，也不知是谁的汗。子夜将两处紧咬着的劲卸下，轻轻叹口气，起身拾了干净毛巾，躺下来给她简单清理。在陈纵像只虾一样受痛反射性蜷缩起来时，他又将她团起来，搂在怀里。陈纵在他起伏的呼吸声和清晰的心跳鼓点中沉沉睡去。

第二天，陈纵是在自己床上醒来的。

外头已经大亮，爸爸和子夜在走廊上讲话，问子夜一大早出去买什么。子夜明目张胆地扯谎，说给陈纵买止痛片。

陈纵心想，我怎么就痛经了？哧溜下床，扯动伤口，她"哎哟"一声，才知道梦是实的。

爸爸讲："懒死她。"

子夜道："好不容易放假，让她多睡会儿。"又趁机过来敲门，立在外头讲，"给你买了酸奶。"

片刻之后，门开了条缝。子夜将一袋东西递进来，还没搁到门口脚凳上，就被陈纵接过。

她瞄了眼，一瓶草莓味酸奶，背后藏了盒紧急避孕药。

陈纵打趣他："哦，止痛片啊。确实蛮痛的。"

爸爸在走廊上穿梭。

子夜立在外头，将门缝挡结实了，低声问："给你倒杯水过来？"

"就这么一回，不会中吧？"陈纵缺乏一点避孕常识，又是存在侥幸心理，"我不要吃。"

"不行。"子夜斩钉截铁地拒绝，"很危险。我讲过，你知道的。"

陈纵盯着子夜瞄了好一会儿，见他没有一丝松动的意思，只好妥协。

就着子夜的手喝了杯里的水，将那粒药丸咽下，她记仇道："陈子夜大年初一不戴套，大年初二叫我吃避孕药。"

邱阿姨从外头回来，子夜觉察大事不妙，一脚迈进来将她的嘴捂上。

他穿了件睡衣，露出修长的脖颈，半个黑紫的牙印在过白的皮肤上有点惊人。邱阿姨一步上前，抓着他问："你脖子怎么了？"

214

子夜一时腹背受敌。他摸摸脖子，假装回忆，然后面不改色地讲："拔了个罐。"

邱阿姨奇了怪了："干什么了，火气这么大，大清早拔罐？"

这辈子的谎都要给他在这个清早撒个遍，罪魁祸首陈纵被捂得严严实实，笑得像汽笛。

"又打什么架呢？"邱阿姨正为别的事操心，也没多追究那印记，"你俩也大了，别老这么拉拉扯扯。"

陈纵趁机将他推出去："听到没有，别拉拉扯扯。"

陈自强在厨房杀鱼，探头问："又吵什么呢？"

陈纵高声讲："我让他帮我找拖鞋！"

陈自强大喊："你怎么拖鞋也乱丢！"

子夜随意在门口鞋架上拾了双客人的拖鞋给她，顷刻间被她扔飞："我要我的粉拖鞋。"

她赤着脚跟了出来，先于子夜钻进他房间，从垃圾桶和杂物箱这两个极匪夷所思的地方找到两只兔子拖鞋，穿上后哼着歌去厨房寻吃的垫肚子。

陈纵吃完早餐又赶上吃午饭。

邱阿姨定下要走的日子，心也定了，难得几人相聚，分外地关心起子夜。

"看着健康，小毛病不少，又不舒服了吧，一大早跑去拔罐，"邱阿姨跟陈自强抱怨，"上回也是，好好的去上学，突然在食堂晕倒。"

陈自强问："你的眩晕症好些了没？"

子夜"嗯"了一声："没大问题。"

"那时想早点毕业，将自己逼狠了。"邱阿姨将校医的话讲给陈自强听。

"别有什么压力，"陈自强叹了口气，过会儿才讲，"去大医院复查过没有？"

过了一会儿，子夜才斟酌着讲："常常有随访。那位老太退休了，不习惯别的医生，就没再去过。"

"很严重，还要随访？"

邱阿姨安抚陈自强："没关系，等我把一切料理好，将他接过去看一

215

看。那边医疗资源会好很多。"

子夜不喜欢这类聊天，安静吃完，兀自回房去画画。

陈纵很快跟了过去，靠在他窗前看。今天画的是一座金城山里的老寺，往年过年都会去寺里踏青。金城是出了名的城春草木深，所以群青和汁绿也用得很多。金城阴雨天也多，却也怪，不像有些地方艳阳天方能出片，老建筑越是阴雨天越有味道。但金城的阴却不是阴沉沉的阴，是生机盎然、雨打芭蕉的那种鲜绿。

他画了有一阵，被一丛一丛的绿包围，心情明显好很多。

陈纵这才开口："会不会是抑郁症？"

那时候网络上还没有铺天盖地对抑郁症的大范围宣传。众人对抑郁症一知半解，还停留在慢性肠胃疾病那一类的理解层面。

子夜一气呵成地落笔，点出近处映了一池碧绿的清潭，抬手往她鼻子上又点了几笔，笑着讲："你知道什么是抑郁症？"

陈纵一个不留神，被他点成梅花鹿，差点要和他打起来。

再往后也没有细究这回事。

邱阿姨走之前那几天，爸爸每天都做饭，顿顿都有五个以上菜式。

子夜那时候正起稿那本讲吃喝玩乐的《人之大欲》。后来出版时，里头有很多他自绘的水墨画或者素描，绝大多数景致都来自于她和他一起寻遍的金城山水，绝大多数生、熟蔬果画和鱼虾画，都是来自于厨房和餐桌。

两人都有耐心，一个能先将食材办成展，展览结束了才下刀下锅；一个能在满屋油烟的厨房静坐一整天。

过年人多，大家又都闲得无聊，没事就喜欢扎堆立在厨房外头看子夜画画，看陈叔炒菜，七嘴八舌，各有心得。子夜心无旁骛，定定地坐在那里不受打扰。

那时候他手稿也写得七七八八，像信一样记在各类短纸笺上，每一篇都很短。第一节讲"饕"，说明饮食文化的重要性。第二节讲"餐桌礼仪"，种种怪谈，多半来自对陈自强这个厨子的私有癖好细致入微的观察。第三节便是"喜宴"，该吃什么，该走什么过场，种种讲究，都可以与明清杂文中的记载互相印证。往后便是各种菜式，以陈自强的拿手菜为主，爆鳝丝、肝腰合炒、油焖茄子等，再发散开来。

讲吃，也不全讲吃，由吃说到习性，说到城市氛围。引经据典，旁征博引，追溯到《梦溪笔谈》《闽小记》等明清小记，全然不枯燥，常蕴藏些生活意趣。

众人都不懂："子夜又不做厨子，写这种烹饪笔记，会有人买账吗？"

金叔、王叔便有得解释了，讲："这写的是吃，又不光是吃。以前封建社会推崇孔孟，孟子讲，贪吃不好，因为'养小失大'。说口腹之欲容易因小失大，也就是佛教三毒'存天理，灭人欲'。但爱吃，怎么就违背天理了？往深了想，人活着，就会有各种欲望。只要诉求合理，如何违背天理？"所以，其实是在很温和地同《孟子》与《朱子语录》相抗。

子夜写东西特色鲜明，命题统一，到这个时候，起笔抗争的方式也已经异常温和且游刃有余了。

"这是一本人欲之书。子夜有这种种感悟，说明他是个有生活、有情趣、细致而微的人。"金叔这样书如其人地赞赏子夜。

《人之大欲》起初一部分稿子几乎都以金城风物为源，笔风、画风都极尽闲适浪漫。

后来正式出版时，子夜已回了港市有一阵子，于是添了些港市风味与历史代表人物的评语。勾勒的画面却极尽阴郁，比如讲油煎萝卜，引了句触目惊心的"我们立在摊头上吃滚油煎的萝卜饼，尺来远脚底下就躺着穷人的青紫的尸首"，而他自己落笔，则有浓烈的客居者的不相干之感，全无金叔口中所说的"细致入微的生活情趣"。两个章节，浑似换了个人写就。

那年新年之后，过不多时，金叔、王叔将这些画连同手稿一并送往出版公司，试图以配文画集的形式出版。

一开始讲得好好的，出版社老板表示"我非常惊喜"，价钱都谈妥了，王叔回来还高兴到与金叔喝了个大醉，讲这回子夜一定能如愿，托子夜的福，老陈今年这个坎也能顺利迈过去。

谁知隔了没几天，出版公司打电话来，犹犹豫豫地讲，现在行情不好，还问，能不能请他父亲或者姑姑帮忙写荐书语。

一沓书稿积压在手头，金叔与王叔挖空心思帮子夜谋出路，换来又一场空欢喜，至此彻底没了辙。

和书稿一并没了下文的，是邱阿姨。邱阿姨走的那天，是白小婷和她老公去机场送的。

后来，白小婷每每提及此事，都会无限感慨："我都以为过两天还要去机场接她。"岂料这一别就是多年。

大家又何尝不是与她一般感受，总以为往后每一年都还和今年一样过年，却不知剧变近在眼前。

　　邱阿姨一去便音信全无。约莫两个月后，律师自己回来了。律师说那边并没有为难邱阿姨，叫爸爸放心。邱阿姨叫律师带回来一笔钱给爸爸，还捎了张字条给他，下笔很潦草，不知在什么地方匆匆写就的。

　　上头先说明："不写书了，也不打人了。得了重症，他调整心态，想多活些日子。"也就是没死成。"他没几年光景了，我需等一等。"

　　接下来，是陈金生以退为进，也是邱阿姨的以退为进："他说与我各退一步，既往不咎。但男的女的都看得紧，不方便沟通。"

　　最要紧的，是跟爸爸报平安，好使他对自己的安危放下心："我仍不相信他，所以想了个不太体面的法子，让自己在这边过得万全。我们来日方长。莫急，莫问，等我消息。"

　　最后，是关于子夜的只言片语："他爸爸与我有仇，却从没亏待过他。我在此周旋，是为了他的前程。若他能来陪我，也能助我许多。但他已成年自立，何去何从，由他自己决定。"

　　关于邱阿姨的信，爸爸对陈纵只字未提。也是许久之后，陈纵出国那年，需要办英文公证，翻找户口本时，从家里一沓重要凭证里翻找出来。那时候时移世易，爸爸脸上也看不出对这件事的任何悸动。于是困惑的也只有陈纵一个人。

　　陈金生没有亏待过子夜吗？她不信，但总不至于邱阿姨还没有自己懂得子夜，也因此怀疑过这信笺不是邱阿姨亲笔手写。

　　而子夜，又是为了前程，自己决定回去港市的吗？

　　家里有什么事，男人们一致都瞒着陈纵，总以为她是担当不起的。

　　也是很久之后，爸爸债务问题彻底解决后，父女二人和金叔、王叔喝酒，陈纵方才撬开爸爸的嘴，透过只言片语，隐隐猜了个大概。

　　得知了邱阿姨的决议，爸爸没给陈纵透露，只一个电话将子夜叫回家中一趟，说他在人生重要节点上，金叔、王叔都想同他聊聊他的前程。

起初爸爸只是将子夜与金叔、王叔拉到一起，问他毕业的打算。他很认真地讲已经有面试过一些文案类、咨询类的工作。有一家跨国企业管理层语言培训consultant（顾问）的职位，给的薪酬最高，可以先做做看。

金叔就讲，子夜还是想从事文字类工作。

子夜没有否认。

王叔问："子夜没有想过深造吗？你是有天赋有底子的，适合走钻研学术这条路。"

金叔讲："我们如果不明事理，与你没什么交情，一定也希望你舍掉自己前程也要先帮老陈迈过这坎。但太可惜了，太可惜了，你万事应当以自己为先。"

子夜讲实话："我最迷茫的就是自己……你们总说我有天分。有天分做不成事业，不如早点接受自己是个普通人。"

聊天聊到这儿，爸爸心里有了数，子夜也隐隐有了猜测。

金叔、王叔和爸爸喝了许多酒。两人一走，爸爸"才下眉头却上心头"，还未真的提起邱阿姨，已经老泪纵横。

他还没说什么，子夜已经开口问："我妈是不是不回来了？"

爸爸流着泪点头："你妈人身不自由，我不放心她。"

邱阿姨留不住，连子夜也留不住。留下来，以家里现下的情况，也只会耽误子夜。

但凡有任何一种法子，爸爸都想要子夜留下来。

可惜留不住。

亲父子哪有隔夜仇？那边都低下头，抛来橄榄枝，自然有更好的资源给他，爸爸给不了。

子夜几乎是立刻读懂他的眼泪。

子夜总是因为超乎常人的理解力而自伤以及伤人。有时候宁愿他愚钝一些，如果他死乞白赖强留下来，爸爸一定不舍得他走。

可他到底懂得爸爸的为难和他的无能为力。

子夜也很清楚，当下只有他走，兴许才能真正帮到爸爸，对大家都好。

于是，子夜只是点点头："我知道了。"

他是个多思、少言的子夜，听话的子夜。他再一次没为自己想要什么而辩驳。

连金叔听说他要过去了，都说："过去那边，能有更好的发展。"

子夜也只是简单地重复："知道了。"

金叔说得没错，子夜回港市没多久，《毗舍阁鬼》立刻刑满释放，再版时书腰上有大大一行推荐语——"这是一本充满年轻朝气的愤怒之书"，来自对此书争议保持数年缄默的陈金生，代表着他为人父的幽默气度与对讽刺挖苦的不计前嫌。

子夜积压的几本书，包括《人之大欲》在内，也都在几个月内陆续出版，异常顺畅。一笔笔数额巨大的版税，代表了出版社看在他父亲的情面上对他才华的认可。子夜尽数存到一张卡上，在某次回家时将那张卡交给了陈自强。

子夜有他的好意，爸爸也有他的用意。那笔钱爸爸为子夜保存起来，再难再难的时候，他都没有动过。他生怕某天夜里，邱娥华又会像多年前那般，走投无路地带着子夜回来。又总盼着那一天来……他总得留点什么给他们应急啊。

爸爸那时想得很好，邱阿姨不自由，子夜却可以常回来看看。

那大半年，子夜也的确和家里保持着联络，一开始多，后来大抵重新入学，课业忙碌，渐渐少了些。

世上的事也不都大起大落，跌宕起伏。相聚离别，大多数时候也都发生在旦夕之间。

五月，子夜写论文期间，有频繁来往于学校和港市。陈纵那阵物理力学实验做得焦头烂额，也没能和他说上几句话。还是爸爸打电话告诉她，子夜毕业后要回港市发展的消息。

那时，陈纵不懂得成年人世界里的无奈，对生活也没有细致入微的观察，只顾着同爸爸和子夜闹脾气，挂电话后，给两人分别发消息表示：我再也不要理你们了。

第二天夜里，一个新的港市手机号码打进来视频电话，视频里子夜在街头闲逛。陈纵躺在宿舍床上气呼呼地敷面膜，假装没有在看他，其实全然在看他。看他走在逼仄而狭长的天空下，看他穿梭在拥挤的人群里。看他走进街边一间灯火通明的超市，将镜头翻转对准一排排货架。

陈纵老不高兴，给我看这些做什么？给我看你呀。

就听见子夜在电话里讲："看看有什么想吃的？"

陈纵讲："我又吃不到，馋谁呢？"

子夜讲话声带了笑意："我周末来看你。"

陈纵的气就在那一瞬间消了，但仍要摆谱："那你退回去，从第一个货架开始走一遍。"

网络算不得好，时有卡顿，画面便会糊到看不清字。

陈纵叫他念给自己听，点名："要听广东话。"

子夜称："不会讲。"

"不懂讲广东话你也好意思回去，"陈纵抱膝坐起来，"我要喝那种维他柠檬茶的港市特别版，还要那个流心小蛋糕。"

她要星星要月亮，报菜名都用了十多分钟。子夜耐心十足，一一说好。连室友都羡慕："你男朋友好温柔，哪里找的？"

陈纵虚荣心爆棚，实在得意极了。

那一阵子夜过得很奔忙，忙毕业，又在港市和陈纵学校来回奔走，每次找她都会给她带一箱零食。爸爸看到都讲："干脆把超市都给你搬来得了。"

一直到暑假，才难得有时间坐下来说说话。子夜知道爸爸想听什么，主动和他说起陈金生和邱阿姨的近况。

"他一把年纪了，惜名，不想再闹出离婚新闻，想安安稳稳享天年。他想与她亲近，她立刻发一场疯，任谁都受不了。她找医生开了精神类疾病证明，去医院待了几个月，而后自己搬去石澳住了。""他"自然指的是陈金生，子夜没有指名道姓，怕爸爸听了心里不舒服。

"也真是为难她了。"爸爸讲，又问，"你的打算呢？"

子夜说："之后重读中文系，要准备一些考试。"

"兜兜转转还是回去了。"

子夜点头，"嗯"了一声。

"没事，"爸爸安慰他也安慰自己，"你聪明，什么都能学以致用，这几年不算走弯路。"

陈纵也讲："没事儿，念中文你拿手，这几年多写几本。没两年你一火，也不必邱阿姨盼星星盼月亮地盼着他死了。"

爸爸嗔她，这话说得。

子夜却笑了。

爸爸讲："你妈自己躲起来，没有人为难你吧？"

子夜答："没有。我只顾我的事，与他们来往不多。"

陈纵也问："你在那边过得开心吗？"

子夜"嗯"了声。

这就是她想要的全部回答。

暑假两人都很忙，陈纵样样向子夜看齐，报名了暑期创新创业竞赛，以便多拿学分提前毕业，因此不常回家。

她上学的那个城市夏天尤其炎热，只好在外头租了个带空调的简陋小房间，去便利店打了早晚工勉强支付房租，晚上放学回来开了空调同子夜视频。

子夜要补一份雅思成绩，夜里多半会刷题。陈纵也跟着他刷，以便尽快大学毕业考到港市读研。

有时候两人一起做真题，她总比他少上一分。子夜雅思成绩出来，总分有八分。陈纵便也跟着松口气，那我是七分，也有学上了！

子夜在学校附近与人合租了一间房。

刚入学的头一个月，课业虽很紧，但每天下午下课，他都会打给陈纵，带她在学校里或者城市里走一圈。知道她爱看《沉香屑》，他便带她走书里的老路，又去探寻《烬余录》中的场景，比如陆佑堂，也是《烬余录》中的"临时救护中心"。

他问她："眼不眼熟？"

她盯着瞧了一会儿，脱口而出："《色戒》排爱国剧目的地方！"

《色戒》是两人一齐重刷的，那时已有浅显地讨论通往女人心灵这条路的种种可能性。陈纵期待这件事，真正在一起却没尝到太多甜头，于阅读和体验的知行合一上对此事至那时仍在她生命中打了个问号。

他接着讲："那时陆佑堂被炸掉了顶，所以《烬余录》中的救护中心在梅堂。"

梅堂在男生宿舍。某天，他路过男生宿舍，将那个书中"灰扑扑"的原型又拍了几张照给她。但梅堂一点都不灰，红砖用了一百年，也都还没黯淡。陈纵怀疑他认错了建筑，他便只好讲："下回自己来认？"

他走《第二炉香》里的陡峭唐楼"崎岖"峡谷，说这学校活像深山古寺。隔天，他又给她讲孙中山，讲陈寅恪，讲朱光潜。语言流畅，常有意趣，全无乏味。

了夜从夏天走到秋天，等陈纵将他上学的地方从历史、地理、建筑各个维度细致入微地刻入脑海，他又开始说这座城。从《铁马》杂志讲起，接着是戴望舒的诗，然后是早期张爱玲与毛姆，接着是刘以鬯的《酒徒》《对倒》。

陈纵最喜欢他在城市不同的地方穿梭，比电视上任何学究的访谈节目都要好看。

街上的人——"港人乱穿衣，上羽绒下短裤，人人一双夹趾拖。"

城市，城市则是——"屏风楼的石屎森林。"

米埔的红树林——"想起来什么了吗？"——"白流苏、范柳原！"陈纵抢答。

荷里活道古董街——"《重庆森林》！"若子夜上课，陈纵一定是最好的学生，十之八九应答如流。

"下次，带你去港市的岛屿。"有一次下课铃响，子夜做了这样的课

224

堂总结。

到了下次，下下次，从不食言的子夜食言了。

来自港市的视频电话一天比一天少。

一个礼拜只有寥寥数语。陈纵发一条，他回复一条消息而已。

陈纵自己尚无知无觉，室友却都一个个问："今天你男朋友怎么又没给你打电话？"

陈纵还会为他解释开脱："他现下很忙。"

到了圣诞节，室友讲："听说那边都放假几个礼拜了，总不至于一个电话也没有？"

室友们都说他们俩快分手了。有人发表经验之谈："一般异地恋，一方去了新地方，总容易迷失自己，很容易变成这样。"

何况港市什么地方？学校里那么多靓女，有才有貌有背影，移情别恋了很正常。

大家都告诉陈纵，该换人了。

平安夜那天夜里，陈纵躲在被子里等了很久，"节日快乐"停留在对话框，她心想，你一给我发消息，我就立刻秒回你。

她抓着手机睡着了。第二天醒来，信息意外地发送了出去，回复却也是不咸不淡的一句："节日快乐。"

陈纵望着那条信息流了很久的泪。

那时候她年纪还很小，容易问一些傻问题，犯一些恋爱中女孩子都很容易犯的蠢。

她先告诉他："我觉得你根本不爱我。"

然后，她发送小作文，罗列十条她觉得子夜根本不爱的细节作为罪证。

在陈纵情绪起伏最大的那几天，子夜都没有回复。之后，不论子夜发来什么，她都没有再理会。

圣诞之后一个月便是新年。那年，爸爸没有工夫回家过年，金叔、王叔去泰国度假，白小婷刚出月子，住在新房里，她外婆请了周阿姨去她家中帮忙照顾她。

腊月底，陈纵到家，大半个新年都自己窝在家中点外卖。港市只放大年初一那一天假，既然子夜圣诞都抽不开身，陈纵便更没指望新年他能赏脸让自己看一眼。

家家户户都没亮灯，屋也漆黑，树也漆黑。除了一点毛月亮，整个院子像一栋弃置不要的旧宅。

陈纵开了一堆薯片，喝了三罐肥宅水，瘫在客厅沙发上收看无聊至极的新年歌会。看到约莫夜里十点钟，陈纵觉得自己宅得都快要傻了，决定去水房烧水洗个澡，将积攒了小一个礼拜的脏衣服都丢进洗衣机。

刚将热水烧上，陈纵摸黑出来，发现小院门口的感应灯亮了，隐约听见行李箱的轮滑声。画面里走进来一个高高大大的漆黑人影，与她打了照面，顷刻立在那里，一动不动。直到灯光熄灭，陈纵率先动了，掉转头往自己房间里走。

来人叫了声："陈纵。"

陈纵再也受不了，眼泪扑簌簌往下掉。

她走几步他跟几步，两人一路走，感应灯一路亮了又灭，灭了又亮。

陈纵不知道为什么想起街灯下他异常地风尘仆仆，形容异常地疲惫。很少见到他这样狼狈……这趟回来得应该很仓促。

她莫名心酸，脚步一停下，就听见他在后头将行李也丢开，快步上前，一把将她搂进怀里。

"我很想你。"这是子夜第一次主动讲这类话。

他看着瘦，怀抱却极有安全感，还带着点使她很眷恋的、子夜独有的味道。

子夜将她整个包裹，陈纵眼泪浸进衣料里，无声地哭了很久，渐渐有点不懂自己为什么会哭成这样。

似乎今晚的子夜莫名地催泪，格外使人心疼。那个拥抱也格外漫长，不知蕴含着怎样的情绪，渐渐使陈纵有点透不过气。

226

“吃东西了吗？”她瓮声瓮气地问出声。

“我不饿。”

“给你烧点水洗澡？”不等他回答，陈纵又嫌弃地讲，“几天没洗澡，脏成这样。”

“好。”子夜应了一声，声音有些哑。

子夜洗澡时，她嘱咐他再将热水烧上方便自己洗澡，转头进了厨房，起锅煮饺子。爸爸自己包的鲅鱼饺，一屉一屉冻在冰箱，方便大家想吃随时煮。

虽然他说不饿，陈纵也吃零食吃饱了，但陈纵仍觉得该吃些饺子才有团圆之意。但她实在没什么厨艺方面的天分，将饺子下了锅，人钻进洗漱间就忘了个彻底。

半个小时过去，煮烂的饺子已被子夜解决。之后，他烧水重新煮，煮好捞出，摆在仍有余温的灶台上。陈纵洗好澡出来，一盘煮得白白胖胖的饺子仍是温热的。

客厅电视光仍在跳动，她端着饺子去寻子夜，人却不在。

子夜房里有一个片式电暖扇，她眼红好几年，趁他没在，前阵子才顺到自己房间。想到这儿，陈纵将剩下的饺子搁在餐桌上，转头进自己卧室。

大暖气片是搁在墙脚的一盏霓虹，子夜躬身坐在书桌椅上烘烤自己。爸爸洗得发旧的长袖 T 恤被他拿来当作睡衣，在背光灯下显得薄而透。她的椅子太小太挤，两条长腿略显无处安放。

原来他怀抱的安全感来自于他极好的身材，原来他的好身材间接构成了他极好的气质的一部分，而陈纵从小待在他身边，竟几乎从未留意过这一点。

“人是高个子，也生得匀称。身上的衣服服帖、随便，使人轻易就忘记了他的身体的存在。”此刻她看见子夜，脑中闪过这句话，顷刻间懂得这话描刻之人真正的形容。

子夜听见动静，也回过头来看她。

227

一身单衣，一张绿窗，浑然一幅画。

肌肤被绿窗衬得洁白，华光夺目，似有透明之感。

他望过来的眼神沉郁，别有深意，如斑斓瑰石，几近摄心夺魄。

这画面在她心里留存了很久很久，每每回想，总觉得像某种征兆。

只是在当下，她根本意识不到那征兆是什么，只觉得今天的子夜有些不一样。

他一只手搁在桌上，手边是一本摊开的笔记本。上面有记录一些关于她幼时对周缚的种种刻画或者想象，停留的那一页，人物描写全然属于子夜。

这一部分因为过于露骨，用词又过于粗糙而浮于表面，所以小时候并不曾和子夜讨论过。昨天她偶然翻看到这里，即使是自己亲笔记录，读起来也有些羞耻的程度。

因为院子里没有别人，所以她明目张胆地任其袒露在桌上，并没想到小时候幻想的对象本人会突然回来。

不知道他读了没有……陈纵立在门口，硬着头皮，迎上那道灼人的目光，等着他拷问自己。

子夜一言不发，一瞬不瞬地看了她一会儿，直起身，朝她走过来。

朝她走来的整个过程中，陈纵心有所感，自小到大一切书上读到、电影里看过的香艳淋漓的画面，也在那过程中，一一忆起。在那一刻，她终于明白，从前自己对男欢女爱的一切幻想都不过是流于表面，都只是小女孩的过家家游戏。

金城过分潮湿，这会儿他发梢睫毛上仍凝着水汽，沾湿的衣裳也还没干透，赤着脚，像大雨滂沱之下寻回来的漂亮幽魂。因周身暖融融的，唇润而艳，有些娇艳欲滴的意味。意识到这一点时，他已在近前，陈纵抬眼可见的刹那，吻已落下来，落在她额头，还有移不开视线的眼。陈纵睫毛轻颤，复又睁开，抬眼瞧他。

子夜也在垂眼看她，眼神深，声音温柔："下一步是哪里？"

分明看了书桌上那一页，却好像真的不懂，好像真的在问。

他真的很懂怎么勾人。

陈纵脑中炸响烟花，如同顿悟一般懂得了爱。

下一个吻顷刻间又落下来。他的唇软，吻湿，还带着刚出浴的热意。子夜领着她确切地描摹自己，在陈纵以为要到下一步时又停下来，诱着她一步步主动……一步一顿，眼神引逗，有来有回，像什么霓虹下无声的舞曲。子夜渐渐倒在床上，承托她身体的重量以防她摔倒，扶着她的腰引她半俯身，趴坐在自己身上。

那个吻绵长，而深，像湿漉漉的晚风，吹得人周身软绵绵发烫，热意浸透衣角，沾湿他腰腹。陈纵如隔靴搔痒，汗湿了头发却不得解法，主动同子夜求饶。

他抵着她的额头讲："我去房间拿东西。"声音有点干哑。

陈纵一刻也分不开，讲："你抱我过去。"

两个房间，几步路的距离，子夜搂着她坐在床头，刚拆开包装，两人气息都乱得不成样子。

"什么时候买的？"她垂眼，留意他手上的动作，一时心猿意马。

"上次……买避孕药的时候，"他微闭了闭眼，青筋微微突显，忍了忍，方才接下去，"以防你又爬我床，总得提前备一点。"

"那次好疼……"陈纵轻颤，再开口，尾音发腻，"……疼了好久没缓过来，你都走了。"

子夜亲吻她，盯着她的眼，问："这次不疼吗？"

早已一塌糊涂，分明感觉到了，不是明知故问吗？

子夜存在感很强，陈纵所有知觉都在那里，光是想象一下，便已有些受不了，轻轻战栗起来。

"冷？"他问。

陈纵伏在他肩头，一呼一吸带着嘤嘤，根本讲不出话。

这间屋没有暖气。子夜抱紧她，站起身。还没走回卧室门口，感应灯一亮，照出两个交叠的影子。陈纵深受刺激，轻轻叫出声，埋在他肩头颤抖。

子夜感受到那异样的频率，埋头亲吻她的脸颊，走出几步，将她放到床上，静静地打量她的神情。陈纵快要死在那双眼里了，全身烧得发烫，

229

求饶道："别看我。"

她像只鸵鸟，拿胳膊挡住视线。

子夜却像故意的，埋首下来，睫毛轻轻搔动脸颊，将她的喘息堵住，让她全身心感受自己的存在。

两个人都衣衫完好，肌肤与肌肤有一层隔膜，与别处紧密截然不同，更添一重刺激。

黑暗之中，陈纵失去方向，失去其余一切感官，被汹涌潮水一次次拍在礁石上。不知是两次，还是三次，浪潮才渐渐平息。陈纵捕捉到他黑暗中沉重的喘息，花了很长时间，都无法将这别样意味的声音与她平日里见到的子夜联系起来，不禁有些狐疑地去寻他的眼睛。

子夜闭上眼，亲了亲她的额头，第一次讲，很郑重地讲："我爱你。"

是回答她生气时的疑问吧？陈纵偏过头，亲吻他的眼，轻松随意地回应他的爱意，话音也没有那么字正腔圆："我也爱你。"

两个人的我爱你好像没在同一个频道。

子夜像是想要纠正她，重新讲一次："我爱你。"

"我爱你。"

陈纵学他的语调，却像鹦鹉学舌，有些滑稽，将她自己也逗笑了。

子夜却没笑。

两人身上都汗津津的，散着热意。陈纵扯了扯他的衣服，他异常乖顺地支起身体，由着她将自己的衣服扯下……他额发贴在鬓角，有种异样的阴柔的美。陈纵伸手拨开挡住视线的那一簇，笑着讲："还要再洗个澡。"

子夜就在那一刹那抬起眼来，用那双沉郁的眼，用他那独有的摄魄眼神，近在咫尺地望着她。

陈纵停下动作，心想，别这么看我，不然，你讲什么，我都会答应。

子夜也就在那一刹那启唇，说："你问过我，灵感来自于什么。"

他的声音还带着未散的余韵，有些哑，却平添一份性感。

陈纵本该问，为什么？但她已被他的眼神与声音浸透。他双腿将她圈在怀里，双手俯在她身侧……她被他整个灵魂禁锢在怀抱。

她好像懂得误入深山、清心寡欲的书生为何总是被女妖勾了魂，坠入南柯一梦的欲生欲死。此刻子夜就是妖，她三魂七魄都在他手头，被他轻易掌控了生死。

她安静地听。

"是爱欲。"他讲出这话时，这话本身与他气质全然矛盾，有种极强的冲击，他坦诚地自我剖白，"肮脏的爱欲，低等的兽性……你根本不知道自己爱的是个什么东西，就在轻易说爱我。你真的知道自己在爱什么吗？"

陈纵不懂他突如其来的自辱。她想说，我爱你本身，和你自我曲解又有什么关系？

可他目光灼灼，烧得她一个字也讲不出。

子夜俯下身，亲吻她的身体如亲吻倾颓神像足趾的虔诚信徒，将她周身洗礼，缓缓开口，像一缕残魂在引诱失路旅人误入迷津："是你主动勾引我的。你自找的。"

在子夜从床头摸索到东西拆开来，将她揽到他身上，又一次开始时，陈纵终于明白，是她自找的。在这个姿势下，她被迫看着子夜……他隐藏的暴虐，他全盘的温柔。她望进他眼里，忽然更深一层懂得了他为什么叫"子夜"。

他写作时，有种近乎自毁的暴虐。

此时，也是。近乎晕厥时，陈纵以为自己将死了，却发现他烧红的眼尾也近似于在自毁。子夜的眼一刻也不曾离开过她。深得要将她吞噬，温柔到令她窒息。他一遍一遍叫她的名字，陈纵，陈纵，陈纵，陈纵……陈纵被子夜淹没了。巨浪翻滚里，她死死绞住他，怕跌入深海。澎湃浪潮之中，渐渐只剩下陈纵无力的饮泣。

结束后，他揽着她趴在自己怀里。

陈纵睡得不安稳，每一次睁开眼，都能对上子夜的目光。他一直没睡，不知在想什么。后半夜，月光露了头，落往东边时，透过那株芭蕉树，波光粼粼地照进屋里，照进他眼里，照出幽微的光。子夜也像在夜光中苏醒的夜行性动物，猝然动了，从后头又一次开始。陈纵累到声音都发不出，化作一摊水，被他消融在怀里。子夜几乎将她掖进自己身体，今夜，今夜，要用全副生命与她共沉沦，一齐死在这月光里。

最后使子夜停下的，不是困乏或疲软的身体，而是用光的计生用品盒。他终于放过陈纵和自己，穿过满屋狼藉，拾起掉落的床单，将脱力的陈纵搂进怀里，陪着她睡了一觉。陈纵进入梦里，浑浑噩噩，那种被子夜充盈的感觉却长长久久留了下来，一夜没有消散。

她落入那片名作子夜的汪洋之中，沉沦了整夜整夜。

第二天下午，陈纵醒来时，床上只有她自己。

她像做了个筋疲力尽的混乱绮梦。

昨夜凌乱狼藉的卧室被收拾得整洁。垃圾桶套上新的垃圾袋，里头空空如也。湿淋淋的被子也不见了，她满腹狐疑，掀开还有洗衣粉清香的子夜的旧被子，下了床。桌上的日记本已经好好地合上，椅子上整齐地放着干净睡衣。陈纵随意套上，赤足出门去寻子夜。客厅里她剩的饺子不见了，餐盘干干净净地摆在杯碟架上……院中也没有子夜的身影。

晾衣绳却已系在了屋檐边，昨夜脏衣已经洗干净，挂在绳上，随风轻轻飘荡。陈纵伸手摸了摸，只有下摆还有点湿。

子夜应该已经走了一阵了。

陈纵回房间，给子夜打了几通电话，都没人接。她疑心他在飞机上，所以又留了两条短信：

——走了吗？怎么都不跟我讲一声。

——到家记得给我回个电话。

陈纵没有留意茶几上放着的几摞明信片。离开客厅时，她忘了关门。她洗好澡，提了外卖回来准备看剧下饭时，客厅里已被风吹得一片狼藉。明信片飞得桌上、电视柜中、窗缝、沙发、地上，到处都是。

陈纵随意拾了几张，发现都是港市的岛屿。但却不是全新的明信片，每一张都不同，每一张背后，都有子夜手写的短评。长则满满一页，短则两三句话。后来陈纵上网搜过，并非从何处抄录，而是出自他本人。往后几年，这些足以见刊的短文却没有出版，世上只陈纵独家一份。

因她的错漏，飞得满屋的明信片并没有在那天被陈纵一一拾回。往后几年，每回家中清扫，总是会复又翻找出几张。每寻到一张，便又会掀起她心中的恸动。如同重读巨作，随着她几年之中剧烈的成长，感悟也总不相同，恸动也因此永远无法平息。

那天半夜，陈纵才收到来自子夜的消息。

凌晨五点，手机振动。因被她抓握在手中，故消息一来，她便迷迷糊糊地醒了。

她睁开眼，解锁一看，上头只有四个字。

陈纵，再见。

陈纵用了很长时间，才理解那四个字的意思。

她用了更长时间……才意识到自己并不是在做梦。

到那时，陈纵已梦醒了，坐起身，一通又一通地给子夜拨去电话。二十余通电话，他都没有接。

电话打到最后，只剩下毫无感情的女声："对方暂时无法接通，对方暂时无法接通……"

陈纵一遍一遍听着机械而重复的女声，听到手机没电，听到出了一身冷汗，浑身冰冷。

她几乎不记得自己那几天是怎么过的。一整天一整天无法入睡，困极了，偶尔能打盹几个小时，醒来便以为能刷新记忆，回过神便重新拾起手机来看。

可是，一条回复也没有。

子夜好像从她的世界里消失了一样。

她一时冲动，也想过偷拿子夜留给爸爸的那张卡去寻他。可她虽然知道他公寓里头什么样，但港市偌大，她上哪里去寻呀……

有时候做梦，她病入膏肓，室友一个个到她病床前讲："港市偌大，俊男靓女，人心易变。半年多了，该到分手的时候了，你换人吧。"

233

一觉醒来，她又有了新觉悟，试着发消息辱骂他。可她发现，到了这种时候，她连骂他都没有办法做到。她一再斟酌措辞，讲出口只剩下一句句质问，问他是不是移情别恋了？没关系，我能接受，只要你好好同我讲……我也不是死缠烂打的人。

很久很久之后，子夜的离开带给她的那种宛如蜕了层皮的痛早已烟消云散，愧疚却始终如影随形。她一度以为，子夜不愿同爸爸联络，甚至也是因为无法面对与自己的关系，他怕尴尬。

以至于她那时都想发消息给他，你只要回来，我可以当十八岁开始的一切都没有发生过。

陈纵终于还是没有这么讲。她蹲在墙角大哭了一场。

哭完之后，她彻底拉黑了子夜，接受了这个人到自己的生命里来一遭，又突如其来、无声无息消失了这件事。

痛彻心扉一场，也算脱胎换骨。

陈纵没有颓废太久，拉黑子夜之后，很快将自己调整过来。

"她爱上一个渣男，然后她被他渣了。"——并没有什么好不能接受的。她落笔，补全了周缚与年年的结局，近乎泄愤式地书写，塑造了一位她自己都不甚理解的"渣男"，以使自己来理解这个简单粗暴的 Bad Ending。

她与子夜 BE 了。

她的痛苦有的放矢。可奇怪的是，子夜走了，他这个人却越发无处不在，带给她的影响，在她近乎于脱胎换骨的几年成长之中，始终如影随形。

吃鸭掌会想到子夜讲"齐王之食鸡也"，吃豆腐是"其叶臭恶，歉年人或采食"；嘴馋时，会想到"馋字从食，右部本意狡兔；人为口腹之欲，不惜多方奔走以膏馋吻"；下雨时，逛古都时，有一道声音在耳边响起，"菜佣酒保，都有六朝烟水气"；难免迷信时，是"'可怜夜半虚前席，不问苍生问鬼神'。祀胜于德，原本是人的无奈"；当她看到无数可鄙可笑的庸人时，"你看这世上多少行尸，灵魂脱离肉身行走"……何止，何止。

子夜无声无息，浸透了她整个生命，构筑了她识文断字、立身于人的全副骨血。

最难最难的时候，爸爸远在他乡住进医院，她只身在家，被几个中年男人恶狠狠地捶门。她坐在书桌前，平静地听那些往日里衣冠楚楚，酒席饭桌上接她的敬酒，会慰问她功课作业的叔叔对她爸爸破口大骂。

她该害怕才对。

可有一道沉静而熟悉的声音忽然响起，告诉她："别怕。"

然后，陈纵推开房门，走出去，走出去……直面本不该出现在她华美衣袍之下的一道道烂疮。

她带着生命之中对子夜不可分割的恨与爱，义无反顾、无惧无畏地往前走，往前走，只身破开漆黑暗夜，穿过悠长的黑暗隧道，终于立在阳光之下，长出满身的血肉。

二十一岁，爱情失败，父亲住院，学业耽误，过重的处分使她求职路上处处碰壁。一事无成，最艰险的时候，陈纵从未疑心过自己前路渺茫，足不出户，也能在家愤怒地写作。

寻了几家出版社，有一位出版公司的编辑知道她没有工作，特意联络她，打了微信电话问她："你写的东西很有镜头感，调度仿佛电影，有种难得的天分。你有想过学电影吗？"

她自此投身这行，跌跌撞撞六年，至此总算杀出一条独属于自己的路。

也遇到过很好的人。

每一次当她以为自己终于走出子夜的阴影时，却发现，都不对，都不对。

阳光的人太肤浅直接，健硕的人显得粗笨……无论遇见谁，她总拿他们同子夜比。子夜有什么好？

她自己也克制不了。

到最后，每一段关系都虎头蛇尾，潦草收场，无一例外。

在这件事上，她始终懵懵懂懂，不明白自己究竟想要在爱情这件事上寻找什么。

第二任男友是在报考电影学院复试时拍十五分钟短剧认识的，如今对方已有作品问世，获了小奖，也算半个行业前辈。那人带着满身爱意向陈纵奔来，走的时候哀恳绝望至极："我只想让你爱我，很难吗？"

第三任男友是练英文时认识的华裔，阳光开朗，有健康的小麦色皮肤，擅长游泳、冲浪和打沙滩排球，热爱一切户外运动，会在公共场合大方示爱。分手时，他说："你其实可以更性感可爱一点。"说直白一点，是怪她对他没有需求。

第四任男友是在美国认识的，后来她单方面地中断了这段感情，没有任何解释。当她终于认识到自己要的不是什么感觉，而是非某个人不可的时候，她不愿意再耽误自己和他人。对方在她在网上风评最差的时候，选择将这段感情作为她的黑历史挂到网络上，骂她"渣"。

而早在去美国之前，她陪白小婷去庙里算过一次命。那时白小婷已经和富二代离婚，带着一个女儿，又谈了场恋爱，预备第二次步入婚姻殿堂。算命的说白小婷，四十岁前结婚都会离，还说陈纵这辈子会在一棵树上吊死。两人的爱情谶言竟都应验。

意识到子夜的痛苦和困境，则又需要更多更多引线。

子夜来之前以及之后的一段时间，陈纵很羡慕白小婷，也很容易喜欢丁成杰这样的男孩子。白小婷一直以为她在凡尔赛，于是说出那句："我们这种野种，只有羡慕你们的份。你又有什么好羡慕我们的？"

也是到了美国之后，陈纵才明白，丁成杰和白小婷，都长了一张没有被人欺负过的脸。

可是没有人疼爱的小孩，又有什么好"没有被人欺负"的？

她将这番话讲给合租的中国同学听，同学好奇地看着陈纵，讲了一句："我第一次见你，也觉得你长了一张没有被欺负过的脸。"

所以，使她从唯唯诺诺的十二岁，长到如今的"没有被欺负"，中间究竟多出的是什么？

再之后，则是某天上网，她看到一则自杀青少年父母职业排行。排名第一的是初中老师，虽然与子夜家庭结构没有什么关系，但她在评论里看到一条心理老师的解析：在心理发育的关键期，被那个阶段绝对的权威，从智力、德育与教育全方位地压制，不容任何质疑与抵抗。那种压制密不透风，没有任何疏解出口。

陈金生之于子夜的压制，何止是身心发育的三年，而是从外界到内部的，毕生的全方位的不容置喙的绝对权威压制。

陈纵后知后觉，惊出了一身冷汗。

二十四岁的某一天，《借月》改编舞剧大火，极偶然地，陈纵从电视上看到一条关于陈金生的采访。

他讲："出版社看在我的面子上给他四万册首印又如何，至今卖出去几本？"

他讲："作这些淫词艳赋，不如去写歌词。"

他讲："脾气大，能耐小，白白耽搁几年光景，不知道为什么。"

他讲："拿奖？我陈家祖上没积这种德。"

……

别有用心之人，不知为什么将一条对子夜的采访与他剪到一处。

主持人街头采访了很多漂亮名人，其中就有子夜。

问题是："如果用一种东西来形容自己，你觉得会是什么？"

子夜的答案是："一摊腐臭烂肉。"

他生得漂亮，所以真都像假。这街头采访，却也是奔着"漂亮"来的。

主持人异常震惊，全然没料到会得到这样血肉模糊、带着腥味的答案。

像是开解或者安慰，又或者举重若轻，这是主持人的职业素养："是烂肉，也是漂亮烂肉。"

子夜听罢笑了，觉得这说法牵强："腐肉有什么漂不漂亮的？"

画面里，子夜眼中原本锋锐的光芒变得暗淡。他因此好像温和了许多，对待这个世界，以及对待他自己。

看到那条采访，陈纵心脏莫名钝痛。

不知刺痛她的是什么，也许是他的形容，也许是他黯淡的神情。

再后来，她在网上搜索到谭天明与陈沪君的纠葛，渐渐懂得，果然是这样，真的是这样。

世界上就是有这么一群人，早年摸爬滚打，吃过很多苦头，如今终于成了上位者，于是把早年的一切不如意，发泄到含着金汤匙出生的晚辈身上。

有人从痛苦中获得灵感，有人从爱欲中获得灵感，有人借助香烟、咖啡因……有人诉诸暴力。

"老子打儿子，天经地义。"于是暴力合法并且正义。

子夜伤在暗处，也许连邱娥华都不觉得有什么问题。

如此种种，陈纵一点点更正她记忆中的子夜，终于于电光石火之间意识到——错了。

从前她对子夜的理解，统统都错了。

"家庭是封建的余孽，父亲是专制的魔王，母亲是好意的傻子……"

"陈金生是什么？"

"半殖民地半封建社会。"

"因为您，我丧失了自信，反过来，得到的却是无尽的内疚感……"

"活着就是这样一场旷日持久的强暴，像《毗舍阇鬼》这样单刀直入，被不爱的血缘和命运所共同的强暴。"

"不曾想到他长至十四岁，早已经历无数遭真正的凌辱。"

书上种种，包括周复与《毗舍阇鬼》，也在电光石火间，帮她解读了子夜。

你有试过被长辈集体霸凌吗？

陈金生是他王国的暴君。

那里还有佞臣与恶毒王储，还有一言不发、懦弱的王后。

逃离文学，是子夜逃离父亲暴政的唯一机会。可惜子夜，除了写文章，"什么也做不好"。

子夜应当恨这世界才对。

可他安慰她时常说："这世界是不是也没那么坏？"他破碎的灵魂挡住了世界的残酷，他从她身上看到自己仅剩的完好部分尚还活着。

原来陈纵从没有认识过陈子夜。原来世人从未认识过陈子夜。

子夜是被腰斩的残章，是望不见黎明的永夜。

"周缚救了年年。"

"没有人可以救周复。"

他对她好，何尝不是一种无可挽回的、近乎绝望的自怜。

她想起他那夜的形容。

"头上华萎，衣裳垢秽，腋下汗流，身体臭秽，不乐本座……天人五衰。"

她想起他陷于爱欲时被围观的恐惧，在那一夜却消失了。

也许，也许，是他寻求解脱那一瞬的忘我？

那时她还未全然懂得子夜的暗淡，却已下意识地，试着如参阅一本晦涩古书一般去读懂他。

她看了网上许多《借月》的书评，都觉得，不对，全然不对……陈纵渐渐意识到，能真正读懂子夜的，恐怕只有她自己。那时她为书写人物小传，剖析人物心理，试着读了一些影视语言的书籍，入门了电影这一行，顺理成章地就这么走了下去，却也误打误撞，走上一条灵光四溅的天分之路。在这条路上，她成为她舞台生命不二的主宰。

"你"应当从台阶处走到阳光下，"我"应当从阴影中站到她的影子里。

穿过六年光景，陈纵头一次回过头，某一天第一次终于和黑暗之中那双眼对望，第一次终于读懂了他想说什么——

那一夜，他在跟她求救。

她为了求证这一点，回过头，在港市寻到他。她在街头，专注地打量他，只觉得困惑非常。

她猜想他会颓唐，消瘦，眼下乌青一片，却没想到会这么……正常。

那时候她哭，心里全然想的是——

她以为他下辈子才投胎成人，没想到是此生。

陈纵有时也会和朋友聊起关于一个天才陨落的故事。

常常得到的是朋友的难以理解——

"生啊死的，不就是上一辈的精神压迫吗，哪有那么严重？"

239

那时候他们刚看完《汉密尔顿》的音乐剧。

顺着人潮走出百老汇，陈纵尝试同他人解释时也收获了自我的理解。

"有些人降生在泥沼里，比如亚历山大·汉密尔顿，一生疾风劲草一样拼命植根于世，贪婪地汲取养分，活出奔流的血肉。

"世上还有一种人，干干净净地生下来，生在太平盛世，却被这污糟的世界从内里瓦解。

"世上唯一一具白窑瓷瓶就此灰飞烟灭，怎能怪他不如泥瓦钢筋能禁千锤百炼？"

真正伤害子夜的，从来不是来自于外部的皮肉之创，抑或全方位的精神瓦解。

最致命的一刀，来自于他对这世界与生俱来，超凡绝伦又异常灵敏的感知。

"天下无不是父母，焚琴煮鹤也是父母。"

她终于通过拾起林林总总的瓷瓶碎屑，勉强拼凑出这个不算齐全的故事。

子夜在这世上最后一片绿洲避世。

那片绿洲，却永远不是他的乐土，而是他毕生无法摆脱的刑罚。

子夜腐烂一地。

陈纵代他植根于世，顽抗地活了下去。

常常有人说，她像一只拧紧发条的八音盒芭蕾舞姬，蹦蹦跳跳直到永远，不知痛苦，不知疲倦，真是奇怪。

也常常有人说羡慕她性格如此。

只有她自己知道，长成这副模样，需要腐烂一具血肉。

是谁讲的，电影奖项评选，往往与政治运作、文化潮流追捧、当下热度炒作脱不开关系。

是谁讲的，电影如此，文艺作品也是如此，所谓品位有时也被上位者操控。

是谁讲的，真正的好坏，或许只能等百年后众人归西，抛却一切利益纠葛，方能被公平看待。

是谁讲的，时运是多么难能可贵的东西，也因此生不逢时是这世上尤其残忍的四个字。

可她不想。她不要等到暴君死后，王国坍塌，成与败留待后人评说。

她想在陈金生活着时，让他亲眼见证自己王国里的规则失序，律法推翻重写。

时势造英雄，既然时势东流水，他的成功无法复制，那她就造出一个时势来。

陈先生，你看好了。

第十一章

/
永夜的夜

解离——

子夜第一次听到这个词，是十八岁上大学的某一天。那天食堂人很多，他找到位置，刚放下餐盘，有约莫一刻钟的时间感觉不到自己的双手。知觉离体，肉体也由此失衡，倒了下去。

醒来之后，验血的医生简单问了他几句，立刻叫来了心理医生。那是个和善的老妇，戴着一副圆框老花镜，和蔼与天真在她身上矛盾地共生，很容易就使人放下防备。

她问："你上一次解离是什么时候？"

听到这个词，子夜莫名想起十四岁。那时候外公病危，母亲接到大陆家中的电话，得了个机会回家。她同子夜商量，借机逃脱陈金生。但母亲又迟迟没走，说要拿到月底那笔津贴再走。那时他劝过母亲，我们有手有脚，钱为什么不可以再挣？但她没有听。

等到月底抵达金城乡下，外公已经走了三天。

母亲自然痛心非常。这件事里，子夜是母亲的受害者。但他想到外公先是母亲的父亲，才是他的祖父。也因此，当下母亲的感受比之他的感受更为要紧，比起与她一同伤心，他当先照顾好母亲的情绪。

于是，子夜收敛好自己的情绪，安慰母亲："外公是寿终正寝，走得没有任何痛苦。"

母亲愤怒非常，打了他一巴掌："没良心的，你和你那禽兽父亲一样狼心狗肺。"

他好像总是因为感知比常人多出一些，而时常受到诸如此类的伤害与不理解。这样的事，在他人生之中也不是第一次发生。他从前一直以为，他与母亲都是暴力的受害者。但直到那一刻，子夜清楚地认识到，母亲不是他的同盟。

在这世上，他形单影只，永远不会有同盟。

后来的事他不太记得了……他不知道自己是怎么到那个家中，又如何躺到那张床上的。如果非要他形容，那种感觉很像灵魂脱离肉身，漂浮在黑暗之中。又或者他短暂十四年的人生，一直都游离于人世。

"哥哥。"一道柔和的嗓音，将他从失序混沌中拉了回来。他漂浮的本我回归肉体，猝然从噩梦中醒来，从沉睡了十四年的梦里醒来。

他短暂乏味的人生，就此开始了。

"我第一次见你，是第三人称。"

后来，他很随意地落笔，写下对她的第一印象，并不清楚这种情况叫作"解离"。事实上，这并不是第一次，更早应该是七八岁的时候，具体不记得了，有时候在餐桌上，他会突然感觉不到自己的肢体。面对一些习以为常的羞辱，他也会突然抽离，感觉蚂蚁一行行爬上皮肤。有时情不自禁去抓挠，会导致辱骂升级。但他往往会选择性地忽视，有时是出于对安全感的需要，有时是在骗人。

从第一次解离，到第一次看医生，至少也已经过去九年。他不想拥有如此漫长的病史，所以又一次骗了人……何况在讲出"第一次是十四岁"时，他已经在医生脸上看到骇然的神情。

而且这应该也是相当可耻的事。子夜不知道自己为什么会有这种记忆，似乎小时候试图消除麻木感，而将胳膊抓挠出一道一道血痕。陈金生嫌恶地讲："你该不是有精神病？"而母亲不知为什么怕他，立刻小心附和："你别拿自残要挟爹地，没有好处。"

第一位询问他心理问题的老太退休后，他也有换过别的医生，但聊起天来庸庸碌碌，老生常谈，无功无过……偶尔有过，都显得不太可靠，后

243

来便没有再去过。

同学老师都很关心他，为他找到学校里的抑郁症自助小团体，叫他去过几次。

一月两次冥想，冥想后每个人都要发言。

其中有个女同学，"病情"应该算是其中最严重的，也有九年历史。因为抑郁，她停停走走，总无法战胜病魔，几度想过退学，也几度想过自杀。有时候心情不错，还分享过最不痛苦的死法。后来听说她谈了场恋爱，男友不离不弃，治愈了她许多，两人一起步入婚姻殿堂。

子夜自觉这病魔也不算可怕，往后没有再去过自救冥想。

后来，约莫是他大学毕业后不久，偶然得到消息，女同学夫妻俩在家中开了煤气，双双自杀。不知为何，他们并没有采用那不甚痛苦的死法中的一种。那时候他已经回到港市，兜兜转转几年，回到陈家为五斗米折腰。他们倒也没说什么，当面给出版社打去几个电话，很快一本本谈了下来，版税本就给得高，印量三万、四万都有……是一笔相当大的数目。

但往后三不五时总会提起，明里暗里地关心，卖到几千册了？还是跟你爹地抬杠的《毗舍阇鬼》卖得最好吧？还不是他老人家不计前嫌，在书腰写的推荐语在卖书时比较奏效。

刚回去时，他们好像也说起过他的前程。

陈金生好像说过作淫词艳赋不如去写歌词之类的话，写到黄霑的水准，黄伟文的热度，不比你现在沽名钓誉要好？

好，好好，沽名钓誉……转头他就进了中文系。

这么一来，又有人讲，忘了是谁，也许是陈沪君，她说："你要是想争名夺利，怎么不去混娱乐圈？"

某天在街上碰到星探，不知怎么找到半山家里，子夜尚还不知发生了什么，等回到家中，星探早走了，满屋子人冷嘲热讽。似乎有谁讲："你也不看看形势，现在还是不是港娱的天下。"

众人七嘴八舌，各有见地。

圣诞那两个礼拜不知道怎么过的。好像每天都会去半山家中，被各种人参观。有时候浑浑噩噩，猝然醒过神，发现自己在道路中央。还有一次，一睁眼，发现自己不知为什么在天桥中间。看着下头车流，迷迷茫茫，心中异常平静，想的是，也好。

大浪里人人都是泥菩萨，于是这世上最可鄙的就是一幕幕好莱坞式的拯救戏码。

他一个人，什么时候死了，也没什么值得惋惜，也没什么好不舍。

陈纵，再见。

二〇一六年的新年，几家人在山顶酒店贺岁，海港中放着贺岁烟花。

二十二岁的子夜爬上山顶，看着下头泳池中团圆的人一一散尽，发完唯一一条短信，从昏暗观景台一跃而下。

池水拥抱他，死亡拥抱他。那一刻他无比轻松。

这世上比死更可怕的另一种可能是，求死，却不成。

肉体的损伤藉由满身的石膏纱布修复，留下出口方便排泄。因为入院后约一个礼拜，子夜才第一次出现马尾神经障碍的表征，病症之一是大小便失禁，带着破损器官修复中的血迹，统统流了满床。

失禁当天，陈沪君带着戴英来给他送花，参观他的途中顺便参观了他当众便溺。子夜周身能动弹的只有一双眼，满室玫瑰花却挡不住恶臭腥腐气，于是模模糊糊之中，亲眼见证了表妹努力维系表情，在护士清理床铺的过程中终于变了脸色，冲进盥洗室吐了出来。

说起这件事，他其实没什么感觉。当生死知觉统统都不由自己掌控，尊严？尊严早已不算得什么。

许多神经功能失效时，听力敏锐得如同住在地下第一个岩层，走廊上的脚步是卡车引擎，病床的滑轮是海啸，亲属的啼哭是一日一度火山喷发，地表的一切一切生老病死都近在咫尺。护士在门外窃窃私语像高中教室外的女同学，间或聊到病床上这个自杀的人，时常用到的词汇类似于这么年轻好可惜。他会从心里发笑。没死成，有什么好可惜的。

肉体的治疗过程很漫长，因为不能动，不能思考，偶尔会陷入幼稚的

245

想象。

测脑血流图的探头贴在颞部，偶尔像千里之外的求爱电话，或者一个笨拙的形容词后紧随的亲吻。

病床、褥疮与恶臭气味，偶尔像浇灌在泥土里的花肥，他是被浇灌了花肥的有蚯蚓快乐吟唱的松软泥土，夜半时分，会听见愈合的骨骼发出开花的声音。

那种时候，他的全副生命都在渴求黑暗中的肌肤之亲，但他又庆幸自己已经永远地失去这一切。

她的人生还很长，应当与形形色色干净漂亮的人相遇，经历热可可、香槟、葡萄酒的甜蜜与酸涩，经历身不由己的放肆爱恨，而不是失陷在这片必将溺亡的凶险沼泽。

陈子夜呢？陈子夜早已困死在二十二岁。时间在走，世界在前进，他却没有。在没有她的世界里，他困兽犹斗，却一步也无法前进。

神经节苷脂片和艾司唑仑将他的知觉折磨得很钝，身体里住着的那个精神上的陈子夜也随着那一摊便溺一道流走，留下一具名为陈子夜的尸体。好像只有以敏锐过了头、所谓天才的陈子夜彻底死去为代价，他才能保住这条性命，麻木地苟延残喘。

陈子夜被艾司唑仑打死了。

陈子夜活了下来。

肉身的治愈花去半年时间，精神的治疗则更长更久，几近于遥遥无期。

五周后拆去头部绷带的那天，护士推着他晒太阳，顺便剃除新生头发以便涂抹生长药膏，谭天明第一回带了现做的热可可棉花糖饮料来看他。

这位第一时间将他送医、自小到大与他只有几面之缘的异姓兄长，不知在怕什么，远远地立在那儿，只是看他，一时哭，一时笑，精神状况实在令人摸不着头脑。过了一会儿，谭天明将手信交给护士后就离开了，留下一句：住院久了，会想吃一点甜食，祝好。

第二次见到谭天明是在戒酒互助会上。

246

那天，谭天明首度鼓起勇气自述："请注意，本自述来自一个轻中度双相情感障碍者。"

众人都笑了。

谭天明接着说："因为职业，有时候必须随时随地生机勃勃，充满创造力。但抑郁期来临，是一件很沮丧的事……你们知道的。"

众人都点头。

谭天明接着讲："为了让自己不那么低落，起初是喝一点小酒，保持微醺的兴奋状态。但渐渐地，那个能使我兴奋的阈值越来越高，越来越高。到一发不可收拾的地步时，胃部大出血，送去急救，才被送来戒酒。病理性的治疗和精神性的戒酒其实有某种共通之处，保持正常的时间越长，终身痊愈的可能性越大。精神疾病痊愈的标志是维持五年停药期，戒酒的维持期限又是多久呢？至今，我戒酒两年有余，停药近八个月，已经可以做旁人戒除酒瘾的劝导老师。"

众人齐齐鼓掌。

谭天明便是子夜的戒酒导师。说来好玩，依照家世，两人本该自小熟识；兜兜转转，却有相似病症，同种依赖；进而同病相怜，无话不说，抱团取暖，至此才成为朋友。学府阁的那个房子，也是在那个时候经谭天明介绍，一齐购入；方便子夜念书，也方便谭天明驾车接他去戒酒会。

其实子夜对酒精并没有很严重的依赖症，只是因为有时和精神科医生说到无法写作的种种尴尬，医生告诉他，可以去各类救助会看看，看看各种疾苦是如何摧毁人的心智。一来也许对写作有所帮助；二来，精神病人超乎常人地脆弱，很容易对各种人或物产生过度依赖而无法独立行走，好引以为戒，来日不至于步入此类泥沼。

约莫第三次还是第四次去戒酒会的时候，子夜也试着讲了自己的故事。

子夜说："我和谭先生很类似，从事一些需要创造力的工作，是一名文字工作者。定期服用抗抑郁药物，常常无法集中精力。有时一段三行文字要看半个小时才能读懂意思，更不必说提笔写字。"

有时说话都费点力气。在他思索的时间里，所有戒酒会成员一齐鼓掌

247

以示鼓励。

子夜斟酌措辞，接着讲下去："抑郁症也有类似的互助会，氛围会阴暗许多。其中有人出招，问我要不要尝试一些刺激神经兴奋的东西，例如咖啡、香烟、酒精。我思考了一下，采用了酒精。直到有人介绍我来这里，这才知道，酒精也是会依赖成瘾的。"

酒精终究没使子夜成瘾。抑郁导致的失眠也间接引起了生理性胃食管反流，有一次胃酸逆流烧坏了嗓子，在医生严重警告下，子夜连喝酒这一点短暂的快乐也被彻底剥夺。

服药期有麻木的痛苦，停药期有复发的痛苦，还有害怕毕生都将在这服药与停药之间不断循环的恐惧。

有时候，他因精神上抗拒治疗，拒绝承认自己并未康复，试图将一个本该停止的停药期延长下去，以至于有时候分不清幻觉、梦境与现实。

偶尔做梦，梦见自己身上爬满虱子、蛆虫以及蚂蚁。醒来感觉也没有消散，有时甚至睁着眼，会感觉自己从脚趾开始腐烂，一天比一天多一点，蔓延扩散开来，到脖子、嘴唇……溃液流满屋子，满地食腐蛆虫爬行。

有时候，一天不洗澡，他已经闻到自己尚没死亡就已腐烂的恶臭。

由此种种，他不得不每半小时扫一次地，十分钟洗一次澡，来驱逐这种知觉，渐渐养成旁人眼中的重度洁癖。

去精神科复查，他也看见过情侣上演拯救戏码。男孩子犯病吞药，躺在床上，拉出实验室烧焦木炭一样黑臭的大便，像他从前那般动弹不得，被前来探视之人旁观，顾不得什么尊严不尊严。女孩子愤怒而绝望，哭着讲，高高在上地讲："我也不能拯救你吗？为什么？为什么？你是不是不爱我？我在你心里是不是根本不重要？否则你怎么能这么不顾忌我的感受和死活？"

为什么？这话不禁难倒了子夜。

还有一回，应该是什么商业酒会。他应邀前去，站在角落。侍应没留意他的存在，一次经过，险些将托盘里的酒洒他一身。路过的女星好心施以援手，不过拽了他一下。他亲眼看见蛆虫爬了她满手。他慌不择路，退避三尺，怕脏了旁人的手，抬眼看见对面女郎满面羞愤，尴尬非常，像在说："陈子夜，你多金贵？"

子夜才意识到那是幻觉。

万分抱歉，却不知从何说起。往后这类聚会，他统统找借口推托，从此也不再露面。

他多金贵？一摊恶臭烂肉罢了。

有时状况好点……好点，也不至于好到哪里去。

他偶尔试着同谭天明讲，自嘲地讲："从前看古籍，念一遍可以记诵，还能意会，还能触类旁通。现下，一篇书评念五遍都进不去脑子。"

也因此，这几年书也不知道怎么念下来的，好歹取得学位以致用，总算可以勉力糊口。

状况好的时候，其实也可以写作。没有酒精，没有兴奋剂，他的全部灵感，只能来源于那段被死亡斩断在二十二岁的爱意。他愚钝地写，麻木地写，暗无天日地写，反复将自己困在那八年迷宫之中，总算词不达意地成了本书。

谭天明是第一个读者。他惊喜但不失好奇地问，你的灵感来自于什么。

子夜简洁地答："爱欲。"

精神病患在不那么困顿的时候，也是会有欲望的。所以谭天明并没有为难他，向他深究欲望的来源。但他知道，这辈子应该也就只有那么一个了。他仅有的兴奋类药物，他疲乏人生里唯一的光。于是故事里那个人也恒久地站在光里，从二十岁活了下去。受困于暗处的我，也因恒久地受困于十四岁至二十二岁，而得以活了下去。

如今他无聊的人生，正三点一线地活着。没有养宠物，因为养不活。养成重度洁癖，因为时常腐烂一地。更没有爱人，因为爱莫能助。

他接受愚钝，因为保持愚钝才能活，也因此与自己和解，包容世上种种不堪，试着对不堪圆滑以待。他融入那座城市，也会讲些白话，不再做看似无畏的抗争。

她一定不喜欢看见他现今的模样，因为窝囊。但再窝囊，到底活成了这副模样。这副模样的子夜，也许明天会死去，也许明天仍在苟活。他始

249

终没有战胜病魔，在积极治疗，积极停药，与必将复发之间反复轮回，也在积极期待一个也许到来的五年刑满释放期限。但偶尔偶尔，夜半醒来，也会幻想床边一双清亮的眼，与无间的肌肤之亲。

但也只是想想罢了。

你是，"艳阳天里鲜花开满地"，而我，"是一座月光也厌弃的坟"。

如果你懂得我在说什么，你便知道我必将永远地失去这一切。

她？她是一杯热可可加棉花糖，我是她杯水车薪的干涸万年的沙漠。

她是眼睛清亮清亮的梅花鹿，我是她必将死亡的沼泽。

如果是你，你也会提醒她前方危机四伏，快些逃跑。

即便你知道，我有多渴求那个怀抱。哪怕深陷死亡旋涡，被浓重阴影围绕，我也比渴求死亡更渴求她。

即便我知道自己应当永远地失去这一切。

即便我明知自己必将永远地失去这一切。

可是如果你愿回望这片阴霾，如果你愿爱我残缺的尸首，如果你愿珍藏这了无生趣的枯木，如果你愿住在人迹罕至的死地。

如果你也愿吻我。

如果你也愿爱我。

如果你也愿陪我去游乐场。

如果你也愿完成我的临终遗愿。

你不会试图拯救我，也不会被我拖进无尽的深渊。

我愿做你忠实的信众，这朽木也可以为你苟延残喘。

陈子夜被药物打死了吗？

还没有。

第十二章

/

子夜·天明

谭天明住在隔壁。

两家父亲都是文化人，在谭天明出生那年就决定了两个人叫天明和子夜，虽然隔壁太太新婚，未来孩子性别未明。无论男女，那个人还没出生，就被决定叫作陈子夜。

陈金生先生因为著作广为流传，有许多个人业务，早几年就从报社退了出来。谭老先生一手操办，年头至年尾异常忙碌，起先让陈沪君帮忙教育儿子，后头因谭天明将她彻底惹恼，谭先生只得过早地送他去英国上寄宿学校，因此命运的疏漏，他与自己出生前就注定了的异姓兄弟只有数面之缘。

他本该了解子夜更多，可因为他自幼对隔壁那间屋子有巨大的恐惧，从而过早地逃脱了这一切。后头又因他坚定地选择了另一行业，无论父亲、姑姑还是叔叔在这一领域都不够有话语权，终于完成一部分自救。

可是"家"这个命题的恐怖在于，爱与压迫无法分割。只要你还想要证明自己不是上天的遗孤，只要你还渴望爱，恐怕就必须接受自己流着痛苦的血。

逢年过节，谭天明仍得回家感受"团圆"，好使自己并非孑然于世。即便沉浸在节日虚幻的美好里，待在那个家中，依旧会让他感觉到全身心地不舒服。即使他足够皮实，即使他足够圆滑，幼时的阴影也依旧是伴随他毕生的恒久创伤，让他在处理自我情绪与外部矛盾时，很难自我和解。疮口日益增大，某天他患上双相情感障碍。谁使他患病？他甚至找寻不到一个可以追责的个人。

因为谭天明生在谭家，所以他成功规避了最深重的创痛。这一点，他也在听说隔壁子夜的故事时，意识到自己究竟逃脱的是什么。

陈沪君是那一代标榜自由的摩登港女典范。她有一个娶了六房太太的封建官僚的爹，一个一辈子依附丈夫的小老婆母亲。封建与摩登构成了她内核的割裂，被压迫着长大，一辈子渴望美国电影里无条件暴烈的爱，却一辈子为爱情二字吃尽苦头。到头来，她却长成一个真正的施害者。

看着温温柔柔的淑女，教书育人无时无刻不伴随着价值贬低，直至支票印章丢失那一夜，一切矛盾积压至顶点。

谭天明被藤条抽了整夜整夜，至十七八岁才懂得：惹恼陈沪君的其实不是自己，而是她自己的不如意。与陈沪君那点事情，早已见诸报纸，谭天明不愿再赘述。在那场骂战中，他想要发泄的也并非他自己的怒火，今日他想讲述的也并非关于自己的事，而是关于隔壁子夜。

谭天明很早就听说陈家姐弟性情相仿，一样的风风火火，一样的"暴躁"。但由于"不打不成器""老子打儿子天经地义"过于深入人心，以至于暴力也在这种文化理念下变得正义且合法，有时甚至受害者也觉得自己"应得"。

事事从自己身上寻找原因，有时未免恐怖。有时类似于女孩子被强奸后，想着"假如我爱他"，这不可挽回的伤害就合理了；有时类似于"假如我该死"，受到不可挽回的创痛时努力寻找"我本就活该"的证据，那么伤害也变得理所当然，变得不那么痛。

他第一次意识到这一点，是远在英国时，听到姐姐打电话，说起一位圈中很有名望、在外风评极佳、为人和蔼可亲的导演，他的儿子和子夜上同一所小学。

某天子夜回家，同母亲小声讲了一件极隐秘的猥亵之事，问母亲："这是不是不妥？"结果陈金生听见，觉得这是一件极丢脸的事，当即讲了类似，"你想做什么，报警抓他？"之语。子夜答不是。陈某接着说："够丢丑了，

252

还有脸讲。想博取关注？"子夜没有再提，哪怕之后数年万分抗拒去学校，也都没有再提。

直到十年前，该名男子因为猥亵幼童上了新闻。而这桩使子夜蒙受不白冤屈的陈年旧案，也因为"丢人"，而在陈家不了了之，往后也没有人再提起过。

第二次，是关于子夜写作。写作经验，最初往往是经由模仿得来的，世间名家都不例外。陈家有几位很好的榜样，所以子夜起初模仿的对象是姑姑。那时他约莫八九岁，尝试模仿她一篇女性小说的口吻，来写一位女子的黄粱一梦与生老病死。他欢欢喜喜捧去让陈沪君点评，却换来一通不留情面的羞辱。

"你这坏种，小小年纪，好的不学，学起偷东西，"经由谭大姐转述，陈沪君是这么讲的，"三岁看到老，从小偷鸡摸狗，大了只能去馆子里卖肉。"书里也写不出这样对幼童令人发指的羞辱。这样惊悚的话，宛如心理变态，简直不忍卒听……应当还有相对应的肢体暴力，但谭大姐没有转述，也许也觉得难以启齿。

再后来，他听说过许许多多关于子夜的议论。评价变成了，他"撒谎成性"，因为"会突然说自己身上生蛆"；时常不听人讲话，不与人打招呼，一点礼貌也没有，和他母亲一个德行。

但他又常常藉由对子夜的诸多污蔑，从只言片语窥得子夜内在极为聪明的真相。谭大姐对陈沪君心生怨怼时，偶尔也会对子夜中肯点评："他看三流小说，也能有一流感悟，常常无意间使兄妹俩颜面尽失……小孩子要引导，不可打压。兄妹俩却坏得很，常批驳他，说他讲错了。两个业界名流，在饭桌上就一个观点，对一个小孩子齐齐开炮，非得逼他承认自己讲错了才肯罢休。你说好笑不好笑？"

子夜高于他们，却忤逆了他们，违拗了他们。

那时候，谭天明才知道，那些最深重的暴力，远远不是经由肢体。而是一句句诅咒，写进你倒背如流的典籍，融进你必将要使用的文字，由此融进你一寸寸骨血，从审美上对你进行毕生的霸凌。

他们逼得一个文字上的天才，必得要与文字割席，才能完成自救。

他虽与子夜不熟，却一直关注着子夜。《毗舍阇鬼》在内地出版，他第一时间买来看，被惊艳到起了一身鸡皮疙瘩。

那年代，青年男作家都在叫嚣自己无处安放的荷尔蒙，略成名的男作家往往通过表达对女性的不屑，来表达自己对这个世界肤浅的不屑。子夜却过早地阉割了自己真诚地书写。

因为工作，他见识过太多男性，从干净少年到油腻中年，中间的过渡是声色犬马与手握权柄。谭天明终于后知后觉意识到，子夜藉由精神弑父，想表达的某一思想，也许是——"权力之巅的雄性往往使人作呕，只有去掉一切雄性激素，才能勉强为人。"

子夜与权力的抗争终于以失败告终。

二十一岁的子夜回到家中，他因为一败涂地，被迫低下头，由衷地道歉，说是我错了。由此他完全放弃抵抗，顺从地接受来自文字世界里上位者的一切凌迟。

子夜进中文系之前，谭天明曾到陈家参加过一次聚会。席间，他曾听见陈金生极为轻描淡写的一句："我不指望你混成黄霑，将来混个二流就成。"

哪有父亲这样讲话？谭天明听得胆寒。而更让他觉得恐惧的是，屋中每个人面色如常，该打牌打牌，该讲笑话照旧。这话无关紧要，每天都在发生。很痛吗？做人不要这么敏感啦。

杀死天才，原本用不着刀子。

半年之后，二十二岁的子夜从山顶一跃而下。

既然对文字的诅咒融入骨血，与他生命早已不可分割，那他也只好将不属于自己的生命归还于父母天地。

这躯体，有何要紧？拿去便是。

隔壁的子夜，仿佛在代替他死去。

隔壁的天明，作为幸存者永无宁日。

将子夜送往医院抢救时，谭天明一直不敢去看他，怕他会死，又怕他没有死成，醒过来又再度承受一遍凌迟。

数月之后，谭天明带着碳水补剂去医院，远远地在阳光下见到子夜，他很难描述那双暗淡的眼睛，那拆了纱布后骨瘦如柴的枯朽的形容。但他知道，子夜活了下来，以最悲壮的一种方式，成为一株特质被修剪了的工工整整的园艺花卉，成为桌案上一株株造型奇特的盆栽。

如今世面上一本本子夜的书流传于世，记录着曾经的天才子夜一笔笔的控诉。最为滑稽的是，最沉痛的抗争，书腰上却贴了一句来自施暴者的推荐语。仿佛一则大字报，和最终痛彻心扉的灭顶镇压。

如今的子夜也顺从地接受了这一切镇压，每天温和地过。麻木地活着和愤怒地死去他都尝试过，也不知哪一种更好。每个礼拜他都会去各种教会、协会冥想，以此收集写作素材，或者自我治愈。谭天明往往会和他同去，每每问他冥想时都在想什么，子夜会说："趁机睡觉。"

子夜常常也是可爱的。

也因此，这几年他实在没写出什么东西来。

子夜如今积极地接受治疗，定时接受精神科医生的随访，这么多年孤孤单单一个人过。谭天明曾问过他为什么不养个宠物陪伴，后来意识到这是个蠢问题。子夜勉强能对自己的生存负责，不假外物，时常阅读一本《如何与精神病人相处》的书，好使自己能与自己孤单地相处，也久病成医，时常被冥想会的病人缠着聊天，哪怕他们每一个人的症状都比子夜要轻。

因为抑郁，子夜时常重度失眠，导致肠胃功能出现差错，烧坏了嗓子，有时讲话费点力气，但也不妨碍他去大学里讲课一战成名，因为一则学生视频爆火而成为网络红人。由此可见，他的一切创痛都没有什么显而易见的后遗症。

你看，这个世界并不适合直抒胸臆，适合顺应人心。

在这一点上，谭天明也是践行者。反抗无效，于是他领着子夜与他一并龟缩着当孙子。

而他为什么特别偏爱陈纵，是因为谭天明从她身上看到了另一种可能性。

一种见惯人心险恶的天真，一种倾盆大雨里的勃勃生气。像诗歌或者画作里的人物，有时候甚至算得上可歌可泣。

也因为看到这女孩子的种种美好，谭天明明白了，第一次子夜在电视上看到她的小动作时，为什么会笑。他也是第一次知道，子夜不总是这副死气沉沉的模样。

再借助一下修辞手法，谭天明不难想象——她也许是他的诗，他的画，他终于可以得以避世的不老不死的绿洲。

也许子夜还能活。

……

谭天明坐在车中，借助顶光，端详着照片上少年子夜的笑。

该怎么形容呢？

说是震撼也不为过。他这自诩子夜身边最亲近的人，第一次意识到，被大浪拍打在岸边、有游客坐在上头拍照的一截早已掏空了的枯树躯干，原本是会开出满树鲜花，结着金灿灿果实的。

谭天明给子夜发了条信息：*我走了，明天中午接你去参加节目。*

发完，他便将手机收了起来，独自驾车离开，没有理会别的一切信息，也没有理会这一晚可能到来的热搜，或者陈家二老的讥讽、诘问。

第十三章

头上华菱，不乐本座

子夜到陈纵家门口时，隔着门听见她在笑。

她多半又在刷微博，也不知看到什么，开心成这样。

他敲了好几次门，都没能打断她的笑声，却引起邻居的注意，叫了保安上来查看。

"和女朋友吵架，没有手机，"子夜讲，"被关在门外了。"

"你解锁我看看？"保安怀疑地审视他。

在此人长久地监视下，子夜摸亮电子锁，解锁进屋。

陈纵依旧没有动静，笑声却停了。

子夜将房门关上，刚走到卧房门口，卧房门就开了，走廊灯照出陈纵一张亢奋过头以至于苍白疲倦的脸。

背着光，陈纵看不清他的表情。她赤着脚，呆看他一阵，很平淡地讲了一句："你来啦？"

子夜没有出声。

陈纵讲完这话，转过头，背对他躺在床上，捧着手机接着刷。

一切稀松平常，他好像始终不曾离开过她的世界。这次回来，也只是出了一趟既定的远门，迷了八年的路。

陈纵蜷缩着，安安静静地躺在每一个夏日晚风的夜里。

子夜走上前，侧躺在她身后，很用力地，紧紧将她搂进怀里。就好像他第一次走失回家一样，用一个"我很想你"的拥抱代表一切言语。

屋子里异常安静，使得外头车流声像天外之音。

子夜忽然出声："刚才看什么这么开心？"

"看你的网络老婆批判我，"陈纵锁了手机屏，问他，"你又念起我的好了吗？"

子夜答："你一直很好，我不好。"

"陈老师国民老公，哪里不好？"陈纵安静了一瞬，转过来和他相对，端详了他一会儿，讲，"擅闯民宅不好。虽然我很喜欢你，但没名没分的，这不合适，陈老师。"

听了这话，子夜恬不知耻地讲："那你报警抓我吧。"

她还想说什么，子夜轻轻碰了碰她的唇，再碰了碰，像逗小猫，使她顷刻间分了神。他再次碰了碰，唇也被衔住，吻落下来，亲得她"呜"的一声。

亲吻绵长，无声无息，异常温柔。

陈纵安静地承受了一阵，忽然挣扎起来，全身心抗拒，胳膊抵着他胸膛，要将他推开。

子夜不知道她怎么了，怕她痛经得厉害，微微支坐起来，柔声问："怎么了？"

"亲那么狠，欺负人，不知道我在那个？"语气还真的有点憋屈。

子夜想了一会儿，明知故问："哪个？"

陈纵讥讽道："三十岁的人了，你装什么纯？"

她讲话时，子夜始终看着她。

话音一落，他渐渐笑了："亲你一下你就想到那个，你怎么回事？"

"你别这么看着我。你明知道今天不行。"陈纵最受不了他这双眼。宁愿他直接点做些什么，也不能被他这么毫不掩饰直勾勾地盯着看。

"不能做，不能亲，不能看，"子夜帮她回忆了一下自己的话，"那我还能做什么？"

"对啊，所以你来找我做什么。"陈纵故意气他，好笑地讲，"你那条微博又是什么意思？"

"什么意思？几岁的人了，你说我什么意思。"子夜轻描淡写地讲，前言不搭后语地讲，"痛不痛？"

"止痛片药效过了，现在有点，"陈纵讲完，才意识到自己被他带跑偏，立刻拉回主题，"想要和我重修旧好吗？我不接受。"

窗户没关，外头下了一场夜雨，这会儿冷风吹进来，吹得她胳膊腿都是凉的。子夜起身，拾起沙发椅上的毛毯披在她薄被子外头，又将她手边的手机拿远了，复又侧身躺上来，贴近她问，诚心诚意地问："为什么不接受？"

陈纵抽回神思，就利害关系很直接地讲："我还录着节目呢。你这样搞，我很难做人。"

子夜应了一声，帮她条分缕析："一、我破坏了节目效果；二、我会影响到男嘉宾对你的选择；三、又或者，你已经有了男朋友，只是不便透露……所以是哪一种，使你不接受？"

陈纵也打太极："不论哪一种，我都不接受。"

这种说法，子夜想了想："最坏的情况，我是第三者，虽我没什么不可接受的，那么这条微博的确不妥……要我替你解释点什么吗？"说完，却口不对心，她思考时将脸颊凑近些许，他正好趁机在她额头上亲吻了一口。

陈纵却没意识到他举动出格，只是没想到他接受这么良好，用了点时间才消化完"陈子夜为爱做三"这个说辞。

但她也不是吃素的，反应很快，和他就背德的关系达成一致："算了算了，微博发了就发了，删了反倒欲盖弥彰……何况谁没有几个前男友呢？反正你也不是第一个将我挂上网的前男友。而且嘛，陈老师挂我，属于给我脸上贴金。"

卧室里唯一一点亮来自窗外的霓虹，也因此轻微夜盲的陈纵根本看不到子夜此刻脸上的表情。

久没听到他出声，陈纵自顾自地讲，越发离谱地讲："我的人生信条是不吃回头草，但可以为国民老公陈老师开个小灶。只是今晚陈老师找上门，不知是你运气不好，还是我运气不好，嘴馋偏碰上店打烊，什么都做不了，唉，好惨好惨。何况，陈老师有我这么多黑历史，不挂我裸照都算好人，属于前男友中排得上号的大大大好人。"

子夜语气淡淡："你就这张嘴厉害。"

"嘴？"陈纵越说越来劲，干脆转过身，编些瞎话刺激子夜，"实不相瞒，我现在技术还可以……要试试吗？"

子夜定定地看了她一会儿："陈纵，你是觉得我不会生气，是吗？"

我说什么都是你自找的。陈纵也定定地看着他："你之后我交了三个男朋友，你要听吗？"

子夜再沉得住气，脸色也已经不太能看了，声音也很冷："想讲就讲。"

陈纵花了点时间才想起来点粗糙细节，却死活想不起对方的姓名和长相，这会儿也觉得自己很渣："你之后第一个男友，像个小太阳。他迷恋我的一切，我也迷恋他带来的热意。他是每个人眼里的好人，有天赋，也有想法，是做丈夫的好人选。"

"既然这么好，为什么分手？"

"他说我不需要他。我也的确不需要他……我对他没有太多爱。一些依赖，不足以使我和他走下去，我也不该耽误他。"陈纵对这段感情没有太多记忆，所以对这话题也没太多留恋，接着讲了下去，"第二个是个阳光沙滩 ABC（外籍华人）……你看，那时候我找的类型，都是和你完全反着来的，试了你这种冰窟窿，后遗症就是要致死量的甜来治。"

"为什么分手？"他只剩这一个问题。

"美国人的一切优点毛病他都良好传承，恋爱过程中 AA 到各种令人匪夷所思的细节，结束语是我没有情趣。"开玩笑，有欲望和有情趣往往正相关，性冷淡了很多年的陈纵也不打算多提，"下一任，谈了一个月分手。一个月的交情，他把我挂网上可劲儿黑，也不知哪里来的素材，可真看得起我……"

子夜倒也没有因此生气或是什么。错过了她的一切，如今听见她讲什么，都是他应得的，他自作自受。只是没想到她全无气话，认真地讲述，好像这些年也只不过误入一处名叫人生的游乐场走马观花。

久没听见下文，子夜出声："二十五岁之后，又遇见了什么？"

二十五岁？她有提到过这段恋爱是几岁谈的吗……陈纵却没细想，脑

260

子单线运转，凭直觉说了下去："有时候我觉得我像有个特定形状缺口的，几乎完整的圆。凭自己也能不停地自转下去，但偏生爱折腾，一定要找到那个缺口。"

她躺在子夜的臂弯，一张脸故意贴着他的手掌，睫毛有意无意地搔动他的掌心。

子夜跟着痒到心里，心也像被什么攥住，出声时，声音简直不像自己的："找到了吗？"

"这不还在找吗，不然参加什么恋爱综艺，不就是为了打开择偶圈子，尽快找到吗？"陈纵安静了很久，抬起脸灿烂一笑，"陈老师人脉广，也帮帮我啊。"

子夜指节刮她脸颊，应了声，又问："那请问，此刻我的名分是？"

"陈老师既然不介意当第三者，肯定也不介意没名没分，是吧？你想来找我时就来找我，反正你有门锁密码。出了这门，我见到你，仍然如你所愿，装作和你不熟，恭恭敬敬叫你一声陈老师。在谭老师面前，也如你所愿，欢欢喜喜地做你的好妹妹。"久没听到子夜吱声，陈纵又问了句，"明天你要去演播厅参加最后两期收官录制吗？"

子夜答了句："嗯。"

有他在，陈纵莫名安心。面对面躺了一会儿，倦意顷刻间如潮水袭来，她眼皮重到抬也抬不起，却还有空调整睡姿，将一条不安分的腿探出被子，自然而然地架在他腰上，讲："那么请陈老师帮我订个闹钟，十二点叫醒我去录节目。"

陈纵十一点就被钟颖的夺命连环 call 叫醒了。

"不是三点才到场妆发吗？"陈纵半梦半醒，仍有点困惑。

"几位老师三点之前在演播厅录最后一期反应，我联系好郑导，提前到现场参观，可以有个套娃小彩蛋，"钟颖讲完，不免挖苦她一句，"当然，陈大作家马甲多，半只脚踏进娱乐圈，还和陈老师是老熟人，自然不在乎我们这种素得不能再素的素人辛苦争取来的小彩蛋。你不去，我们先走了——"

"姐，姐，我去，当然去！十分钟！"陈纵一面讲，一面从子夜怀里挣脱出来。

幸好昨晚有陈老师陪睡，几天以来总算有一觉睡得还算不错。一杯黑咖啡下肚，快速冲了个澡，浮肿已经消了大半。她往包里塞了点润肤小样，随意敷上一张面膜，兵荒马乱地准备出门，子夜不疾不徐，早已在门口候着她了。

陈纵将他上下打量，略显不安地道："你不要跟我一起，影响不好。"

哪里影响不好？子夜仍答应道："我不跟你一起，谭天明接我。"

"那……"陈纵想了想，"我先走，你十分钟后再下楼，不要被我朋友看见。"

像是在偷情。子夜失笑，让到一旁："行。"

陈纵按了电梯，下楼前又回头看他一眼。

他立在门口目送，那画面给人一种家庭煮夫目送女强人太太上班的温馨错觉，连带着点无所谓的磊落坦荡，反倒衬出她行事阴暗暧昧。

"记得锁门。"她很平常地讲了句。

"好。"子夜很平常地答了句。

一般出发前就要妆发妥当。但是这档综艺对她们的人设定位有一点要求，比如陈纵的着装偏好嫁风，而她的私服大多不达标，只能去现场妆发。她索性素着出门，省得白费工夫。

只是没想到她素得这么彻底，车里另外三个人都有点震惊，第一时间忘记要先吐槽她。

"你真是上节目谈恋爱的吗？"钟颖撌下车窗问。

"这不是来不及了嘛，你刀都架我脖子上了。"

Amber 开车，钟颖坐副驾驶座，陈纵先同两人打个招呼，拉开后车门，就看到潘鸿宇。

"哟，我还以为是女生专属，怎么还有个男人。"

潘鸿宇笑着讲："早知道有我，多少得化个妆以示尊重吧？"

钟颖哼笑道："陈大导演圈子里人才辈出，哪儿看得上咱啊，别给你自己脸上贴金了。"

陈纵默默听着，不敢讲话。

Amber 打圆场："本来是女生专属，拦不住潘鸿宇硬要做女人，死皮赖脸赖上来了，今天请和他姐妹相称。"

陈纵问："那周正歧呢？"

钟颖回头看一眼："还周正歧呢，不知道谁带你上了热搜？"

Amber 也好奇不已："所以你与陈老师究竟什么关系啊？"

潘鸿宇等着看陈纵如何回答。

"小时候陈老师在金城，随他妈妈在我家院子里借住过一阵，我跟着别人一齐叫他一声哥。他回港市之后，联系就少了。也没有很熟，怕有蹭热度的嫌疑，我就没跟你们讲，"陈纵胡诌了一通，三言两语撇清关系，又悠悠叹口气，颇为自恋道，"谁知道陈老师暗恋过我呢？还专门发条微博为我澄清，说不定那本书也是以我为原型写的……"

包揽女主光环之后，立马反客为主，收效极好。逮着她八卦的一众人，此刻嘘声一片："陈纵，要点脸！"

Amber 当真了，难免打趣："真的吗？看来每个人年轻时都有黑历史，陈老师也逃不过啊。"

钟颖接受良好，气也消了："陈纵胡说八道你也信，你听她给自己脸上贴金……"

"但陈老师人真的蛮好，虽然交情不多，但有事也会热心帮忙，"陈纵趁热打铁，"以后你们需要的话，我可以舰着脸帮你们要签名书。"

一车人总算放过了她。

因为要记录小彩蛋，郑导给她们要了一间放映厅收看现场转播。为免陈纵的面膜干在脸上，化妆师第一个将她的妆画好。之后的时间，陈纵都在那儿喝着集体点的奶茶看演播厅小全景镜头转播。

演播厅也没有放过子夜。

主持人一上来就问出与陈纵相关的争议话题："大家都知道，四号女嘉宾陈纵在网络上备受争议，比如说她较晚出版的《山上雪》，与陈子夜老师为人所熟知的小说《借月》，在情感链条上有许多相似性。子夜昨晚发了条微博，是一张小时候的照片。因为那张照片没有配博文，很多网友不明白你的用意。另有网友解读说，这是因为你们有相似的成长背景、见闻及经历，所以看似特有的剧情其实在这种背景下并不具备独有性。网友因此解释说，你在为她澄清，作为当事人则不会追究此事……请问是这样吗？"

子夜想了想，大概是想起她想要保持"素人"状态，避免不必要麻烦的那番叮嘱，于是编了个故事，以维系她也不算太冰清玉洁的形象："我与她有共同的经历、共同认识的朋友，也因此不谋而合，基于同一故事创作，不存在所谓的抄袭。我一直以来对她的欣赏，除了她本身的荧屏魅力，还有对她为人的了解。她不会拾人牙慧，不可能抄袭。"

隔着屏幕，陈纵看着他面不改色地睁眼说瞎话，不由得会心微笑。

潘鸿宇不知什么时候做好了妆造，坐到她旁边的沙发上，看到这儿，出声问了句："陈老师说的这个朋友，究竟是不是他自己啊？"

所有人都扭过头来看热闹。

陈纵讲："是啊，都说了陈老师暗恋我。"

化妆间众人闻言都大笑不已。

演播厅收看节目片段时，直播画面一片肃静，是没有明星嘉宾镜头的，只能听见对话声。

这个时间里，陈纵就跟潘鸿宇一齐躺在沙发椅里刷手机。陈纵昨夜在温柔乡里忘了充电，不多时手机就没电了，直接拿潘鸿宇手机刷微博。两人都没什么心眼，处着处着就处成了那种坦诚相待、无话不谈的酒肉朋友。

陈纵在刷自己新鲜出炉的黑料。

潘鸿宇就在一边看新鲜。

"在网上说你不爱洗澡，爱贪小便宜，学校免费午餐必要去蹭……这种缺了大德的龟毛男，哪里找来的？"潘鸿宇气愤不已。

"我那时又缺钱又缺爱，逮着人就当救命稻草，很容易看走眼。"陈纵总结，"所以说，人在穷途末路的时候，不适合谈恋爱。"

两人占据一张双人沙发，电视里没有演播厅明星嘉宾镜头时，就盯着一个手机哈哈大笑。周正歧是第二个完成妆发的男嘉宾，挨着两人坐下，盯着两人，像在看戏。有了他煞神似的拦在中间，后头挨个坐过来的人，不敢同周正歧搭话，也不敢聊得太开心。以至于女嘉宾看到这一幕，诧异地讲："你们在这儿默哀呢？"

幸而一段回放视频收尾，演播厅里有了动静。

刚刚播放恋综最后一期，因为节目而聚在一起的十个人，又将天南海北地分离，众人也都伤感不已。告白前一夜，所有人聚在客厅，随机播放众人爱听的歌，一齐回首这一个月每个值得铭记的瞬间，难免聊到《借月》和《山上雪》。

十个人里过半都是陈子夜的读者，一个《山上雪》的书粉，还有个《山上雪》的东西为横本人……好像这一季都是经由这两本书联系起来的，也不知是不是节目组有意为之。

于是，钟颖大胆开麦："梦一个陈老师本人来做观察嘉宾！总导演请安排一下。"

"钟姐跳预言家！"众人惊叹道。

如今这两本书已有更高讨论度，节目组也必然不会放过本期热门，势必要趁收官趁热打铁一波，上几个热搜都预定好了。

相关话题一来，主持人立刻对上台本。

主持人先面对镜头，澄清了一句："节目组这一季因为嘉宾中有众多《借月》书迷，因此的确尝试接触陈先生，但能真正邀请到他来，总导演和节目组都很意外。并不存在刻意为之，一切都是最好的安排。"

语言节奏很快，澄清完后，主持人直接提到陈子夜两本书的相关话题："《借月》和《山上雪》算是贯穿了节目始终，在本季即将收官之际，也与本节目一起接受网友的广泛热议。而关于抄袭的言论，子夜刚刚也已经澄清过了。此外，网友对抄袭话题剪辑的一则视频火了，我们来看看。"

该网络剪辑视频画面没有在中近景镜头里直播，沙发上的众人都拿手机搜了出来看。

因为素材有限，所以剪辑只有两分钟。选用的素材来自两部十年前风格迥异的文艺青春片，男主演是以外貌著称的当红小生，女主演是电影咖。视频不仅融合了角色，还融合了台词。男主角的台词来自《借月》，女主角的台词来自《山上雪》，台词选段来自前几天广为流传的调色盘。故事线完整，甚至还有隐晦的床戏。台词都翻译成英文，颇有国际范。

因为这则视频，甚至有人创建了"雪月"CP超话，头像是这两位从没合作过的男女演员。超话里很多评论截取书中台词和描述，附男女演员照片的居多，表示"越看越觉得贴脸"，下部戏能不能合作一下。偶尔会提到原作者，多半在说，男演员和陈老师很像。也有人默默评论：女演员和陈纵气质也很雷同。帖子立刻被骂了十几楼，还有人叫管理员出来删帖。

短短一夜，超话粉丝直逼一万五，颇有赶超"正声雅音"的趋势。

"正声雅音"的两位主角，分坐在长沙发左右两侧，眼神各有各的落寞，大有节目收官就 BE 的架势。

而演播厅中，港星颇大胆地说："我还以为是陈子夜先生和陈纵的 CP 超话！"

这话将演播厅众人都惊呆了，继而另一位男明星开子夜玩笑："陈老师，这是可以嗑的吗？"

子夜讲："当然，人的爱好是自由的。"

主持人进一步问："那么子夜自己会嗑什么类型的 CP？"

"比如我和陈纵这一类的？"子夜顺其自然地答，回头问众人，"你们是不是就想听这个？"

演播厅都在笑。几位女明星立刻拱火："郑导听见了吗？陈老师当观察员没有过足瘾，收官之夜大胆示爱女嘉宾，下一季记得请他去做一号男嘉宾！"

整个化妆室，从候场嘉宾到工作人员，此刻全都在尖叫，都在闹陈纵："一会儿过去录节目，你想好怎么面对陈老师的示爱了吗？"

陈纵好像误入妖怪洞窟的唐僧，被吓得龟缩起来，堵住了耳朵。

摄像及时跟拍，将这极好的 reaction（反应）彩蛋画面记录下来。

演播厅播放结局最终选择时，总 PD 先来说了一下流程，然后每位嘉宾的个人 PD 都来化妆室同他们对了下台本。陈纵的 PD 台本很长，几乎和那几对情侣的台本有得一拼。

"前男友的话题不会提，你自己也千万不要提到，哪怕网上真的有流言，也是别人黑你，务必保持纯素人状态。"PD 再三强调，"就是我刚才那几个问题，你心里有个大致答案就行，有点紧张磕巴难免，都没关系。"

陈纵答应，再三谢谢她。

后期三对双箭头的明线都在背景音里一一放送。而相对应的男女主角，掰得只剩下 Amber 与 Chris 这一对。许瑞与女五，接触了几天，没有什么实质进展所以和平分手。张靖羿倒是真喜欢钟颖，奈何她根本不是来谈恋爱的，配合她炒了几天荧屏 CP，这会儿也能笑着继续节目扮演……这喜气洋洋的六个人，反倒衬得周正歧与张雅骢的关系扑朔迷离起来。两人对完台本，便坐得离彼此远远的，不再有任何沟通。

演播厅终于播放到他们这著名的大四角。陈纵因为早期在节目里的定位，是男女主角的感情推动器，也就是传统意义上的女二，所以优先播放她的选择与被选择，最后才是男女主。

潘鸿宇表白电话理所当然地打给了她。他写了个两千字的小作文，罗列他未来三十年的种种人生规划。由于实在背不下来，他干脆拿着 A4 纸在电话里照着念。

听到他四十二岁那年要买第二栋带大花园的独栋时，陈纵已经听累了。但迫于镜头仍追踪着，她还不能掐断电话。估计播出的电视画面里，她眼神都已经虚焦。

这会儿一起坐在沙发里，陈纵笑了好久。

"你搁这儿跟我面试呢？"她终于有机会讲出这句吐槽的话。

演播厅里，几位女明星都被潘鸿宇逗得乐了好久，过会儿又被感动到流泪。

"陈纵，你选他啊！你选他啊。"

陈纵终究还是摇摇头，一如既往、言简意赅地拒绝了他："你很好，我也很好……我们都是很好的人，可以做兄弟友人，可以一起打游戏，攒局，聊书，无话不说。但好和好感终究是不一样的。"节目组要求不要太过明显地拒绝，一切点到为止，不然不好播出。所以节目里，陈纵也只讲到这里。

电话挂断，陈纵打给了周正歧。

陈纵的表白也和拒绝一样简短："我一身官司，满身陷阱，你敢不敢来？"

周正歧大抵是没想到她会这样说，节目里也不敢细问，沉默了一下，说"对不起"。

随即，他收到来自张雅骢双向奔赴的电话。

当时拒绝的人，场下热络地做着好朋友。

当时热络的人，如今共处一室，没有任何眼神沟通。但周正歧在听陈纵和潘鸿宇聊天。

潘鸿宇问陈纵："你吃过几次官司？"

"算上罚单吗？"

"不算。"

"我收过五个法庭文件，其中一份迫使我停学半年，因此才来录了节目，"陈纵轻描淡写地讲，感受到周正歧的视线在她身上长久停留，她接着同潘鸿宇补充，"多半来自我老师的女儿，今年三月我得去当两次被告。"

老师女儿年纪也很大了，自从发现她和老师交往密切，生怕巨额遗产不翼而飞，于是未雨绸缪，从各种刁钻角度控告她种族歧视，通过不正当手段获取入学资格，非法获取绿卡等等。每一份法庭文件都比牛津字典还厚，要一条条驳回需要耗费极多心力，败诉的费用她承受不起，因律师费而借的贷款她还没有还清。名声也因此在学生圈子里不太好，这些事，在美留学生稍打听一下就会知道——这个女孩麻烦缠身，最好不要招惹。

"你对付得过来吗？"

"你说呢。"陈纵笑了。

总 PD 过来叫各位进演播厅。大家一一走过介绍流程，然后穿插着坐到演播厅六位明星嘉宾中间。

不知怎么的，陈纵是最后一位。前面的是被PD指导穿上了情侣装的周正歧和张雅骢。走到镜头下的前一秒钟，陈纵亲眼看见周正歧顷刻间冷脸换笑脸，成为镜头前那个既陌生又熟悉的，和其余一切异性保持极好边界感的体贴好男人。他为张雅骢绅士地拉开椅子，等她坐下了自己才落座，还为她解答了一些刁钻难题。

而不论真假情侣，此刻在聚光灯下，都演出满眼爱意，使人真伪难辨。

终于轮到陈纵。她踩着高跟鞋走得不疾不徐，不知为什么引起不小骚动。她没有紧张，也没有别的什么感觉。十余人的视线都落到她身上，她的全副知觉都在感受其中一道目光，长久停留在她身上。

节目组特意将她安排在子夜旁边。

她倒没先落座，笑着上前，问："陈老师，我能同您握个手吗？"

子夜偏过头，盯着她看了一会儿，才笑着伸出手。

陈纵将他的两只手抓着，使劲摇了摇，一面还说："太激动了。"

原本还在紧张的其余人都被她这一举动逗笑。钟颖出声打趣："陈老师别害怕，就当是粉丝见面会！"

整个演播厅都在笑。

笑了一会儿，主持人开始走流程："子夜在节目里几次对你示爱，现在他就坐在你旁边，感觉怎么样？"

陈纵恬不知耻地讲："既然陈老师这么喜欢我，下一季请陈老师当男嘉宾时，记得也叫我来做返场女嘉宾！反正，刚才大家在节目里也看到了，我单身。"

港星讲话比较随性自在："这精神状态，看起来不需要我们演播厅嘉宾的安慰。那些流程，也不用走了吧？"

陈纵慌忙讲："还是需要，当然需要！谁不想要大美人的安慰呢？请你们短暂丧失一下理智，疯狂地安慰我，千万不要客气。"

女星江汀一直没发话。主持人知晓二人有矛盾，趁陈纵在场，特意问江汀："江汀刚才一直看着子夜与陈纵，是有什么想说的吗？"

江汀笑了一下："刚才陈纵一坐下来，我就愣住了，觉得她和陈老师好像啊。"

大家也都看了过去，不知是撞了造型，还是造型师特意而为。这么看起来真的很像。

一号特写机位也对准两人，主持人留了点拍摄时间，停顿一下，才点点头："气质相仿。"

陈纵立刻冲她笑了一下，接茬："说明不久的将来，我也有望成为陈老师这样的世纪名人。谢谢你。"至此微笑言和，为先前的"雌竞"矛盾画上完美的休止符。

子夜听到这话，成功被陈纵逗乐："我没什么可望的，只能祝福你比我好。"

陈纵立刻转向周正歧，故意在镜头前调戏他："虽然我现在负债累累，但我有陈老师的爱，和大好前程。你要不要看在陈老师的分上，再考虑考虑我？"

周正歧笑了，用她的台词回："陈老师口中的好，自然极好。但好，它毕竟不是好感。"

陈纵叹了口气："我又败了。"

场面被她搞得一度失控。

主持人笑看了一阵，捏着一沓台本，冲旁人自嘲道："陈纵自己会cue流程，接下来没我什么事了。"

陈纵慌忙道歉。

港星被她逗笑了全程，肾上腺素也飙高，略显亢奋："没关系，你很好！周正歧不选你，我选你！陈老师都喜欢你，我也很喜欢你。"

陈纵望向对面两两结伴的情侣区，故作掩面姿态："可我也不能和你们谈甜甜的恋爱啊。"

演播在一片混乱中收工。

陈纵和几位嘉宾在电视台楼下作别。张雅骢因网络风评，最近被失眠折磨得精神极差，一结束就叫了车回去休息。周正歧虽对她没有真正的爱意，但也尽了网络 CP 责任，将送她上车，方才回来和众人告别。

周正歧特意寻到陈纵，讲："节目收尾时，你给我打电话，我还诧异你会有什么官司陷阱。原来你有你的秘密和用意，随着节目播出，你的故事才渐渐被我们知道。"

陈纵笑："对啊。如今真相大白，我今天才特意又问你一次。"

周正歧讲："如果我说是，你又会接受吗？"

陈纵答："我会考虑。你家庭条件真的很不错，谁嫁你，未来都会过得很轻松。"

周正歧笑了："就这？你就看中我这？"

陈纵点头，又问："那你会接受吗？"

周正歧摇头："当着镜头，你知道我不会。"

陈纵又问："现在背对镜头呢？"

周正歧犹豫了，也不知是在想她的"满身陷阱"，还是在想她"看中他家庭条件"。

陈纵拍拍他："走了。"

周正歧讲："我送你。"

陈纵摇摇头，指指一直停在电视台大楼下的 SUV（运动型多用途汽车）："有人送我。"说罢转头朝那车跑过去。

陈纵敲敲车窗，驾驶室车窗降下来，露出子夜的侧脸。他等了很久，也没有半句怨言，偏过头，冲她一笑，画面非常温柔。

周正歧看得呆住。

在远处等车的潘鸿宇也看到这一幕，潘鸿宇走过来，一把揽住周正歧的肩，与他一道目送那车远去。

周正歧面容轻颤，嘴唇发白，喃喃道："怎么回事？"

潘鸿宇为他解惑："你《借月》上签的'陈纵'二字，真的来自于本书女主角。现在懂了吧？世间独此一本，好好珍惜。"

陈纵坐进副驾驶室，望着外头霓虹发了一会儿呆。

271

车里没放歌，两人一致保持安静和沉默，也不觉得尴尬。

约莫快开到口岸了，陈纵才出声，很随意地，将那个问题又问了一遍。

"我这个人，一身官司，满身陷阱，你敢吗？"

"嗯。"

"嗯？"陈纵像是没听清。

"有什么不敢。"子夜笑了。

陈纵也笑了。

正经来说，节目嘉宾大多都是社畜，周末是要加班的。但录制过程中，节目组会和每位嘉宾的公司协商出时间来参加节目。但并不意味着该干的活就不干了。加上前些天陈纵上头地刷了三天销量，几道死线近在眼前。

一出口岸，陈纵就在车里找了根充电线插上，开机打开天际通，微信语音接连不断打进来——

"……对，刚出电视台，这会儿在回家路上……这两天网上风评还可以吗？谢谢，谢谢姐一直关心我的精神状况……谢谢姐，那天开完会还帮我跟黄总编讲话。"

老板提黄总编，多半是为黄总编在网上挂她聊天记录这事当说客。

但想想也能理解，老板会为她跟黄总编协商剧本内容，也会为黄总编来找她。

至于黄总编为什么要找她，就得想一想了。

最有可能的一种，她不妨猜测黄总编可能想进《山上雪》编剧组，关系网找来找去，最后又找回陈纵这里。

"黄总编是很敬业，但她行事作风我个人不太认可……我当然不会跟她计较，毕竟以后都在一个行业里，她还是我的前辈……除非组里真的穷途末路，需要拿这点丑事炒作，"陈纵顿了顿，立刻又讲，"但以后可以避免，我会尽量避免与她合作。"

言尽于此，老板果然没有再多提黄总编，只说，剧本发给甲方看了，提了几个小意见，让陈纵今晚加个班，改了发给她。为什么要得这么急，因为《山上雪》编剧组在催进度了，那边的老板是她朋友，这几天一直在问这边收工了吗，什么时候把陈纵交给她们组里，让陈纵空了给另一位老板回个消息，说下情况。

挂了电话，陈纵马不停蹄又打给另一位编剧组老板。这位老板是网络作家出身，如今发了迹，圈内称呼她也是以笔名。

"与溪老师你好，我是东西为横。对，刚下节目……之后一个月应该都没什么事。"

子夜一路开进学府阁，领着她穿过停车场乘电梯上楼，目睹她点头哈腰，无比谦逊。

邻居是个女白领，夜跑遛狗回家，在电梯里碰见，大抵第一次见他带女伴回家，有点诧异，总忍不住多打量陈纵两眼。

陈纵这时终于分了神，看向对方，好奇子夜会怎么介绍自己。

"细妹。"子夜看懂她的眼神，很自然地讲，换作普通话，"这位陆小姐。"

两人点了点头。

一出电梯，陈纵跟在子夜身后进屋，将电话接上。

"刚才电梯里信号不好，老师能再讲一遍吗？明晚开工，这么赶？"

她看一眼子夜："可以休息一天吗？"

误触了外放，对面女子的咆哮声传出："我们一般晚上七八点开始围读剧本，有时候要到夜里十二点。你自己讲三月要回美国打官司，我都查了，十六个小时时差，你别告诉我你可以每个礼拜日凌晨四点起来工作到早八点钟。我们尊重原著，找来没什么从业经验的原作者培养她一起创作剧本，因此所有人都该迁就你？"

陈纵将手机拿远一点，牙一咬心一横："明天我没问题。"

陈纵借用子夜的电脑在客厅和新的编剧组视频对接，一面还要从邮箱里下载文稿根据新增甲方意见进行修订。在这个时间里，子夜洗了澡，在她近旁的沙发上读了一本闲书，又将新交到他邮箱里的学生论文打印出来，戴上眼镜坐在陈纵对面一页页读。

陈纵就是在那个时候分心的。她看了眼那副眼镜，又看了看他放在沙发扶手上的论文封面上的题目——"玄幻小说里寻找创世史诗《山海经》"。而摘要里提到的几本网络爆款仙侠之一，就是子夜刚才读的那一本。

这位学生，恐怕也没想到老师真的会读网络小说，故字里行间为切题而胡诌，多半也显得可笑。陈纵自己也是从学生过来的。子夜在纸上长篇大论地落笔，陈纵也跟着为那位倒霉学生心惊胆战。

总编忽然cue陈纵："为横，你身边如果有靠谱的新人，也可以请她来帮你做一集半集分担一下。如果合适，我可以跟溪大讲一声，她会很愿意按正常工资结算给新人。"

陈纵连声道谢："我现在就可以问一下。"

之后的大纲讨论和她关系不大。陈纵一耳朵进一耳朵出地听着，一面打开微信摇人，立刻看到小叶的道歉信息。

——对不起，我作为一个新人，真的很想要署名权，只能顺着黄总编来。

——对不起，真的对不起。

陈纵正要回复，立刻又进来一篇小作文。

——之前都没听你讲过你就是《山上雪》的作者。我上大学时就很喜欢你的书……

陈纵看了第一句话，就退出了对话框。

她继续下拉微信好友，找出一位年底刚毕业，但一直没找到称心工作的学姐。因为经济情况拮据，她现在在借住在陈纵美国家中，替陈纵照顾猫狗，每天为陈纵查看邮箱信件。

陈纵问她："愿不愿意远程写剧本？可能只有一点基本工资。"

她立刻回了十几个感叹号，附一句话：**当然，谢谢。**

会议终于近尾声。

听见她道了再见，子夜终于能插上话："你好像对自己的书没什么话语权。"

"毕竟我只提供想法，没太多专业经验，还是个学生。再有天分，凭我自己现下也交不出好成果，我接受……"

陈纵运指如飞，将一个月前约拍 Amber 跳舞的伦勃朗光影视频作业剪辑好，发送到老师邮箱，一面还有工夫答他，讲些莫欺少年穷的话："我现在就是练练手，等我将来混出名堂，有了话语权，买最好的本子拍最好的片，叫你们一个个惊掉下巴。"

子夜在纸页上又批注一行字，头也不抬地讲："你拿自己的书练手？"

陈纵答："这么烂的书，也能卖十几万册，说明什么？五眼鸡岐山鸣凤，三脚猫渭水飞熊……什么破市场。"

子夜纠正她这说法："这样是不尊重自己与读者。"

陈纵立刻讲："你看，不是谁都像你一样包容。我也是个庸人。"

子夜讲："自我的道德放弃是一件很容易的事。"

陈纵狡辩道："我就是道德败坏，素质低，还拜金，靠'不要脸'三个字行走江湖。"

她噼里啪啦一通输入，回车，发送邮件，将笔记本合上，盯着他，又说一句："我上节目露脸觍着脸来招惹你，还不是看中你的背景人脉。这些年我将毕生认识的几个王老五数来数去，都数不出第二个比你更好的。所以在车上讲的那番话，不是公主向王子许愿，'你愿意为了我放弃生命吗'，而是我真的穷怕了。你给我爸那张卡，这些年你一直在往里打钱吧？我眼馋好多年，我爸就是不准我动一分。我成天琢磨那张卡，终于升华了自己的思想。于是我决定，与其打固定资产的歪主意，不如认准你这只潜力股。"

子夜听了一会儿，听笑了。

隔了一会儿，她接着讲："陈子夜，你给不给我利用？"

"给，"他虚心请教，"想怎么利用？"

"我不是学电影吗，艺术片要拍，商业片也要拍。可是新人导演，拉投资好难啊。我自认还算有点才能，但比弗利山庄门外的咖啡馆里像我这样的一抓一大把。总不至于要跟别人似的，先去拍几年美式三级片筹措资金。"

陈纵坐在他对面的沙发上，认真地讲："上次来拍 Plog，我都考察过了。毕业之后，第一部电影，只能是东西碰撞，以家庭单位为内核，以便尽量在室内单一小情景里完成，我先在美国找一家独立制片公司，为我规划最低拍摄成本。然后租一栋独立屋作为主要拍摄场地，家具只能找朋友借。但毕竟这类电影剧本主角都有一定财富积累，所以最难的，是彰显主角艺术修养的装饰，到时候也只能跟你朋友借几幅画来充场面。你朋友的画，你的画，你的字，我都相中了，记得为我留几幅。"

"可以，可以，"子夜挨个答，"怎么都可以。"

她坐到子夜近处："如果预算不足，后续资金跟不上，你也要帮我。"

他讲："好。"没有一点犹豫。

陈纵飞快地谋划着，她先拍完这部小成本独立制片公司的剧，积累点名气。如果反响好，回了本，她立刻趁热打铁拍《借月》。如果不成，她得立刻写下一个剧本，筹措下一笔资金，直到可以很好地为《借月》铺路，然后再拍他下一本。陈金生还有几年？她的时间真的不多了。未来数年，她都得疲于奔命。

陈纵瘫在沙发上，像一摊烂泥。子夜看了她一会儿，将论文整理好，搁到手边的茶几上，让她躺到自己腿上。

他还没说什么，一躺下，她立刻又开始碎碎念："白天我出门拍戏，你就在家看书，看学生作业，到点叫工人做饭。晚上我收工回来，你已经好好地在家门口等我。我看到你，就会想，人生如此，夫复何求？如果你发病，我就不同你讲话。如果你想死，我也leave you alone（让你独自一人）。反正我利用完你，你一走，我就带着你全副家当和遗产另觅良人。"

话音一落，两人都意识到触碰到了什么，脸上倒神色如常，却都不知怎么接下一句话。

子夜一瞬不瞬地看着她，心跳随言语跳空的那一瞬间，瞳孔有些放大，将他的紧张顷刻暴露。

僵持了一会儿，子夜开口打破沉默，问："你怎么知道的？"

陈纵答："很难猜吗？我想过你生病，那天在谭老师家，才知道你原来是想去死。"

子夜承认："是。以前时常会，也不敢保证未来就会好。"

陈纵望进他漆黑的眼中，再一次读到第一次见他，分别时见他，无数次见到他时的那种防备。两人之间总有一片黑洞，不能讲，不能提，不敢靠近，始终阻隔着。有那么一瞬间她很紧张，生怕他再次退回黑暗洞穴。

　　人之天性逼她本能地想攥紧他，可她又没法攥紧他。对付子夜这种人，步步紧逼只会逼他退回原点。

　　她四两拨千斤，贱贱地讲："看来我得同时多交几个男朋友。以防你没有欲望，满足不了我的时候，我好方便去找别人。"

　　子夜笑了，除了笑她这种置气幼稚，也笑自己在无知无觉中，被她的以退为进套得死死的，竟然真的会生气，伸手挠她露出的那一截腰肢："你再说一次试试。"

　　陈纵身体本来就敏感，浑身鸡皮疙瘩都起来了，笑得蹭掉一组抱枕。两人闹得乱七八糟，差点一齐滚到地上去。

　　"还说不说这种话？"越是威逼，子夜讲话越温柔。

　　"反正你又不在意，反正我也只是你妹妹。"陈纵笑到飙泪，偏不求饶。她可记仇得很，想起今天在电梯里那一幕就生气，又挖苦他，"……还是这本来就是你不为人知的癖好，嗯？哥哥？"

　　最后两个字媚得都要飘到天上去。

　　话音一落，他动作慢下来，陈纵立刻感觉到他身体绷紧。

　　"你现在又有欲望了？"

　　陈纵屈膝蹭了蹭，微微支坐起来方便上手。

　　"陈纵！"子夜毫无防备，被她突然的动作激得低喘出声，带着喉结轻轻滚动，再克制，也被她近在咫尺地捕捉到。

　　陈纵不眨眼地盯着他看。他紧蹙着眉头，牵动鬓角，几近透明肌肤下的青筋轻轻跳动，也不知是痛苦还是愉悦。

　　子夜轻轻闭了眼，哀恳中带着点凌乱喘息："别……"

　　"别什么？"

　　"……别看我。"

　　"现在也会害怕吗？"

她手有点酸，轻轻松开，想换只手，立刻被他钳制着双手，整个搂进怀里，不得动弹。

"交了几个男朋友，技术还这么差，"他奚落完，接着答，"会。"

陈纵陷入一阵沉思，忽略了前半段，想了想，好奇问道："可为什么每次在家都能成功。"

子夜没答，微不可察地轻叹。

"真的不要了吗？不会难受吗？"陈纵感觉到他的感觉，很可惜地讲，"哥哥这么丰厚的本钱，怪可惜的。这么多年一直单过，也怪可惜的。"

子夜一时语塞："你话怎么这么多？"

陈纵脑袋埋在他肩头，略略有点呼吸不畅，瓮声瓮气地讲："嫌弃我了？"

她调整个姿势，枕在他胳膊上，轻轻勾勒他的面容："陈子夜，想都别想。我会制造一堆烂摊子让你收拾，让你疲于奔命，让你没工夫细想这该死的世界到底有多烂。"

子夜安静地躺了一会儿，像是睡着了。

陈纵支起身，叫他："喂，喂，你睡眠这么轻，装什么睡。"

"我没睡，我只是在想。"

"想什么？"

子夜讲："想你的话自相矛盾。"

陈纵偏了偏头："我车轱辘话那么多，总会有几句矛盾，难不成你都记得？"

子夜说："是啊，都记得。"

陈纵愣了一会儿。

不知怎么想起几年前，她偶然看到一篇报纸上刊载的短篇小说。题目是《无题》，作者是陈子夜，著于十二岁。是一个类似于黄粱一梦的故事，书生上京赶考，投宿客栈时累极而眠。适逢店主煮一锅黄粱，书生也在梦中梦见自己一生。醒来时，黄粱却没熟，然后书生就回家耕田去了。

她当时读完那故事，夜里做了个梦。

梦见自己与那时男友的婚礼。那人从在一起的第一天就讲要娶她，因而夜有所梦，梦见婚礼如他所述华美非常。

她着一字肩露背婚纱，对如云宾客言笑晏晏。

喜宴开场，却总少个人。

她四下寻找，逢人就问："子夜呢？"

他们说："子夜在花园。"

她一路寻去，寻到小河边，却没有子夜的身影。

忽然听见婴儿啼哭，陈纵回过头，丈夫抱着婴孩讲："陈纵，快抱抱她。"

"谁是妈妈，谁的小孩？"

"是你自己的啊。"

陈纵诧异非常，探头去看，看见一张生气勃勃的笑脸，不由得微微笑了："你好。"

婴孩却不认识她，啼哭不止，只好爸爸上前将她抱走。

她仍在等子夜出现。

一对新人走上前，给她敬茶，叫她："妈。"

她困惑不已："你是谁？你又是谁？"

女儿说："妈妈，今天是我的婚礼，这是你的女婿，你都忘了吗？"

孩子一夜长大，她做了长辈，可子夜在哪里？

丈夫说："你在等谁，你在找谁？"

她头痛不已。

她拨开人群，一路寻寻觅觅，迷了路，寻到一节废弃的火车车厢。车厢中明信片飞舞，她随意捉了一张，是港市的岛屿，上头一行米芾小字，落笔龙飞凤舞"陈子夜"三字。

"子夜，你到底在哪里？"

她有点生气，循着明信片来处，走到一处鲜花盛开的山谷。

谷中有女子哀哀歌唱，一行人身着素白，抬着一副棺椁送灵。

是谁的葬礼？她看见队首的人捧着黑白照，照片上正是她自己。

她过完了一生。梦里她仍在想，子夜在哪里？

第二天，她与男友分了手。

陈纵偏过头，这才想起问子夜："你今天叫我来，不是有话要说？"

"没有了，"子夜讲得很温柔，"都已经讲完。"

月光温柔，声音温柔，一切温柔。温柔是他的致命必杀技，几乎可以穿石销金。

破碎一地时也更使人心痛欲绝。

子夜，你怎么舍得？你怎么舍得？

陈纵蜷缩在他怀里，眼泪无声无息，流到沙发上都是湿的。

她讲话时还带着玩笑意味，问他："你有试过养猫吗？想理你的时候让你呼噜毛，摸肚子，不想理你的时候自己在沙发上玩。每天出门前给它投点食物，梳梳毛，晚上回来蹦蹦跳跳在门口等你，十点还会催你上床，给你暖被窝。"

子夜想了想那个画面，笑道："好，我养。"

陈纵轻轻叹气："今年回家过年吧。"

子夜"嗯"了一声。

第十四章

借我此地倒金瓯

　　港市无新事，名家屁大点家事也能做文章。陈金生夜半晕倒，刚刚送医，也有小道消息见报，"陈金生脑溢血复发"。不需要任何标题来虚张声势，姓名三个字便足够成新闻。

　　子夜很早就走了。约莫是凌晨，天没亮他起身出去，将毛毯给她好好搭上，又拉上窗帘。陈纵以为他去上厕所，转头又睡得很熟。

　　陈纵醒过来，瞥见那条新闻简讯。子夜只留言说去趟医院，没有交代事态轻重。她抓着手机到天亮，直到工人上门来做饭。

　　她坐在餐桌上，终于进来一条消息。

　　谭天明：子夜在医院陪护，中午自己吃饭。

　　陈纵：情况怎么样，抢救过来了吗？

　　谭天明：轻度出血，早晨就醒了。

　　陈纵：我可以去看看吗？

　　谭天明：行，我来接你。

　　生怕陈金生就这么死了，陈纵仿佛也跟着老头子劫后余生，埋着头，眼泪滚进汤碗里。食难下咽，饭吃得没什么滋味，索性不吃了。

　　陈纵随意洗把脸下楼，坐进谭天明的车里，眼睛都有点肿。

　　谭天明诧异得很："你哭他做什么？"

　　"我不是哭他，我怕他死得不是时候。"陈纵讲。

　　这话很有些意思。谭天明琢磨了一会儿，琢磨出了其中趣味，决定说个笑话让她开心开心："想不想听我的内部消息？"

281

"什么消息？"

"今天凌晨，美西的早上，陈伯伯被陈沪君的电话叫醒，得了劈头盖脸一通骂。"

"为什么骂他？"

"她性子就这样，脾气乖张得很，常将不如意推卸到旁人头上。这次连长幼尊卑也不顾，多半是气急了……你猜是什么事？"

陈纵想了想："和子夜有关？"

谭天明微微开出一段路，才接着讲："陈沪君早些年几本书在都市熟女中大受欢迎。后来几十年笔耕不辍，也产出几十本书，总共有百万字。这些年相夫教子，没什么生活与社交，文字平平，情节平平。而新锐女作家辈出，她的塑造也不算新鲜，多半凭着吃老本卖书。首印因为她的名气签约了几万本，但当时销路本就不算上佳。有十几本系列书籍如今出版社想重印再捞一笔回本，看中的不是她的人气，而是子夜的人气。和她高高兴兴约好签订合同，谈到印量时才问，能不能请她颇具人气的侄儿写荐书语并微博转发。"

陈纵笑出了声。

谭天明跟着忙前忙后，狗仔镜头一路追随，虽心中觉得滑稽，却不敢笑得明显，免得落个不孝的名头，但这会儿总也忍不住跟她齐声大笑。

他接着又讲："听说她气急败坏，电话里说些什么——老娘十七岁文章写出名堂的时候，他还没生下来——之类的浑话，真是狗急跳墙。也怪子夜，神龙见首不见尾，老头想骂人也寻不到他，只得打电话问出版公司相熟的人有没有这事。那头开口闭口称子夜为陈老师，又指陈沪君的书多半是都市女人经，受众是那种思想将独立却尚未践行独立的文青。这几年纸书受众是二十来岁的年轻人，瞄准新一代文青这群目标受众，提陈老师非常管用，几乎立刻能打开市场，销量能翻两番不止，还说这是他们开会讨论的结果。话里话外都在讲，推陈出新，陈沪君的时代过去了，年轻一辈的时代来了。"

陈纵问："这就将他气着了？老头子还真是不禁气。"

"后头还有呢，"谭天明道，"老头子跟那出版社老板说，他一个二打六，自己书都卖不好，还能帮人荐书呢。又讲，自己周围一些名人，也可以帮忙写荐语，只是不要告诉陈沪君，叫她着恼。"

陈纵愤愤："他面子多大？"

谭天明笑道："你知道对面说什么？那头讲，陈老这一辈才子写书，经过时代考验，底蕴深厚，经久不衰，家喻户晓。但这短视频时代，人浮躁得很。话里话外都说，他书销量广，但看过完本的年轻人，其实不多。但话讲得很好听，说他的书评，太'贵，而重'。这两字放一块是夸奖，分开味就不对了。对面实在怕得罪他，临了还夸奖他两句，说《借月》一礼拜售出八万册，带飞一家出版社，另几本冷门杂文版权到期，十几家知名出版公司正在一本本再版竞价。陈家虎父无犬子，真是恭喜恭喜了——电话一挂，陈伯伯还没走上楼，就气晕在地上。"

陈纵微微笑："那他可得将身子养好了，往后还有得恭喜。"

谭天明在养和医院碰见同事，将陈纵领到病房门口就走了。

病房外有沙发休息区，已有一个女孩坐在靠近病房的沙发里。年纪与她相仿，是那种晒得很均匀的亚裔面容，捧着大号平板在画画。大抵也需长时间陪护，平板插着充电器在充电，手边一叠餐点吃了大半，搁了两只喝空的咖啡杯。陈纵走过来时，女孩抬眼一望，视线稍稍停留复又移开，脸上显露些许困惑。

陈纵在她旁边的沙发上坐下，以便能离病房近些。

一整层都很安静，医护人员在走廊上轻手轻脚地穿梭，人数看起来比病人都多。

陈纵一落座，立刻有一位走过来询问了一句什么。讲的广东话，大抵问她要吃什么。陈纵略略听懂些许，很努力地讲："饿昂昂食咗走仓，猴饱啊，唔使啦。"（我刚吃完早餐，很饱啊，不用啦。）

护士艰难地听着，连猜带蒙，讲："雷有需要走我啊（有需要就叫我啊）。"

两人鸡同鸭讲，段子说得正儿八经，竟也能对话，属实难得。

护士走开后，隔壁女孩子笑得轻轻颤抖，线打歪好几根。

陈纵知道她在嘲笑自己，却也面不改色，端坐着等子夜。

病房门打开透气，子夜在里头打电话的声音隐隐约约。

他很圆滑地道歉，说："现在流量当道，各行各业都赚快钱，出版公司也不例外。"又说，"消费审美降级，这几年大行其道的，过两年就销声匿迹了。这种审美，作不得数，不必为其生气。"

总之要仔仔细细地自我贬低，证据确凿地自我贬低，方才能成功递出台阶。

对面嚷嚷了几句，子夜歉声连连，渐渐安抚好电话里的女子，一字一句，百转千回，承上启下，游刃有余得让人心疼。与此同时，他也将病床上的老人成功安抚。过半晌，老人才轻咳一声，以示开场白与对子夜的谅解，关心起子夜的饮食起居。

"听说你谈了个女朋友。"

子夜没否认。

"内地网红？"老人猜测道。

话音一落，对病房里种种置若罔闻的女孩子霎时抬起头，打量陈纵一眼。

陈纵注意力全在别处，由着她看。

老人挖苦："一个谈女明星，一个谈网红。也不知是潮流变了，还是小辈一个不如一个。"

女孩子笑了笑，用那种刚好可以让陈纵听见的声音讲："是时代变啦。"口音有点怪，但不是港式，是那种二代美式。

陈纵也笑了下，没轻易搭腔。

"别给你妈知道。"老人接着说，"她最讨厌网络红人，又很是高看你，过几天回来过年，听见这话，当心她好好的又要发疯。"

子夜没接话，只问："爸，你感觉好些了吗？"

老人吭哧一声："总不至于被这小事气着。"

子夜接着说："过年我去内地。"

284

"做乜嘢（干什么）？"

"陪女朋友。"

"认识几天？就跟人回家？来路干净吗？凭什么发迹的？摸清楚了吗？当心给人骗去卖器官！"

陈金生疯狂咳嗽起来。

子夜摇铃，立刻有四五名医护匆匆赶来。女孩子也取下平板，立在门口关切询问。

医护冲水送药，轻拍背脊，舒缓病人情绪；也有人监看血压，教他轻轻吸气，还有外国主治医师殷殷问候。满屋子人团团转，为一位病人忙前忙后。

只有子夜冷眼看着，仍在讲："我已经同人说好，不能失信，一定要去。"

女孩子出声请求："阿哥，你少讲两句。"

陈金生面红耳赤，颤着手指他，同旁人嘶声怒喝："我前辈子，定是与这孽子有什么深仇大恨。"又转回脸，问他，"我与你有什么深仇大恨？"

满屋子窃窃私语，似乎都在跟着病人数落子夜。

子夜面不改色，答了句："你生我下来，是因为我与你有什么深仇大恨吗？"

病房里安静了一瞬。

老人咳到声嘶。

整间病房顷刻间乱作一团。

子夜搁下一捧寓意美好的花束，安静地转头离开。

病房外是个异样宁静的世界，他一眼就看到脸色煞白的陈纵。

"你怎么来了？"子夜轻声问。

"看见新闻，说他生病住院，"陈纵讲也懒得讲，讲也讲不清，声音轻到几乎只剩气声，"……怕他就这么死了。"

"为什么怕？"

陈纵脸颊轻轻颤抖，答得很模糊："因为他是你爸爸。"

子夜蹲下来，将她冰冷的手抓握着，仰头看她，声音无比温柔，"所以呢？"

陈纵齿关紧咬，愤恨至极，以至于声音都有点哑："我想他求饶。我想亲眼看到他求饶。"

子夜缓缓笑了："为什么一定要奉行他那一套理论标准，才觉得算是成功？"

原来他什么都猜到了，原来他什么都知道。

陈纵垂眼看着子夜，几乎流下泪："因为他是你爸爸。"

"别哭，"子夜笑望她，像是在以眼神安抚，"他没死，我也还活得好好的。"

前一句是陈述事实，后一句却像是他郑重的许诺。

陈纵更想哭了。

更何况，他下一句又讲："我不想让你一辈子……守着一座坟。我死不了。"

陈纵拳头紧攥，忍得两颊都已轻轻抽动，大庭广众下几乎失态。

而说这话的人，面容却异常平静。

紧接着，他还有心情讲笑话取笑她："……何况记者快来了，摄像机拍到你这副尊容，会写：恐陈金生已抱憾而终。"

陈纵成功被转移注意力："抱憾？他如今有什么可抱憾的？"

子夜来了个回马枪："抱憾临终前还没向我求饶。"

陈纵愣了下，捶他两拳，笑骂："你有病吧！"

"有病，争取早日康复，"子夜轻轻握了握她的手，"又哭又笑，这样子更不要被记者拍到，省得来日你成名，又要大做文章取笑你。所以趁他们来之前……我们走吧。"

子夜回来的当天，是他旧历生日。

他下飞机时，已经过了凌晨。手机开机，他立刻收到陈纵的微信消息。

——哥，生日快乐噢。

——你今天三十啦！[doge.jpg]

286

子夜微微笑了笑，将先前从陈纵那里收藏来的青蛙点赞表情包回复给她。

他取托运行李时才回过神来，竟然活到了三十岁。不觉得庆幸，只觉得讶异。

白小婷开车，载着陈纵在停车场等他。开后备厢时，白小婷手扶了一下沉甸甸的行李箱，立刻嘲笑道："她都多大了，还给她带零食！"

陈纵嚷嚷："你怎么知道不是一箱爱马仕包包和腊梅儿面霜！"

白小婷讲："怎么着，我们陈子夜这几年，是去温州皮革厂跟义乌小商品市场干了吗？"

"去温州皮革厂，黄鹤的小姨子能将他给卖了，"陈纵叹口气，"我爸在外头形象这么落魄潦倒，我不能像个暴发户似的回家成日转悠。这样别人就会以为我家过得没那么凄惨，就要上门给我介绍对象了。"

"你可拉倒吧，当自己是什么仙女呢，十里八乡谁不知道你从小欺男霸女，谁乐意介绍自家儿子给你霍霍。"

"你狗嘴里咋没句好话。打小那些叔叔看我的眼神一个个就像看儿媳妇，你视而不见，分明是嫉妒我。"

"我嫉妒你？我嫉妒狗。"

……

两个女人叽叽喳喳说个没完，临下车了好像才想起子夜来。

陈纵小声叮嘱白小婷："你千万别讲我们两个在一起了，一会儿叔叔阿姨们讲起来，他能尴尬死。"

子夜莫名看她一眼，没有吱声。

白小婷想了一会儿："你这事儿闹这么大，都上了电视，你也成了本县名人。你这么一闹，是将子夜给薅了回来。周阿姨拉着整个院子的人每周末看你上电视交男朋友，连我俩闺女都不放过。你知道，现在电视节目是有弹幕的。上礼拜你俩在演播厅里对视握手那一下，弹幕全都在讲些污言秽语，周阿姨赶紧将小丫头眼睛给捂起来，非礼勿看！"

"讲什么了？"陈纵还没来得及看新一期节目。

白小婷拿出手机搜索，子夜也靠近，三人一起立在院门口的寒风底下看视频。

视频里播放陈纵踩着高跟走进直播间，特写镜头给到子夜定在她身上的视线。她笑着上前，问陈老师能不能握个手。子夜盯着她瞧了一会儿，脸上没什么表情。

很寻常的一段，弹幕却像发了疯，疯狂刷屏：

——这两个人做过爱吧！

——陈老师这眼神一看就算不得清白！

——"我第一次见你，是第三人称！"

——"这一次，本该溺死他的那片海，活了过来！"

——东西为横，我永远的姐，我错怪你了！"不可能抄袭！"

……

"我看过网上的调色盘。这两天因为这段视频，调色盘更火了。嗑CP的从'雪月'超话一路嗑出了圈，现在我朋友圈好多女的，疯了一样，全都在嗑。"白小婷一边解释，一边压低了声音，"大家都知道你俩搞上了，没必要藏着掖着。"

子夜仍然淡定，陈纵听完，在空旷的马路上尖叫着跑了个来回。

有阿姨开窗问了句："哟，我还以为谁家烧水壶烧开了？大晚上的，受啥子刺激了嘛。"

子夜冲阿姨连声道歉，远远看见有车来，将她从马路对面拉了回来。

白小婷安抚："没关系呀。你看我，离了两次婚的女的，在旧社会该浸猪笼了，天天在他们跟前晃，也没见我不好意思。做人就是要脸皮够厚。"

院子里厨房和麻将室都亮着灯。屋里开了空调，周阿姨嫌闷，正好开了扇窗户透气。白小婷瞧见，指挥两人："走，我们三个厚脸皮，去他们窗子外头走个秀。"

陈纵笑嘻嘻地跟在白小婷后面，子夜犹豫了一下，也推着行李箱跟上。

白小婷从窗前走过："我回来了。"

陈纵也跟着走过："我回来了。"

众人听见行李箱的轮滑声，只问："子夜回来没得？"

子夜在后头应声："回来了。"

大家都说："肚肚饿了，先去厨房吃点夜宵，陈叔在做醪糟蛋烫酸辣粉。"

厨房窗户冒着热气。子夜答应："好。"便跟着两个女孩子上前。

屋里叔叔阿姨都呵斥："陈纵，你给我回来，有话问你。"

陈纵缩头缩脑，退回窗户边。

周阿姨问："你们两个，几岁耍起的啊？"

陈纵唯唯诺诺地讲："他二十岁的时候。"

周阿姨又问："你追他还是他追你？"

陈纵缩得像个鹌鹑一样。

金叔、王叔、白小婷的外婆都劝："算了，她害羞。"

周阿姨道："害羞，黄河干了她都不晓得要害羞。"

陈纵小声讲："我追的他嘛。"

大家都笑了。

周阿姨又问她："小时候追他，大了也追他，一天到晚追着他跑，不累吗？"

陈纵讲："有啥子累的。"

周阿姨夸她："这丫头还是比较大方哈，去吃夜宵了嘛乖乖。八万！杠起。"

……

金城人大多比较大气，不该提的绝口不提，该揭过的轻巧揭过，玩笑嘛，玩笑自然也要开的。来来去去，怡然自得。

那一头，爸爸刚烧上火的满水大铁锅咕嘟咕嘟冒泡，还得一会儿才能水开下粉。

"中午烧的肥肠，下午冒的粉，地头摘的藤藤菜，"爸爸一一展示，"你小子赶上了，还是不吃蒜不要香菜？"

子夜讲："都吃。"

白小婷讲："我要多加醋。"

"子夜改口味了，"爸爸又敲白小婷脑袋，"你又不生儿子，吃啥子醋。"

白小婷气死了："叔叔你管得宽嘛，又不给我介绍对象，没得人跟我生，还不可以吃醋了。"

"我管你，你老大难。"问起子夜，爸爸语气都变得温柔，"子夜咋样嘛。你妈走不开，你也不说回来看看。"

"陈叔，"大抵这问题他想过很多次，到真正要说出口时，反倒需要时间斟酌一下，他说，"我怕您看到我失望。"

爸爸没想到答案会是这样，万般情绪在心头，不知怎么开口。汤勺将一锅水搅出漩涡，都能下个温泉蛋了，也不知该怎么动作。

陈纵慌忙上前，脑袋搁在子夜肩上，跟爸爸说："我给你说邱阿姨嘛。她一个人在海岛躲清静，天天就等着老头死，除了无聊点，日子还算有盼头，还是舒服的。"

爸爸说："老子晓得。"

陈纵又说："我就不想他死那么早。"

爸爸也敲她脑袋："天天也搞不懂你脑壳里面装些啥子。"

陈纵抱怨："粉还有好久嘛。"

"水还没得嘛，慌啥子慌，你们姐妹俩带子夜到处去转下先。"

……

后院辟出个小小湿地，湿地尽头有个小小亭子，背后是一片竹林。

三个人并排走在竹子栈道上。陈纵跟子夜解释："你以前练字，书法老师夸写得特别好的那幅米芾的《水调歌头·中秋》，爸爸不是裱起来挂在客厅了吗？里头有句'清时良夜，借我此地倒金瓯'。字的后半截空旷了点，你就画了两笔，应这两句景。爸爸觉得挺好看，后来在这空地上凿了个池塘，照着你的简笔画做了片湿地。天气暖的时候，有时候金叔会在这儿看书，白小婷的外婆会在这儿打毛衣，夜里切了瓜，一群人在这里喝茶，打麻将。"

白小婷讲："他们以后在这儿打牌赢了，要给子夜投点风水设计费用

290

哦。"

陈纵讲："风水那么好，这些年我们怎么一个比一个过得不顺？"

白小婷语塞。

子夜闻声四望，试图为爸爸解释："其实这里的风水格局特别好。"

陈纵诧异："风水你也懂？别是胡说八道吧。"

白小婷更无语："你们两个是不熟吗？"

爸爸的叫声远远传来："回来吃冒节子肥肠粉了！"

三人闻着香气，沿着河岸回家。

陈纵饿死鬼投胎，三两口吃完一碗粉，被爸爸赶去给子夜铺床。

"枕套被套在抽屉第二格。"

陈纵气死了："铺什么铺？子夜过来跟我一床睡。"

白小婷爆笑起来。

子夜呛咳起来。

爸爸舀了碗面汤过来放到子夜面前，又拿皮条作势要打陈纵："你个女娃娃，要不要脸？你铺不铺？"

陈纵慌忙跑走："我铺嘛！"

过了一会儿，声音远远从子夜房间传来："铺好了我睡这间！"

"陈纵，你羞不羞！"

笑声从麻将室传出，在院子里炸响。

子夜吃好，搁下碗筷，洗了手。穿过笑声盈盈、热闹非凡的院落，芭蕉叶枯了，窗框装点了些绿。他穿过回廊，四处打量。墙上装裱着米芾与颜真卿，家具陈旧而干净，客厅橱柜里装饰性地放了几本书，作者都是陈子夜和东西为横，多半以便客人来时以供参观介绍。一沓风景明信片，和一些旧时相片也像书册一样装裱起来，子夜摘出来，坐在沙发上一一翻看，从一岁的陈纵，翻看到十二岁的陈纵。

陈纵在隔壁收拾屋子，喃喃自语地抱怨爸爸，声音渐渐由远及近，她随口询问："子夜，你屋子好干净，晚上我睡你屋好不好啦？"

院子很空，声音、色彩、气息、意境……统统都很满。像暖光灯一样充盈了屋子，快要满溢出来。

这里的一切一切，还有窗边倚靠着的陈纵，一起构成了子夜安全感的全部。

她盯着随意翻看自己照片的子夜，压低声音询问："晚上我和你一起睡啊？陈子夜。"

子夜笑着抬头："好。"

- 完 -

　　春夏交接，子夜受邀参加洛杉矶文学论坛，时机正好，赶在她四月十二日第一次庭审前夕。陈纵则在无数个 due（赶在老师要求的时间提交作业或论文）之间挣扎，一整个礼拜也未见得能有几小时睡眠。庭审更别想出席，大小 CASE 全权交给律师去驳回，免得她阴虚火旺地上了庭，听见污言秽语，失了分寸、讲错话，反叫人抓着把柄作文章。

　　每页传票情商价三百至八千块不等，恩师女儿像在她身上装了摄像头，大到所谓骗婚、骗绿卡、骗取入学名额，小到高速公路超速百分之十五……事无巨细，林林总总有大五位数，诸多款项连税统统由子夜给她包揽，否则她可没法这么硬气。连对方都觉得纳罕：本就想使她焦头烂额以至于耽搁学业，怎的她还这么闲，整日泡在图书馆，死线也有条不紊一一赶上？传真甚至发到律所来，质问她的律师费出处。"我已经申请冻结她的所有银行账户。再次望贵所知悉。"那位女士这样言简意赅地警示。陈纵的律师朋友也简明地回去一封邮件，附上律师费支付卡的持有人姓名，并未多话。

　　四月十二日清早七点，陈纵踩点交罢所有作业，正好赶上早八点钟开始，长达六个钟头的世界电影史和电影美学课。陈纵差两分钟迟到，穿过人群，坐到最后一排穿黑针织衫的男士旁边。该位男士为她的男友陈子夜，听她抱怨了一宿天道不公，于是一下飞机便自发过来替她占好了座位，参观她表演上课睡觉，顺便帮她以同款字迹签到，以及在课堂笔记上写下工整笔记。所有操作纯属陈子夜自主行为，自始至终并无怨言。

小托雷德女士早晨十点钟课间休息时分过来教室一趟，逗留了十余分钟方才离开。期间，连同授课讲师在内的诸多好事者纷纷看向教室后排——当事人陈纵头枕在邻座胳膊上睡得正香，口水多半流到了山本耀司拼接衫上；邻座多半受了半生礼仪训练，目不斜视地坐着，想必情绪稳定极了，你也从他脸上读不出任何想法。两个人光是坐在那里，看起来就很昂贵。年轻本就昂贵，年轻无暇的爱情更是昂贵。有了这种奢侈品，根本犯不着去与老头子委曲求全，根本不值得拿这世间无二的身家去换一张毫无意义的绿卡。

　　一切论据，和那油画一样的瞬间比起来，统统都不成立了。比弗利山庄下最有才华的导演穷尽毕生之力拍出的最动人的文艺片也不过如此。女人静静看了一阵，很快转头离开。

　　五个小时后，陈纵好梦醒来，点开邮件，本想看看是否胜诉，却收到律师朋友转发来的庭审前的撤诉邮件通知，实在满头雾水。

　　第二日是长周末，论坛一结束，两人便搭了飞机前去同在西海岸的温哥华。骄傲的港市人群眼里"鸟不拉屎的乡下"，却总有七成的亲友移居此地的"异乡"，到如今子夜口中"港市人才走失"的终极避难所。里士满汇聚了小半个港市从前的辉煌，满街人，光从面容上你甚至能讲出他们是来自港市还是广东。此地也实在没什么好玩的，只是因为陈纵一句"想要犒劳重压下受伤的脾胃"，而正宗粤菜只在此地，于是飞来此地。

　　港人多半在这第二故乡置业，这业务兼房产投资、滑雪度假、移民之需、教育之便等多功能用途。陈家自然也不例外，各人名下都有温西大学保留地附近独立屋几套，逢年过节抑或病愈也通常会选择前来此地休养生息。地方虽大，但食品业竞争激烈，里士满保留下的港式餐厅拢共那么几家，很容易碰上熟面孔。大概心境气数所累，陈金生病愈出院后浑身不爽利，提出前往温哥华休养顺便会会老友。自然也不会因大病一场就想明白要放过自己的太太，这做了他大半辈子个人财产的女人，总要放在眼皮子底下才能安心。

这一日，陈金生心情尚算不错，提出要吃汤粉，遂由邱娥华揸车携他去里士满吃丽都。早八点餐厅尚没什么人，悠哉悠哉喝着鸳鸯听电视，人渐渐多了起来。老餐厅地方小，只放得下十数张台。中有为家庭聚会备的一张大圆台，但早间多散客，因而不得不拼桌。有一对年轻人同一家子广东人拼到这张圆桌。隔着半扇植物屏风，那对年轻人拿国语和不太纯熟的白话私语着，并不知道隔壁坐着什么人物。邱娥华不似陈金生龙钟老态，天生好耳力，粤、普沟通并无障碍，将小情侣咬耳朵也听了个一清二楚。

"昨天还有粉丝私信问我和你什么关系。什么关系？我还想说——我还没给他名份，得等我验了货再说。他看着禁欲得很，万一那方面也不行怎么办？我可不想守一辈子活寡。"女孩子声音很轻，却没有刻意压低。人来人往的，倒没什么羞怯之意。

"哦，"年轻男人被开除男友籍，按外室对待，语气淡淡，情绪也还十分稳定，"那验过了，你给我打几分。"

"各方面指标都 OK，也很有服务意识，勉强算你一百分吧。"

"满分五百分。"

"满分五分。"

男人笑了。

女孩子一一细数："首首尾尾时长都不错，加分。会喘，还很好听，非常加分。也主要归功于人靓，身材也好，视觉上非常养眼，本身没毛病的基础上，无论几分，直接加到一百分。"

"这样不也还是没有名份。"语气已经略显有些委屈了，也可能是在开玩笑。

"怕你一骄傲，频次就低了。何况本身抑郁起来是会没有欲望，我不想给你压力，也不想因为什么伟大的真爱这种虚无的框架来委曲求全了自己。我还年轻，又这么有魅力，应该有很多性生活。"

这时，侍应终于有空招呼他两，拿着笔记簿上前询问。

女孩子不懂白话，却非要讲白话，固执而慢吞吞地讲："……一杯冻鸳鸯……走冰……小糖……仲有，两只菠萝油 double 黄油……仲要一份干炒牛河……"

偏生字句拗口，轻易不好讲地道。

懂白话的男友偏生不开口，由着她出丑。

侍应满头雾水，仿佛在练习听力，艰难下笔。

女孩子面不改色地讲。待侍应走后，男友忍俊不禁，笑出声来。

女孩子给他一拳："笑咩啊你。"

"没什么，就觉得很可爱，"接着，他压低声音，乞怜般地讲，"我什么都满足你，没有名份也可以。"

"唉……好吧，"半晌后，女孩子终于松口，无奈之下长长叹声，"不是陈子夜，也好难有欲望。"

是的，有时事情就是有这么巧。

邻座笑成一团，邱娥华惊慌失措地去看对面人的脸色。也不知是他近来耳力不好，还是病愈后对子女八卦不闻不问，戴着副厚片镜，读每日里士满华人报看得精精有味，无暇他顾。

一顿饭也吃得没什么滋味。

适逢那女孩子起身上厕所，邱娥华趁机追进女厕，做贼似的等在洗手台前，趁女孩子出了隔间，跳将出来，一把抓住。

果然是陈纵！

"陈纵！"邱娥华红着脸连声喝骂，仿佛白日宣淫的是她自己，"你怎么越大，越不知羞！"

陈纵打量对方好一会儿，渐渐由怒转惊，迟疑开口："邱……邱阿姨？"

邱娥华仍不罢休："你穿的什么衣服？胸和屁股恨不得全在外头，背只奢侈品大 logo 垃圾袋，暴发户养的二奶似的，大庭广众，讲些什么污言秽语！"

连珠炮似的羞辱，对如今的陈纵来说早已不起任何法力。

她笑道："吊带裙是设计师款……也不贵。包包背了四五年了，电脑作业鸡零狗碎，统统都能塞下。我下午还得去图书馆剪作品呢，摄像机、

ipad 都在包里。我是二奶？那么子夜算什么？"

一席话将邱娥华噎得不轻。

陈纵又拉着她胳膊撒娇："邱阿姨，这么多年没见，你好不好呀？我和爸爸都好想您。"

本就讨巧的丫头，如今越发妖精似的，会招人疼，也会拿人软肋。

邱娥华又怕，又急，将她拽进隔间锁了门，压低声音叫她小声些。与此同时，她仍不忘将攒了经年的生气一并发泄出来——

"你看你，从小不学好。大了交那么些个男朋友，床上那点私密事情，事无巨细，全给曝露到网上，识人不清，举止浮浪，还不是那些三流小说害的？"

陈纵抱怨："我又没有做错，邱阿姨怎么还怪起受害者来了？"

"你当你是谁？你是王菲也禁不起这种桃色丑闻！真叫我脸上无光，也丢你爸爸的人！"

"反正我俩交几任男朋友，离几次婚，子夜和谢霆锋也都不在意。"陈纵无所谓道。

"你哥哥也不知哪根筋搭错……"说到这个，邱娥华更是头疼，"你呀你，那些个伎俩手段，可别往你哥哥身上使，他禁不得你折腾。"

陈纵略显委屈，向邱阿姨告状似的："那哪是我折腾他呀，分明是他折腾我。"

分明仍在说床上那点事。

"你，你你！"这话题使长辈生来畏惧，早年间拿来对付手无缚鸡之力的小孩，如今却被长大的小孩缴械来对付自己。邱娥华哑口无言，面如猪肝，"很骄傲吗，现在所有人都知道你同好几个莫名其妙的男人交往，名声这样坏，是个正经人家都要退避三舍。哪有这样做女孩子的？邱阿姨从小就讲过，不指望你有多少造就，只希望你长成一个干干净净，清清白白的女孩子，觅得个佳婿。我看着你长大，又是子夜的妈妈。如今事情闹到这样子，最不好受的，是邱阿姨。"

"邱阿姨。"陈纵柔声唤她，咯咯笑起来。

"请问什么使你好笑？"邱娥华问。

"我很早就不是清清白白的了，在那间院子里，在子夜房间。"

"什么？"邱娥华不敢置信。

"是子夜干的，"陈纵轻声开口，"邱阿姨，你放心，我不是什么水性杨花的女人。第一个跟我上床的人是子夜，以后也只有子夜。"

说罢，她轻快地出了盥洗室，穿过人群，与手捧报纸的陈金生擦身而过，哼着不明小调，坐回子夜身边。

菠萝包滚烫，咸黄油微软冰凉，一切都正正好。

子夜问："什么事情这么开心？"

陈纵讲："我见到了邱阿姨。"

"哦？"他回身一瞥，并没有寻见什么人。

"不重要。"

子夜"嗯"了一声："不管他们。"